Nienke Jos

Die Angst der Schweigenden

Nienke Jos

Die Angst der Schweigenden

Thriller

GMEINER

Immer informiert

Spannung pur – mit unserem Newsletter informieren wir Sie
regelmäßig über Wissenswertes aus unserer Bücherwelt.

Gefällt mir!

Facebook: @Gmeiner.Verlag
Instagram: @gmeinerverlag
Twitter: @GmeinerVerlag

MIX
Papier aus verantwortungsvollen Quellen
FSC® C083411
FSC www.fsc.org

Besuchen Sie uns im Internet:
www.gmeiner-verlag.de

Im Ehnried 5, 88605 Meßkirch
Telefon 07575/2095-0
info@gmeiner-verlag.de

1. Auflage 2021

Lektorat: Teresa Storkenmaier
Herstellung: Julia Franze
Umschlaggestaltung: U.O.R.G. Lutz Eberle, Stuttgart
unter Verwendung eines Fotos von: © FrauG / photocase.de
Druck: CPI books GmbH, Leck
Printed in Germany
ISBN 978-3-8392-2720-6

Personen und Handlung sind frei erfunden.
Ähnlichkeiten mit lebenden oder toten Personen
sind rein zufällig und nicht beabsichtigt.

1

Nicht pünktlich, nicht zu spät, sondern viel zu früh.

Schon mit ihrer Geburt, knapp sechs Wochen vor dem errechneten Geburtstermin und eine ganze Stunde bevor ihr Vater überhaupt im Kreißsaal eingetroffen war, war sie mit dem ersten Schrei an seiner Enttäuschung vorbeigerauscht, hatte ihn abgehängt, bei jeder Gelegenheit und mit leichtem Gemüt, während ihm das gestohlene Erlebnis ihrer Geburt bis heute fehlte.

Oder auch nicht.

Vielleicht hatte Henri sie nie geliebt, weil er ihre Geburt verpasst hatte. Vielleicht hatte er ihre Geburt verpasst, weil er sie nie geliebt hatte.

Vielleicht.

Vielleicht war das Erlebnis ihrer Geburt vergänglich, so, wie Glück und Freude vergänglich waren. Und vielleicht hätte es keinen Unterschied gemacht, ihr Vater hätte sie trotzdem nicht geliebt. Nicht mit ihrem ersten Schrei, nicht mit ihrem letzten. Jetzt war Henri tot, und übrig blieb nur, dass Inna noch immer zu früh war und nichts früh genug sein konnte, auch nicht an diesem Morgen.

Sie tänzelte in die Küche, und obwohl es niemanden gab, den sie mit ihrer morgendlichen Geschäftigkeit stören konnte, bewegte sie sich lautlos, leichtfüßig, wendig. Sie öffnete die Kaffeedose, genoss den feinen Geruch gemahlener Bohnen, ihre Handgriffe sicher, geübt, routiniert. Trotz der Gänsehaut, trotz des beständigen Fröstelns. Wie ein hauchfeiner Überzug, der sie begleitete, warnte, zurückhielt. Der an ihr klebte wie getrocknetes Blut.

Inna wartete, bis die Maschine das Röcheln aufgegeben hatte, keinen Laut mehr von sich gab. Goss den heißen Kaffee in ihre Tasse, der Dampf drängelte sich an ihrer Nase vorbei, verschwand irgendwo und nirgendwo.

Wie Nebel, dachte Inna.

Sie huschte ins Bad, ihren Blick aus dem kleinen Fenster in die Dunkelheit gerichtet, die oberste Kante der Sonnenscheibe hatte sich noch nicht über den wahren Horizont erhoben.

Und dann hörte sie es wieder. Das kaum merkbare Rascheln.

Inna hielt die Luft an, ihre Arme hoch über dem Kopf verschränkt, das Haargummi an ihrem Handgelenk schnürte die Blutzufuhr ab. Sie ließ ihre Finger vorsichtig herausgleiten. Kein weiteres Geräusch, nichts, was Inna verdächtig vorkam, wenngleich ihr die Stille in der Wohnung plötzlich Unbehagen bereitete. Inna drehte sich rasch zur Tür. Die geheimnisvolle Ruhe künstlich, unnatürlich, beängstigend. Sie spürte einen Hauch, einen Luftzug aus der Ferne, der ihre winzigen Nackenhärchen aufstellte.

Wie empfindlich sie war, dachte Inna. Eine lästige Eigenschaft. Hin und wieder konnte sie über ihre Angst sinnieren, sie einfangen, sie belächeln. Heute Morgen nicht. Allein in ihrem Haus um halb fünf in der Früh, die Tiere im Wald schliefen noch, kam ihr die Angst unbändig vor. Ihr erschien die Luft wie zum Zerreißen gespannt, vielleicht rührte daher das Rascheln, sie hatte es sich eingebildet, nichts von echter Bedeutung, von welcher auch?

Sie rümpfte die Nase. Ihr Spiegelbild lächelte schief.

Bald würde der kleine Ort strebsam an seiner Geschäftigkeit arbeiten. Menschen. Hier und da Gedrängel. Weihnachtskäufe. Vielleicht sollte sich Inna daruntermischen. Dann konnten sich keine verdächtigen Geräusche über gespannte

Nerven legen. Dann würde sie es nicht mehr hören, das Rascheln. Es würde einfach verschwinden.

Eins, zwei, drei.

Inna duschte, schob den Vorhang in unregelmäßigen Abständen zur Seite, den Flur im Blick. Dampf krabbelte hinauf, zur Hälfte war der Spiegel bereits beschlagen, es machte sie nervös. Sie drehte das Wasser ab, lauschte, hörte winzige Schaumbläschen zerplatzen. Sie stieg aus der Dusche, trocknete sich ab, ihre Bewegungen jetzt weniger grazil, eher hektisch. Sie wickelte sich das Handtuch um den Körper. Viertel vor fünf. Zeit, dass die Eichhörnchen in ihrem Garten erwachten und sie mit überschwänglichem Geräuschpegel empfingen.

Aus dem Kleiderschrank zog sie ihre graue Jeans hervor, dazu eine weiße Bluse. Sie ließ ihre Fingergelenke knacken, es lenkte sie ab, beruhigte sie, manövrierte ihre Angst zurück in die Mitte ihrer pragmatischen Einstellung.

Inna setzte sich an den Tisch, las Zeitung, schaute mehrmals auf, war unkonzentrierter als an anderen Tagen. Niemand hier, beruhigte sie sich. Da waren nur ihre geschärften Sinne.

Und trotzdem.

Etwas lag in der Luft.

Nicht nur das Rascheln. Noch etwas anderes. Etwas Unheilvolles.

Von wem bloß hatte sie diese Antennen?

Sie waren für nichts gut, fand Inna.

Schon damals nicht.

2

Jenke lief und lief, den Kopf eingezogen, sein Gesicht vergraben. Er eilte über gerostete Schienen und an Mauerresten vorbei. Er fror, dachte an den Tod. Tagein, tagaus. Daran zu denken, war eine Selbstverständlichkeit. Der Tod hatte seine Zuneigung, hielt ihn im Fahrwasser. Es war fast wie eine Schwärmerei, für die es sich zu leben lohnte.

Die Bänke zwischen den heruntergekommenen Wanderwegen verlassen und leer. Schienen getränkt in saftigem Moos und giftigem Farn. Eine raue und gefährliche Gegend, weitab von vorweihnachtlicher Stimmung, weitab von Glühweinbonbons und Räuchermännchen.

Jenke steuerte auf den alten Rostbahnhof zu. Es genügte ein kurzer Blick an dem Gebäude vorbei und er entdeckte, wonach er suchte: Der alte Mann lag dort in seine Decken gehüllt, neben ihm Tüten, Taschen, ein Rucksack. Ohne zu zögern, stürzte er sich auf ihn und drückte zu, während der Penner seine Augen aufriss und keinen Laut von sich gab. Nicht einmal ein Gurgeln oder Röcheln. Nichts. Der Alte zappelte und strampelte, aber Jenke war schwer und groß. Fasziniert von den weit aufgerissenen Augen kostete er den Moment aus, obgleich er wusste, dass er eine Straftat beging. Es war die stumme Begeisterung, mit der er dem Mann etwas schenkte, was er selbst so sehr begehrte.

Es dauerte.

Der Penner war betrunken.

Vielleicht lag es daran. Vielleicht aber auch daran, dass sich der Obdachlose eines Lebenswillens bediente, den er selbst nicht aufzubringen vermochte.

Endlich hörte der Penner auf zu atmen.

Stille.

Jenke ließ von ihm ab, richtete sich auf, schaute sich um. Niemand weit und breit. Nur die Dunkelheit.

Er betrachtete seine Hände.

Und den Toten.

Es vibrierte. In der Ferne leises Schrillen. Es kam näher, wurde lauter, er wollte es abschütteln, aber es ließ sich nicht verscheuchen. Er fiel, schreckte hoch. Das Telefon klingelte unablässig, er tastete danach, benetzte seine Lippen, räusperte sich.

»Ja?«, hauchte er in den Lautsprecher.

Es knackte. Jemand legte auf.

Er schaute auf die Uhr. Früher Abend, er musste dringend los. Auf allen vieren kroch er ins Bad, zog sich am Waschbecken hoch. Er sah müde aus. Vielleicht, weil er im Traum einen Penner erwürgt hatte.

Plötzlich tat ihm der Penner leid.

Er zog sich an, schnürte seine schweren Boots. Es hatte geschneit. Schnee machte die Menschen großzügig. Er würde heute viele Spenden sammeln. Es würde das letzte Mal sein.

Auf dem kleinen Adventsmarkt besorgte er sich Eierpunsch und beobachtete still die Flammen, die neben der aufgestellten Krippe in einer Feuerschale züngelten. Sie bildeten zuweilen groteske Fratzen, die ihm hämisch vorführen wollten, dass er die Fähigkeit zur Veränderung seiner eigenen Lebenssituation längst verloren hatte.

Jenke schloss die Augen, lauschte den Geräuschen und Stimmen um ihn herum. Sollten die Flammen doch alles verschlingen. Sollten sie doch glauben, was sie wollten. Jenke würde es ihnen schon zeigen.

Er schlenderte über den Markt. Heiße Maronen und Anisbonbons, fettige Pommes, Würstchen und Waffeln schmiegten sich um seine Nase. Jenke lief über Holzraspel, vorbei an einem Stand mit handbemalten Schüsseln und Strohkörben. Menschengruppen drängelten zur Krippe, ein Pärchen küsste sich, eine Mutter schimpfte ihr Kind, weil Ketchup von seinem Brötchen auf die Jacke getropft war.

Er kaufte sich einen weiteren Eierpunsch, trank gierig, ließ sich durch die Menge schieben. Seine Hand hatte er in die Tasche gesteckt, nervös befühlte er das Messer und strich mit dem Daumen die glatte Oberfläche entlang.

»Geht es Ihnen gut?« Eine Frau mit Mütze sah ihn besorgt an. »Sie weinen ja«, stellte sie fest.

Er wischte die Tränen weg, schleppte sich zur Kirche, das kalte Bauwerk empfing ihn dunkel und herrisch. Er zog sich um, nahm die Spendendose aus dem Korb. Stahlblech mit lackiertem Außenmantel, verschlossen mit einer Plombe. Er taumelte los, stolperte die breiten Treppenstufen hinunter auf den kleinen Marktplatz. Er trank den Punsch in großen Schlucken. »Eine Spende bitte«, lallte er.

Nach zwei Stunden lehnte er sich müde und benommen an das Kassenhäuschen des Kinderkarussells und wartete. Ich muss zu Henri, dachte er wie ein Mantra in die Kälte hinein. Er schleppte sich vorwärts, hatte Schwierigkeiten, niemanden anzurempeln. Der Kircheneingang schwankte. Jenkes Gedanken wirbelten umher wie betrunkene Geister. Er schüttelte sie ab, drängelte sich durch den überfüllten Weihnachtsmarkt, die Dose schleppte er mit. Er konnte sie heute nicht mehr zurückgeben.

Jemand rempelte ihn an. »Scheiße.« Ein Mann hob abwehrend seine Hände. »Scheiße, was hast du denn da?«

Jenke schaute an sich herunter. Das Messer hielt er fest umklammert. Er entschuldigte sich und steckte es zurück in seine Tasche.

Er dachte angestrengt nach. Seine Gedanken kamen träge, mussten sich durch heillos viele Gänge schleppen, gerieten durcheinander.

Nur der gesellschaftliche Status eines erwachsenen Mannes, dachte er gekränkt. Über die vielen Jahre. Eine Nuance, die seinen Vater wie einen Phönix aus der Asche getragen hatte, während er darin erstickt war.

Er ließ sich aus der Menge schieben, schaffte es vom Weihnachtsmarkt auf die schmale Hauptstraße. Er trottete in den nahegelegenen Wald, am Trafohäuschen vorbei und von dort den steilen Pfad hinauf. Er rutschte aus, fiel. Seine Wange drückte sich in den Schnee. Er sah den Penner. Der Alte stand im Licht und weinte.

Er würde sein Versprechen halten. Der Glaube daran trieb ihn weiter durch die Kälte.

Zu Henri.

Zur Höhle.

Er würde nie mehr zurückkehren.

3

Schnee. Überall lag Schnee. Massen von Schnee, festgefahren und gefroren. Eisiger Wind fegte über den weißen Boden.

Inna parkte ihren Wagen, eilte zum Fabrikgebäude. Ein Backsteinbau mit schmalen grünen Sprossenfenstern. Erbaut 1880, umzingelt von dunklen Gestalten, die sich aus dem Wald zu ihr herüberschoben. Alte Bekannte.

Sie schaltete die Alarmanlage aus, das Licht ein. Niemand hier. Seit gestern waren alle im Urlaub, trafen Vorkehrungen für Weihnachten. Wenige Tage noch, dann würden Geschenke unter dem Weihnachtsbaum liegen, dann würden die Familien am Tisch sitzen und gestopfte Gänse essen.

Inna nicht.

Sie wartete geduldig auf ihren Kaffee. Während der Automat die Bohnen mahlte, ließ sie ihren Blick durch Grunewalds große Halle schweifen. Die unverputzten Backsteinmauern wirkten stumpf und kalt. Im Herbst glänzte das Hirnholzparkett honigfarben, sobald kräftiges Sonnenlicht durch die Sprossenfenster fiel. Im Winter nicht. Im Winter war alles trist. Nicht einmal die überdimensional großen Glühbirnen an den eingehängten Laufkatzen konnten heute etwas ausrichten.

Sie setzte sich an ihren Schreibtisch, rieb ihre Hände aneinander. Die alte Fabrikhalle war nicht leicht zu beheizen. Langsam laufende Ventilatoren drückten die aufsteigende Warmluft herunter. Immerhin.

Sie erschrak, als das Telefon schrillte. Es war nicht einmal

7 Uhr. Sie legte vorsichtig ihre Hand auf den Hörer, hob ab, lauschte.

»Ich bin's.« Grunewald räusperte sich unbehaglich. »Ich habe etwas vergessen, etwas wirklich Wichtiges.«

»Ja«, nickte Inna erleichtert.

»Ein Freund von mir besitzt eine alte Halle. Er möchte sie umbauen lassen. Ich hätte gestern vorbeischauen und sie mir ansehen sollen.«

»Ja.«

»Ja? Heißt das, du fährst vorbei?«

»Nein.«

»Nein?« Grunewald stöhnte ungeduldig. »Du musst. Es ist wichtig. Ich habe es ihm versprochen. Fahr hin, wirf einen kurzen Blick drauf.«

Inna schwieg.

»Inna, ich muss meinem Freund …«

»Ich fahre vorbei.«

Grunewald seufzte erleichtert. »Und rufst mich anschließend an.«

»Nein.«

»Nein?«

»Es braucht keinen weiteren Anruf.«

»Also wirst du nicht vorbeifahren?«

»Die Adresse per E-Mail.«

»Ich habe nur die Koordinaten.«

»Dann eben die.«

Vielleicht würde Inna doch vorbeifahren, aus Neugier, auch wenn es fast kein Bauwerk in der Umgebung gab, das sie nicht schon kannte.

Sie öffnete Grunewalds E-Mail und übertrug die Koordinaten.

Grunewald räusperte sich ungeduldig. »Es ist dringend.

Heute noch. Du musst heute noch hinfahren. Jetzt. Für den späten Nachmittag ist ein Schneesturm angekündigt, besser, du machst dich sofort …«

Inna legte auf.

Sie fröstelte.

Ihre gesamte Kindheit hatte aus dieser unheilvollen Gänsehaut bestanden. Nachmittags, wenn sie die dunklen Flure entlanggeschlichen war, hatte sie sich wie ein Kleidungsstück über ihre Haut gelegt. Allein in dieser riesigen Burg mit schweren Vorhängen und schwarzen Ecken. Allein mit den übergroßen Skulpturen, die nachts zum Leben erwachten, hervorgekrochen kamen und bedrohlich wisperten. Gierige Schatten, die nach ihr langten, sich geisterhaft durch die Gemäuer bewegten.

Inna schloss ihre Augen.

Geisterhaft.

Sie arbeitete bis zum späten Nachmittag, war so vertieft, dass sie den Wetterumschwung erst bemerkte, als sie die schwere Tür öffnete. Ihr schlug eine gewaltige Bö entgegen, warf Schnee vor ihre Füße. Inna hüpfte hinaus. Ihr Auto war eingeschneit, es hatte Unmengen Neuschnee gegeben. Sie zog ihren Kopf ein, schwere Schneeflocken wurden aus grauen Wolken geschüttelt. Inna hielt schützend die Hand vor ihre Augen, die Tannen verneigten sich tief in alle Richtungen. Sie kämpfte sich über den Parkplatz zu ihrem Auto, befreite das Schloss, weil die Funkfernbedienung nicht funktionierte, riss die Wagentür auf und quetschte sich umständlich auf ihren Sitz. Schnee fiel in ihren Schoß. Es war dunkel und still im Auto. Sie schaltete das Licht ein, sah ihre Atemluft in Intervallen weiß und hektisch herausströmen.

Inna startete den Motor, die Scheibenwischer gaben nur ein hilfloses Summen von sich. Mit klammen Fingern holte sie ihr Telefon hervor. Kein Empfang, nicht einmal ein einziger Balken zeichnete sich ab.

Sie ließ den Motor laufen, stapfte zur Fabrikhalle zurück, zwängte sich durch die schwere Tür. Ihre Füße waren nass und kalt, ihre Finger steif und ungelenk.

Etwas ließ sie stutzen.

Sie war denselben Weg hin- und wieder zurückgelaufen. Sie war sich sogar sicher, dass sie in dieselben Fußspuren getreten war. In ihre eigenen, in welche sonst, es hatte keine anderen gegeben.

Oder doch?

Inna trat hinaus, blinzelte ratlos, schaute sich um. Es dämmerte bereits. Niemand war zu sehen.

Aber da waren Fußspuren.

Fußspuren eben.

Von einem Spaziergänger. Jemandem, der Schutz gesucht, Licht gesehen hatte.

Was war schon dabei?

Inna schluckte nervös. Das ungute Gefühl von heute Morgen kroch in ihr hoch.

Sie hastete zu ihrem Wagen, kletterte auf den Sitz. Sie suchte hektisch nach dem Schalter für die Zentralverriegelung. Ihre steifen Finger wollten nicht gehorchen, sie drückte zweimal, ehe sie das vertraute Geräusch der sich schließenden Anlage hörte.

Sie berührte behutsam das Gaspedal.

Nichts.

Inna spürte es. Jemand war hier, ganz in ihrer Nähe.

Sie trat erneut auf das Gaspedal, getrieben, energisch, mit weniger Vorsicht. Das Heck des Autos rutschte und rutschte nach rechts und nach links, aber keinen Zentimeter vorwärts.

Sie stieg aus.

Und dann sah sie ihn.

Er stand da und starrte sie an. Mit weit aufgerissenen Augen.

Jenke hatte ihn geschickt.

So musste es sein, entschied Inna.

4

Es war dunkel, still, kalt um ihn herum. Das Einzige, was Jenke wirklich wahrnahm, waren seine Kopfschmerzen. Unaufhörlich pulsierte ein pochender Schmerz von seinem Hinterkopf bis zu den Schläfen.

Er versuchte, darüber nachzudenken, wer er war, wo er sich befand. Nasse Kälte kroch in seine Knochen.

Er entschied, sich nicht zu bewegen.

Schritte.

Ob er in seinem eigenen Urin lag?

5

Was auch immer es war, Marga hatte es heute Morgen zum ersten Mal entdeckt. Ganz hinten lag es auf dem eingeschneiten See und wirbelte ihr vertrautes Bild vom winterlichen Hof durcheinander.

Ein Stein.

Ein besonderer Stein.

Ein leuchtend roter Stein, der zuvor aufgestanden war und sich wenige Meter weiter zu den verschneiten Fichten bewegt hatte, ganz so, als wollte er dort Schutz suchen.

Marga stand regungslos vor dem Küchenfenster und blickte hinaus: Einen solchen Stein hatte sie noch nie zuvor gesehen.

Sie kaute langsamer, als könnte sie damit hinauszögern, was ihr bevorstand. Keine Ausrede, auch wenn es ihr Bauchschmerzen bereitete, da konnte nicht einmal ein Honigbrötchen helfen.

Vielleicht Gisela? Hatte sie sich über das Eis gewagt und war dort eingeschlafen?

Marga verwarf den Gedanken.

Ein Dachs oder ein Fuchs?

Ein Wildschwein. Vielleicht. Vielleicht auch nicht, denn eigentlich kam ihr der rote Stein sehr groß vor.

So groß wie ein Mensch.

Marga holte ihren Wintermantel, Schneeboots, Mütze. Sie vergewisserte sich, dass der Stein noch an seinem Platz lag. Ihre Augen tränten, so sehr strengte sie sich an, in der Ferne etwas zu erkennen.

Und ihre Eltern?

Schliefen.

Was sollte Marga auch sagen?

»Sehr weit draußen auf dem See liegt ein Stein.«

»Ist gut, Marga, und jetzt geh wieder schlafen«, würde Mama gähnen.

»Der Stein hat sich bewegt. Er ist rot.«

»Es hat diese Nacht unaufhörlich geschneit. Da ist nichts, Marga, bestimmt nicht.«

Sie könnte die Polizei rufen.

Marga schüttelte den Kopf. Herausfinden, was da draußen lag, musste sie schon selbst.

Sie beeilte sich, die Haustür zu öffnen. Beißende Kälte verschlug ihr den Atem. Gestern war sie noch die Stufen hinunter und über gefrorenes Gras gelaufen. Die Halme hatten knirschend nachgegeben. Wie dünne Glasstäbchen, die unter ihren Tritten zerbrachen. Sie war über tiefe Traktorspuren gehüpft, in denen das Wasser zu Eis gefroren war. Erdklumpen hatten sich daruntergemischt, hässlich und dreckig. Gräser hatten schlaff und träge über die Oberfläche gehangen, abgebrochene Zweige, die zur Hälfte herausragten, gefrorene Blätter unter der Eisdecke.

Heute nicht.

Heute gab es überall nur Neuschnee. Weiß, weiß, weiß. Alles war weiß.

Sie verengte ihre Augen, schützte sie vor der scharfen Kälte, hörte eine Krähe, erst laut, dann immer leiser. Der schwarze Vogel verschwand im Fichtenwald. Marga fröstelte. Dicht und müde lauerten die schweren Äste, beugten sich wie trauernde Halbtote unter der schweren Last des Schnees.

Sie hörte Gisela. Mit den kurzen Beinchen kam sie aus ihrer Hütte gelaufen.

»Du kannst nicht mit«, bedauerte Marga. Das Bentheimer Landschwein musste warten. Warten, bis sie wieder zurück war.

Sie stapfte los.

Die Schneedecke hatte alles unter sich begraben, auch den See, der unterirdisch schlummerte, lautlos schlief, wie alle anderen.

Wie alle anderen.

Alle.

Nur Marga nicht. Marga war unterwegs auf einer Mission mit ungewissem Ausgang und lief an gepuderten Spinnweben vorbei.

Sie musste verrückt sein.

Plötzlich bewegte sich der Stein wieder. Sie blieb stehen, horchte. Ein ungewöhnlich idyllischer Moment, wären da nicht der graue Himmel und die beißende Kälte.

Wäre da nicht ihr Unbehagen.

Sie lief weiter, und je näher sie ihrem Ziel kam, desto sicherer war sie. Der Stein war kein Stein und auch kein Dachs. Der Stein war kein Wildschwein, erst recht kein Fuchs. Das, was da hinten auf dem See lag und in der Kälte zu erfrieren drohte, war ganz eindeutig ein Mensch.

Marga stapfte weiter.

Nicht sehr entschlossen.

Sie verlangsamte ihr Tempo, tastete sich vorsichtig heran. Der rote Samtanzug sah schwer und vollgesogen aus. Die schwarzen Stiefel ragten aus dem Schnee wie glänzende Steine.

Es war unwürdig, den Weihnachtsmann mit dem Fuß anzustoßen, aber sie hatte keinen Stock, wollte den nassen Stoff nicht mit den Händen berühren.

»Hallo?«, flüsterte sie.

Sie schlurfte um den regungslosen Körper herum, kam sich schäbig vor, als sie sich weit über ihn beugte und ein schleimiger Pfropf aus ihrer Nase auf seine Schulter tropfte.

Plötzlich gab der Mann ein stöhnendes Husten von sich. Marga erschrak. Sie trat hastig einen Schritt zurück, hektisch lief sie los, schaute sich um. Sie hatte Angst, der Weihnachtsmann würde hinter ihr herkommen, sie lautlos verfolgen, aber er lag dort.

Wie tot.

Es hatte erneut zu schneien begonnen. Harte kleine Flocken wirbelten in Margas Augen. Nirgendwo Fußspuren, die verrieten, aus welcher Richtung er gekommen war.

Und wenn er Hilfe brauchte?

Sie blieb stehen, horchte angespannt. Ein Geräusch. Ein leises Knistern. Es schlich sich heran, wurde lauter, zog sich wie ein peitschendes Gummiband an ihr vorbei zum Ufer des gefrorenen Sees. Auf das Knacken der brechenden Eisdecke folgte ein ungeheuerlicher Knall.

Marga hielt die Luft an, konnte nicht glauben, dass sie das kalte Wasser überleben würde. Sie würde sterben. Genauso elend, wie der Weihnachtsmann sterben würde. Oder wie Kater Otto gestorben war. Oder das Katzenbaby.

Weihnachten würde ausfallen.

Für immer und ewig.

6

Groß. Eine große, dunkle Gestalt.

Inna hastete zurück auf ihren Sitz, verriegelte die Türen. Sie keuchte angespannt. Da war niemand. Niemand, der sich hierher verirrt hatte. Die Gestalt existierte nur in ihrer Fantasie, emporgestiegen aus der Essenz ihrer Ängste, ihrer feinen Sinne.

Ihr Auto wackelte. Der Sturm hatte an Stärke zugenommen, hob ihren Wagen an, ließ ihn fallen, klopfte an ihre Seitenscheibe. »Machen Sie auf!«, schrie er.

Inna traute sich nicht, blieb erstarrt in ihrem eingeschneiten Auto sitzen, die Verbindung zur Außenwelt nahm mit jeder weiteren Schneeflocke ab.

Es klopfte erneut an die Scheibe. Energischer. Lauter. Eher ein Hämmern. »Machen Sie auf!«, schrie der Sturm. »Bitte, machen Sie die Tür auf!«

Inna hatte sich auf die Zunge gebissen. Sie schmeckte Blut.

»Nicht wegfahren! Bitte, reden Sie mit mir!«

Reden Sie mit mir.

Reden.

Sie dachte an Grunewald.

»Kannst du dich überhaupt unterhalten, Inna? Kannst du? Mal hier und da ein wenig plaudern? Eine verdammte Konversation führen? Ist gut für die Geschäfte«, hatte er vor vielen Jahren lamentiert.

»Ich arbeite. Das ist gut für die Geschäfte.«

Grunewald hatte den Kopf geschüttelt. »Menschen können sehr nett sein. Man kann mit ihnen reden. Der gemeine Mensch …«

»Ich bin …«

»Du bist kein Mensch. Du bist Statikerin«, hatte Grunewald sie unterbrochen.

»Ich …«

»Versuch's doch mal.«

»Was denn versuchen?«, hatte Inna hilflos gefragt.

»Unterhalten. Versuch, dich mit anderen Menschen zu unterhalten.«

»Und worüber?«

»Über dich. Über dein Leben. Über andere. Über das Leben anderer.«

»Über das Leben? Über das Leben anderer?«

»Über Hobbys, Lieblingsfarben, Musikgeschmack. Man fragt sich, wie es geht oder was man am Wochenende vorhat. Man erzählt sich Geschichten aus der Kindheit. So macht man das!«

»Aus der Kindheit?« Inna hatte verständnislos die Augenbrauen hochgezogen.

»Zum Beispiel.«

»Was denn für eine Kindheit?«

»Herrgott, Inna! Kindheit! Hattest du denn keine? Mit Fingerfarben malen, schwimmen gehen, Sandburgen bauen und von Mauern springen. Hat dir dein Vater nicht das Fahrradfahren beigebracht? Das nennt man Kindheit! Man spielt mit Steinen und malt Bilder, man spielt Verstecken, kriecht in Höhlen und …«

In diesem Moment hatte Inna ihm ins Gesicht geschlagen.

»Inna …«, hatte Grunewald entsetzt gestammelt und seine Wange gehalten. »Ich …«

»Es gibt keine Höhle. Gibt es nicht.«

Sie holte tief Luft, zögerte, drückte mit klammen Fingern den Knopf der Zentralverriegelung.

Reden.

Über das Wochenende. Über die Kindheit.

Es dauerte einen Moment, dann wurde die Beifahrertür aufgerissen. Der Fremde schob sich mühsam auf den Sitz. Die Autotür fiel zu. Der Knall wirkte bedrohlich, endgültig.

Kein Zurück mehr.

Stille. Noch mehr Stille, nur der Sturm heulte in der Eiseskälte wie ein wildes Tier um sein Opfer. Inna hielt den Atem an.

»Danke«, stöhnte der Mann. »Das ist sehr freundlich von Ihnen.«

Reden.

Über das Leben. Über die Kindheit. Über das Wochenende.

»Was machen Sie am Wochenende?«, fragte Inna steif.

»Wie bitte?«

Sie schüttelte den Kopf. »Hier? Was machen Sie hier?«

»Ich war spazieren. Der Schneesturm hat mich überrascht.«

»Haben Sie den Wetterbericht nicht gehört?«

»Sie auch nicht«, spottete der Mann. »Wir könnten die Fußmatten unter die Räder legen.« Der Fremde machte eine bedeutungsvolle Pause. »Ehrlich gesagt …«

»Schnee«, sagte Inna schnell. »Sehr viel Schnee.«

Der Mann nickte. »Ich hatte überlegt zurückzulaufen, aber dann wäre ich drei Stunden unterwegs gewesen, wahrscheinlich länger. Der Sturm ist gewaltig, und es wird schon dunkel.« Er lachte nervös. »Ein Glück, dass Sie mir geöffnet haben.«

Inna presste ihre kalten Hände um den Lenker. Ein Glück. Ein Glück, dass sie ihm geöffnet hatte. Oder?

Der Mann lehnte sich zurück, verschränkte seine Arme, als könnte er damit seine Körperwärme speichern. Er schloss zufrieden seine Augen.

»Gut«, begann Inna. »Wir schaufeln die Räder frei, wir machen das mit …« Sie fuchtelte mit ihren Händen Richtung Fußraum. »Wir machen das mit diesen Matten.«

»Und dann?«

»Und dann.«

»Wir schaffen es nicht einmal vom Parkplatz, und das hier ist erst der Anfang. Der Sturm wird weiter zunehmen und es wird noch mehr Schnee fallen.«

»Wir müssen es versuchen.«

»Wir stecken hier fest. Da hilft nur abwarten.« Der Fremde öffnete seine Augen. »Seien Sie nicht albern.« Er streckte ihr seine Hand entgegen. »Geben Sie mir die Schlüssel zu Ihrer Fabrikhalle. Ich möchte nicht erfrieren.« Er räusperte sich. »Sie können ja im Auto bleiben.«

Inna presste ihre Lippen aufeinander, ihren Blick auf die Mittelkonsole gerichtet. Der Mann langte blitzschnell nach dem Schlüsselbund und stürmte hinaus.

Sie öffnete ihren Mund, kein Laut kam heraus, nur ihr Atem, der sich feige in die eiserne Finsternis verflüchtigte. Sie zog den Autoschlüssel ab, wartete. Wartete auf einen Impuls, die Tür aufzureißen und in die Kälte zu stürzen. Sie würde sich keuchend durch den Tiefschnee kämpfen, hier und da Gestalten sehen.

Etwas war ihr aufgefallen. An den Handgelenken des Mannes. Es hatte sie irritiert.

Der Sturm hämmerte erneut gegen ihre Scheibe. »Seien Sie nicht albern! Kommen Sie da raus, bitte!«, schrie er.

Kommen Sie da raus.

Inna nickte.

Kommen Sie da raus.

Wie gern wär' sie damals aus der Höhle gekrochen. Einfach so.

Sie öffnete die Tür, ließ sich vom Sitz gleiten. Tobende Schneeböen empfingen sie. Der Mann packte ihren Arm, stieß die Tür zu. Sie bückte sich, schützte sich vor den gewaltigen Schneeflocken. Mit großen Schritten stapfte der Fremde durch den tiefen Schnee und zog sie hinter sich her. Wann immer sie stolperte, weil seine Schritte viel zu groß waren, riss er sie hoch und zog sie weiter. Ihr Arm schmerzte. Seine groben Hände bohrten sich durch ihre Jacke. Sie kniff ihre Augen zusammen.

»Rein hier!«, hörte sie ihn brüllen.

»Rein hier!«, hörte sie Jenke.

Inna öffnete ihre Augen einen Spalt, zwängte sich durch die schmale Türöffnung.

Der Mann stieß sie aus dem Weg, zog die Tür mit einer kräftigen Bewegung zu. Er klopfte seine schwere Jacke ab und stampfte auf den Boden. »Geschafft«, verkündete er erleichtert. »Haben Sie nasse Füße?« Er zeigte auf ihre Turnschuhe.

Inna wackelte mit den Zehen.

»Schön warm ist es hier«, bemerkte er.

Schön warm ist es hier.

Inna nickte wieder.

Der Mann zeigte in die Halle. »Viel angenehmer, als die ganze Nacht in Ihrem Auto zu verbringen. Wir haben es warm, wir haben …« Er schaute sich um. »Wir können uns setzen, wir haben einen Weihnachtsbaum.« Er lachte. »Vielleicht sind die Kugeln etwas groß, aber er passt in das spärliche Ambiente.«

Inna zog ihre Jacke aus und hängte sie an die Garderobe.

Menschen.

Nette Menschen.

Nette Menschen fragt man nach ihren Hobbys. Oder danach, was sie am Wochenende vorhaben.

Er reichte ihr seine Jacke, lächelte dankbar. »Ich heiße Igor.«

Igor.

Igor hatte große, raue Hände. Arbeiterhände. Und dann sah sie erneut, was sie im Auto bereits irritiert hatte. Ein bläulicher Schatten um seine Handgelenke.

»Gibt es jemanden, der auf Sie wartet? Der Sie heute Nacht vermisst?«, fragte er.

Jenke. Jenke wartete auf sie.

Sie ging zu einem der Telefone, wählte Grunewalds Nummer. Kein Freizeichen. Nicht einmal ein Knacken. Sie schluckte. »Grunewald?«, fragte sie in den Hörer, klammerte sich am Schreibtisch fest. »Du musst herkommen.« Sie legte auf, räusperte sich. »Grunewald kommt.« Inna schaute auf ihre Armbanduhr. »Gleich«, log sie.

Igor lächelte. Sein Lächeln wirkte aufgesetzt.

»Dann …« Sie lief gezielt auf den Wasserkocher zu. »Sie wollen vielleicht einen Tee.« Sie holte zwei Tassen aus dem Schrank. Während der Kocher das kalte Wasser erhitzte, starrte sie auf die Anrichte.

Fragen.

Fragen stellen.

Fragen beantworten.

Zum Beispiel über das Leben.

Sie öffnete eine Packung Christstollen.

»Wenn Sie ein Messer haben?« Igor streckte ihr erwartungsvoll seine Hand entgegen. »Dann kann ich ihn in Scheiben schneiden.«

Inna schüttelte den Kopf. »Nein«, entgegnete sie, zeigte auf das Sofa am Fenster. »Setzen Sie sich.« Weit genug weg. Bis Grunewald kam.

Ihr Herz klopfte.

Grunewald würde nicht kommen. Es gab keinen Grunewald, der sie abholen würde. Es gab überhaupt niemanden.

Igor schaute zu Boden. »Ich jage Ihnen Angst ein, oder? Nach einem Messer zu fragen, ist nicht sehr hilfreich.«

»Nein.«

»Nein«, lachte er. »Das verstehe ich.« Er schlenderte zum Sofa und setzte sich. »Sie heißen Inna.«

Sie schluckte trocken.

Und dann hörte sie es wieder. Das unheilvolle Rascheln.

Igor wusste also Bescheid. Bescheid darüber, dass Grunewald nicht kommen würde. Bescheid darüber, dass sie nicht hatte telefonieren können. Igor wusste Bescheid, weil er selbst dafür gesorgt hatte, dass die Telefonleitungen tot waren.

7

Marga hielt die Luft an.

Geisterhafte Stille. Nicht ein einziges Geräusch. Regungslos, wie erstarrt, stierte sie zum Hof. »Nicht auf den See, Marga«, hörte sie ihre Mama sagen.

»Aber ich muss nach den eingefrorenen Schildkröten gucken.«

»In ein paar Tagen.«

Marga hatte trotzig ihre Arme verschränkt. »Ich will Schlittschuh laufen.«

»Übermorgen.«

»Warum erst übermorgen?«

»Weil der See erst dann richtig gefroren ist.«

»Weil der See erst dann richtig gefroren ist«, hatte Marga sie nachgeäfft. »Du versaust mir meine ganzen Ferien. Meine ganzen!«

»Wenn du den See betrittst, sperre ich dich ein, hörst du, Marga?«

Marga presste ihre Augen zusammen. Jetzt würde sie einbrechen und erfrieren. Nur, weil sie nicht auf Mama gehört hatte.

»Mädchen?«, fragte jemand.

Ein Buchfink flatterte von einem der Fichtenzweige. Marga schaute sich vorsichtig um.

»Steh nicht so rum.« Der Mann hatte sich aufgesetzt. Er streckte ihr seine Hand entgegen. »Hilf mir lieber.«

»Die Eisdecke«, flüsterte sie.

»Die Eisdecke hat sich nur vom Ufer gelöst.«

Marga nickte schwach. »Okay«, hauchte sie. »Und bist du wirklich der Weihnachtsmann?«

»Was bin ich?«

»Der Weihnachtsmann.« Sie zeigte auf seinen Anzug. »Wo ist dein Rentier? Und dein Schlitten? Und warum hast du keinen Bart?«

Der Mann hustete.

»Natürlich gibt es dich nicht, aber wie kommt ein normaler Mensch hierher, ohne Fußspuren zu hinterlassen? Du bist ...«

»Bin ich nicht.«

»Und aus welcher Richtung bist du dann gekommen?« Sie breitete ihre Arme aus. »Und warum sieht man nichts davon?«

Der Mann ließ sich schnaufend auf den Rücken fallen, mit ausgebreiteten Armen lag er im Schnee, während um ihn herum weiße Flocken durch die Luft wirbelten und seine rote Jacke verzierten.

Marga zuckte mit den Schultern. Keine Diskussion mit dem Weihnachtsmann. »Und wirst du einfach da liegen bleiben?« Sie trat dicht an ihn heran und beugte sich über ihn. »Bist du verletzt?«

Umständlich drehte sich der Mann auf die Seite.

»Ich kann meinen Papa holen. Er hat einen Unimog. Wir können dich …«

»Nein«, stöhnte er. »Mich darf niemand sehen.« Er zeigte zum Himmel. »Weihnachtsmänner sind geheim.«

»Gibt es denn mehrere?«, staunte Marga. Sie winkte ab. »Mein Papa wird nichts sagen.« Sie zögerte. »Außerdem würde er gar nicht glauben, dass du der Weihnachtsmann bist. In meiner Familie glaubt auch niemand an Gott.«

Der Mann schüttelte den Kopf. »Dein Papa darf nicht herkommen. Niemand darf das.«

Marga zuckte ratlos mit den Schultern. »Und was jetzt?«

»Ich muss mich eine Weile verstecken.«

»Verstecken?«

»Ich bin …« Er fuchtelte mit seiner Hand durch die Luft. »Vom Himmel gefallen. Abgestürzt. Mich darf niemand sehen.«

Marga schaute verständnisvoll. »Und wie lange?«

»Ein paar Tage. Dann bin ich wieder …« Der Mann zupfte an seiner nassen Jacke. »Dann bin ich wieder unsichtbar.«

»Klar.« Marga nickte. »Ich helfe dir.« Sie streckte ihm ihre Hand entgegen. »Wo willst du dich denn verstecken?«

Der Mann stützte sich ab. »Bei drei.« Er reichte ihr seine Hand. »Eins, zwei, …«

»Ich habe mich vertan«, unterbrach Marga und zog ihre Hand hektisch wieder zurück. »Du musst alleine aufstehen«, entschied sie. »Ich muss das auch immer. Mama sagt, es ist gut fürs Leben.«

»Oh Gott.«

»Gott gibt es nicht.«

Der Mann atmete geräuschvoll aus. »Ich muss mich trotzdem verstecken. Das hast du doch verstanden?«

»Ich glaube eigentlich nicht, dass du der Weihnachtsmann bist.«

»Bin ich aber.« Er zeigte in den Fichtenwald. »Ich bin abgestürzt. Mit meinem Schlitten. Irgendwo da hinten.«

»Ist dein Rentier gestorben?«, fragte sie. »Bist du deswegen so schlecht drauf?«

Er hob angestrengt den Kopf und schaute sie feindselig an.

»Ich habe ein Meerschweinchen«, sagte Marga. »Im Sommer nehme ich es in einem Körbchen mit in den Wald. Manchmal fahren wir mit dem Fahrrad, da klemme ich es hinten auf den Gepäckträger. Einmal bin ich aus Versehen über eine Wurzel gefahren, da ist Anton aus dem Fahrradkorb vom Gepäckträger gefallen, obwohl er in ein Handtuch gewickelt war.«

»Was für eine Scheiße.« Der Weihnachtsmann schüttelte den Kopf, rieb sich mit beiden Händen seine Augen.

»Weinst du jetzt?«, fragte Marga vorsichtig. »Wegen deines Rentiers?« Vielleicht musste sie ihm doch aufhelfen. »Gut.« Marga holte tief Luft. »Ich helfe dir, aber erst muss ich dich trösten.« Sie stapfte vorsichtig um den Mann herum, und weil sie ihn nicht in den Arm nehmen konnte, kletterte sie auf ihn und presste sich an seinen Rücken.

Eine ganze Weile verging. Marga fragte sich, ob der Mann vielleicht eingeschlafen war.

»Du kannst jetzt wieder herunterrutschen«, forderte er sie auf.

»Hast du geschlafen?«

»Nein. Ich habe ausgehalten, dass du auf mir liegst.«

»Ich habe dich getröstet.«

»Ja, und jetzt musst du mir aufhelfen.« Er zeigte zum Hof. »Da wohnst du also, ja?«

Marga nickte. »Warum kannst du nicht alleine aufstehen? Jeder kann das. Es ist ganz einfach. Wenn man liegen bleibt, dann geht es nicht mehr weiter. Dann ist das Leben zu Ende.« Marga presste ihre Lippen aufeinander. Vielleicht hatte sie etwas übertrieben. »Man kann einen Moment weinen, aber dann muss man wieder aufstehen«, tadelte sie ihn und segelte von seinem massigen Körper hinunter in den Schnee.

Der Weihnachtsmann holte Schwung. Angespannt saß er da, den Rücken zu ihr gewandt. Er keuchte.

»Du hast es fast geschafft«, feuerte sie ihn an und tapste dabei hin und her. Als sie in sein schmerzverzerrtes Gesicht blickte, wurde sie ernst. »Du hast dir wehgetan, oder?«, fragte sie besorgt.

»Hör auf, Fragen zu stellen oder irgendwas zu quatschen. Wenn du mir nicht hilfst, dann gibt es dieses Jahr gar keine Geschenke, verstehst du? Nix, niente, absolutamente nada, aus, Ende, Peng. Kein Weihnachten.«

Marga kaute an ihrer Unterlippe und beobachtete sorgenvoll sein rot angelaufenes Gesicht. Bluthochdruck. Daran wäre Opa beinahe gestorben. »Ich bin auch oft wütend, wenn ich mir wehgetan habe. Mama tröstet mich dann trotzdem.« Sie schlang ihre Arme um seinen dicken Oberkörper. »Du bist komisch«, stellte sie fest. Die schwere Gürtelschnalle seiner Jacke drückte sich unangenehm an ihre Wange.

Der Weihnachtsmann schubste Marga weg. »Dann eben nicht.« Er legte sich wieder auf den Bauch, sein Gesicht ließ er in den Schnee fallen. »Dann eben kein Weihnachten.«

»Ist das nicht eiskalt?«, fragte sie besorgt. Eine Weile wartete sie ratlos. »Gut, ich helfe dir«, entschied sie. »Ich habe ein Versteck, wenn du willst.«

»Ich kann nicht laufen.« Der Mann zeigte auf sein Bein. »Verletzt.«

»Aber …«

»Mit deinem Schlitten.« Er zeigte zur Scheune. »Du holst deinen Schlitten.«

»Ich …« Sie schaute sich unglücklich um.

»Du hast doch einen Schlitten?«, fragte der Weihnachtsmann.

Marga nickte wieder.

»Dann hol ihn.«

»Mama erlaubt mir nicht, dass ich …«

»Mama darf's nicht wissen! Mama nicht, Papa nicht und auch sonst niemand«, zischte er. »Hol deinen Schlitten. Du musst nur deinen Schlitten holen.«

»Und dann?«, fragte Marga skeptisch. Mama würde sie einsperren. Für immer.

»Und dann rettest du das Weihnachtsfest. Du ganz allein.«

Marga überlegte. »Ich darf nicht auf den See. Eigentlich. Erst übermorgen.«

»Mama wird enttäuscht sein, wenn Weihnachten dieses Jahr ausfällt. Erst recht, wenn du daran schuld bist.«

Marga schluckte.

»Das willst du doch nicht?«

»Nein«, flüsterte sie.

»Dann hol deinen Schlitten!« Er fuchtelte mit seiner Hand durch die Luft. »Und beeil dich!«

Unbehaglich stapfte sie los.

8

»Tut gut«, schwärmte Igor und nippte an der heißen Teetasse. »Was sind Sie? Architektin?«

»Nein.«

»Nein.« Igor hob seine Augenbrauen. »Was dann?«

»Was dann?«

»Na ja, was sind Sie?« Er zeigte in den Raum. »Hier?«

»Statikerin.«

Er nickte knapp, deutete auf seine Hände. »Wonach sehen die aus?«

Inna wartete geduldig.

»Ich habe eine eigene Schreinerei.« Er zog seine Hände enttäuscht zurück. »Sie wollen sich gar nicht unterhalten, oder?«

Konversation. Sie lächelte schief.

»Ich möchte mich vergrößern.« Igor schaute sich um. »Ich habe auch so eine Fabrikhalle. Nicht so schön nostalgisch, aber ähnlich.« Er nahm sich eine Scheibe Christstollen, pulte umständlich das Marzipan heraus und schmierte es an den Rand seines Tellers. »Ich hatte gehofft, Sie hier anzutreffen. Eigentlich hatte Grunewald versprochen, dass Sie heute Vormittag zu mir kommen, aber das sind Sie nicht.«

»Grunewald?«

»Grunewald.« Er räusperte sich. »Sie sind Inna Lies.«

»Ja.«

»Ja«, wiederholte Igor und lachte laut. »Ja. Ich mache ein paar Tage Betriebsferien. In dieser Zeit hätte Grunewald die Pläne machen sollen. Aber er hat es vergessen.«

»Ich verstehe Sie nicht.« Inna schob ihren Teller zur Seite.

»Grunewald hat mich heute Morgen angerufen. Er hat gesagt, Sie würden sich meine Fabrikhalle anschauen. Aber Sie sind nicht gekommen.«

»Die Koordinaten«, fiel es Inna ein. »Sie sind der Freund. Ihnen gehört das Gehöft.« Sie schloss erleichtert ihre Augen. »Ich …« Sie zeigte hilflos aus dem Fenster. »Ich habe mich umentschieden. Der Schneesturm. Ich habe nicht damit gerechnet, dass …«

»Sehr ärgerlich«, bedauerte Igor. »Aber jetzt bin ich ja hier.«

»Ihre Fabrikhalle aber nicht.«

»Sie sind witzig.«

»Das war kein Witz.«

»Nein.« Igor kaute. »Das war kein Witz.« Er musterte sie nachdenklich. »Nun ist es so.«

Inna schaute auf ihre Armbanduhr. »Grunewald wird gleich …«

»Grunewald wird nicht kommen«, unterbrach Igor sie mit vollem Mund. »Das haben Sie nur behauptet.« Er lachte. »Die Telefone funktionieren ja gar nicht.«

»Haben Sie …«

»Nein.«

»Nein?«

Igor schlürfte geräuschvoll seinen Tee. »Sie wollten fragen, ob ich etwas damit zu tun habe.«

Inna nickte vorsichtig.

»Natürlich nicht.«

»Natürlich nicht«, wiederholte sie heiser. »Woher wissen Sie dann, dass …«

»Weil ich versucht habe, eines Ihrer Telefone zu benutzen. Da saßen Sie noch im Auto.«

»Wen haben Sie versucht anzurufen?«

Er stopfte sich den Rest Christstollen in den Mund. »Kennen Sie Grunewald gut?«

Inna schüttelte den Kopf.

»Aber Sie sind in ihn verliebt.«

»Nein.«

»Sie wollten, dass er Sie rettet.«

»Nein.«

Igor grinste. »Sie haben so getan, als würde das Telefon funktionieren. Sie hätten jeden nehmen können, aber Sie haben sich für Grunewald entschieden.«

»Er war der Erste, der mir eingefallen ist.«

»Er ist der Einzige, den Sie kennen.«

»Warum haben Sie mich auflaufen lassen?«

»Mit dem Telefon?«

Inna knackte mit ihren Fingergelenken.

»Sie hätten mir unterstellt, dass ich etwas damit zu tun habe.«

»Das tue ich auch so.«

»Sehen Sie? Es macht also gar keinen Unterschied.« Er lächelte. »Können wir das nicht einfach lassen?«

»Das Gespräch?«

»Nein, dass Sie mir nicht trauen, dass Sie Angst vor mir haben.« Er fuchtelte genervt mit seiner Hand durch die Luft. Puderzucker flog in alle Richtungen. »Ich kann nichts für den Schneesturm. Ich habe ihn wohl kaum bestellt.«

»Nein?« Inna strich mit beiden Händen herausgelöste Haarsträhnen hinter die Ohren. Der Sturm hatte ihren Dutt durcheinandergebracht. »Heute Morgen gab es schon Vorboten eines Tiefausläufers vom Nordpolarmeer, die sich laut Wetterbericht im Laufe des Tages zu einem Schneesturm kumulieren sollten.«

»Und?«

»Sie wären nicht hier, wenn Sie den Wetterbericht gehört hätten.«

»Sie auch nicht.«

»Ich war in meine Arbeit vertieft.«

Igor erhob sich. »Dass Sie Angst haben, tut mir leid.«

»Angst wovor?« Vor dem Sturm, dachte Inna.

»Angst vor mir. Ich finde, das passt nicht zu Ihnen. Wo Sie sonst so pragmatisch sind.«

»Pragmatisch.« Inna lehnte sich zurück und verschränkte ihre Arme. Sie hörte den Sturm an den Fenstern zerren. Sie hörte Igor, der seine Finger nacheinander auf die Lehne fallen ließ.

»Sie sind knapp 50?«, fragte er.

»Nein.«

»Sehen Sie?«

Sehen Sie? Eine Frage. Inna verzog ihren Mundwinkel. »Was sehe ich?«

»Ihrem Pragmatismus geschuldet kümmern Sie sich nicht darum, wie alt ich Sie schätze.«

»Woher wollen Sie das wissen?«

»Sie haben sich nicht gewehrt.«

»Und wogegen hätte ich mich wehren sollen?«

»Dagegen, dass ich Sie älter geschätzt habe, als Sie sind.« Igor lächelte. »Andere Frauen wären beleidigt.«

»Vielleicht bin ich 50.«

Er schüttelte den Kopf. »Sie sind 39.«

Inna schaute sich um. »Das haben Sie gelesen. Wo?«

»Das finden Sie selbst heraus. Gibt es hier eine Toilette?«

Inna tat so, als müsste sie ein Gähnen unterdrücken. »Das finden Sie selbst heraus.« Sie schloss ihre Augen, hörte Igor ziellos durch die Halle laufen, bis er fand, wonach er suchte. Er verriegelte die Toilettentür.

Innas Herz klopfte hart in ihrer engen Brust. Sie schaute hinaus. Der Sturm. Unerbittlich und wütend. Die schwarzen Tannen vor den Fenstern verneigten sich tief, wurden nach oben gerissen und zur anderen Seite geschleudert. Inna schüttelte den Kopf. Sie musste bleiben. Hier mit Igor. Sich ablenken. Die Wände. Die Fenster. Das Mauerwerk. Der Sturm. Sie holte tief Luft. Der Sturm brachte alles durcheinander.

Immerhin. Henri war tot.

»Haben Sie geschlafen?«

Sie zuckte zusammen, räusperte sich. »Nein.«

»Seit wann sind Sie hier?«

»Seit heute Morgen«, sagte sie heiser und setzte sich auf.

»Nein.« Igor schüttelte den Kopf. »Hier.« Er zeigte in die Halle hinein. »Hier in diesen Gemäuern. Seit wann gibt es Ihre Firma schon?«

»Grunewald. Es ist Grunewalds Firma. Seit 14 Jahren.«

»Seit 14 Jahren«, wiederholte er. »42.« Er setzte sich. »Ich bin 42 Jahre alt. Haben Sie herausgefunden, woher ich weiß, wie alt Sie sind?«

Inna schob ihre Unterlippe vor. »Hätte ich das tun sollen?«

»Es hatte Sie beunruhigt.«

»Sie haben sich vorbereitet.« Inna lächelte. »Sie wissen viel besser über mich Bescheid, als ich glauben soll.«

Igor runzelte die Stirn. Er zeigte zu der Wand, an der eingerahmte Auszeichnungen und Zertifikate hingen. »Da steht Ihr Geburtsdatum drauf.« Er lachte laut. »Machen Sie sich nicht lächerlich. Ich bin Schreiner. Und ein Kunde von Grunewald. Sonst nichts.«

»Sonst nichts.«

»Sie sind nicht sehr gesprächig.« Igor rieb seine Stirn. »Schwierig mit Ihnen.«

Sie deutete aus dem Fenster. »Der Sturm. Er bringt mich durcheinander.«

Igor lächelte schwach.

»Haben Sie Geschwister?«, fragte sie.

»Zwei Brüder. Beide sind jünger. David war Zimmermann, mein Bruder Victor ist Landwirt. Er baut Kohl an.«

»Igor kommt von Ingvar. Ingvar bedeutet Gotteskrieger«, bemerkte Inna.

»David ist letztes Jahr gestorben.« Igor zögerte. »Haben Sie schon mal einen Menschen verloren?«

Inna nickte langsam.

»Wen?«

»Henri.«

»Wer ist Henri?«

»Mein Vater. Er ist vorgestern gestorben. Vorgestern Nacht. Er wurde erstochen.«

»Was?«, fragte Igor entsetzt.

»Deswegen sind Sie doch hier?«

»Das glauben Sie wirklich, oder? Dass ich nicht zufällig hier bin?«

»Mein Bruder Jenke hat Sie geschickt.«

Igor schaute sich demonstrativ um. »Und was genau soll ich hier machen?« Er hob seine Finger zu einem Schwur. »Niemand hat mich geschickt. Auch nicht Jenke.« Er setzte sich und rutschte zur Sitzkante vor. »Wer hat Ihren Vater erstochen?«

»Ich kann mich nicht erinnern.«

Igor rückte seine Tasse zurecht und goss sich neuen Tee ein. »So?«

»Welchen Auftrag haben Sie? Sollen Sie mich holen?«

»Nein.« Er nahm einen Schluck Tee, lehnte sich zurück. »Sie haben etwas gesehen. Etwas, was Jenke vertuschen will.

Ist er derjenige, der Ihren Vater erstochen hat?« Igor lachte komisch. »Das ist absurd.«

»Sie haben ja keine Ahnung.«

»Nein, habe ich nicht, aber ich glaube, dass Sie weggelaufen sind. Hierher, um sich vor ihm zu verstecken. Und jetzt glauben Sie, dass ich …«

»Schon als Kind.« Sie blinzelte. »Schon als Kind bin ich weggelaufen. Vor der Angst. Aber sie findet mich immer wieder. Sie ist wie eine Gestalt, die mich verfolgt.«

»Und vor was oder wem haben Sie Angst?« Igors Haut glitzerte. Er wischte mit dem Handrücken seine Stirn trocken.

»Vor den Schatten. Die Burg hatte viele davon. Überall lauerten sie und haben auf mich gewartet.«

Igor nickte. »Sie sind nicht mehr ganz dicht, oder?«

»Ich war noch ein Kind. Kinder fühlen so etwas. Das ist ganz normal. Hatten Sie denn keine Angst? Vor dem Monster unter Ihrem Bett? Meine Monster haben sich in den Skulpturen versteckt und sie lebendig gemacht. Die gesamte Burg war voll damit. Alles war so dunkel und bedrohlich, so kalt und so schwer. Schwere dunkle Möbel, knarzendes Parkett. Bücher. Regale vollgestopft mit Büchern und dunkler, ewiger Stille. Kinder haben Angst vor Stille und vor Geistern und vor Dunkelheit.«

»Sind Sie in einer Burg aufgewachsen?«, fragte er amüsiert.

Inna nickte. »Ja.«

»Ja.« Igor grunzte. »Gut. Also, in einer Burg. Hier?«

»Nein, hier ist eine Fabrikhalle, keine Burg.«

Igor rollte mit den Augen. »Hier in der Nähe.«

»Ja.«

»Die Burg Eisenfels. Am Fuße des Felsenmeers«, sagte er triumphierend. »Dort sind Sie aufgewachsen?«

»Ja.«

»Und vor den Gestalten oder den Schatten in dieser Burg sind Sie weggelaufen?« Er ließ seine Finger hin und her flattern. »Oder vor was auch immer?«

»Die Schatten kamen aus den Skulpturen. Sie haben immerzu an mir gezerrt. Wenn ich von meinem Zimmer aus in den Speisesaal wollte, habe ich mich von Vorhang zu Vorhang gerettet. Ich bin ein Stück gerannt, habe mich versteckt, den richtigen Moment abgepasst.«

»Sie hatten einen Speisesaal?« Igor lachte.

»Haben Sie sich das so vorgestellt?«

»Mit Bediensteten?«

»Das Gespräch.«

»Was?«

»Haben Sie sich unser Gespräch so vorgestellt? Läuft es in die richtige Richtung?«

Igor stöhnte. »Hören Sie auf damit. Das ist albern. Ich kenne Ihren Jenke nicht einmal, und mitnehmen oder irgendwo hinbringen will ich Sie auch nicht. Ich will mir nur ein wenig die Zeit vertreiben. Aber wenn Sie sich lieber nicht unterhalten wollen, lassen wir das einfach.«

»Vielleicht will ich aber. Nur bin ich nicht sehr gut darin. Ich kann nicht sprechen. Nicht gut. Nicht so wie andere.« Sie schaute auf die Uhr. »Haben Sie Hunger?«, fragte sie.

»Hunger!« Igor sprang auf, klatschte in seine Hände. »Warum nicht? Wir haben ja Zeit.« Er lachte schrill.

9

Die Luft war grau, und dicke Flocken fielen schwer vom Himmel. Ihren Schlitten durch den frischen Tiefschnee zu ziehen, war mühsam. Hier und da fand Marga Spuren von Hasen und Rehen, aber nirgendwo Hinweise auf ein abgestürztes Rentier.

Gisela streckte neugierig ihren Kopf aus der Hütte.

»Ich habe jetzt keine Zeit für dich«, keuchte Marga.

Im Sommer schon. Im Sommer hatte sie Zeit. Da gab es keinen Weihnachtsmann, der verletzt im Schnee saß und gerettet werden musste. Da gab es nur die Sonne und Blumen und Gras und Insekten und ihren Hof und Wasser zum Spritzen und Mama, die Melonen rausbrachte und ihr über den Kopf streichelte, wenn sie mit ihrem Meerschweinchen dicht an Giselas Zaun saß und sich Geschichten ausdachte. Anton hatte dabei mal einen schrecklichen Sonnenbrand bekommen. Seine weißen Ohren waren knallrot geworden und hatten sich wenige Tage später gepellt. Seitdem cremte Marga sie sorgfältig mit Sonnenlotion ein.

Sie hörte neben sich das Knacken eines abbrechenden Astes. Gewaltige Schneemassen fielen mit ihm herab, ein Eichhörnchen sprang zurück zum Stamm und lief hektisch die Baumkronen entlang, dabei löste sich immer mehr Schnee, der auf Marga herabfiel, sodass ihr Kragen bald durchnässt war und ihre Wangen vor Kälte brannten.

Sie lief weiter, hatte die Kordel fest um ihre Hand gewickelt. Eigentlich gab es den Weihnachtsmann nicht, genauso wenig, wie es das Christkind gab oder Gott oder die Zahnfee oder den Osterhasen oder den Nikolaus. Und wenn doch? Wenn es ihn doch gab und nur keiner Lust hatte, an ihn zu glauben?

Marga seufzte, stapfte weiter durch den tiefen Schnee. Der Weihnachtsmann lag da und schlief, hatte seine Arme und Beine weit von sich gestreckt.

Marga beugte sich über ihn. »Du musst wach werden.«

Erschrocken öffnete er seine Augen. »Wie lange liege ich hier?«

»Das habe ich mich auch schon gefragt.« Sie runzelte ihre Stirn. »Als ich gefrühstückt habe, warst du noch nicht vollgeschneit, so wie jetzt.« Sie zeigte auf seinen roten Samtanzug. »Kannst du dich eigentlich an nichts erinnern?« Marga legte ihren Kopf in den Nacken. Mit ihrer ausgestreckten Zunge fing sie Schneeflocken auf. »Ich darf keinen Schnee essen«, bedauerte sie. »Mama hat es mir verboten. Sie meint, dass ich vom Schneeessen Durchfall bekomme.« Sie zuckte mit den Schultern. »Ich habe Anton mal mit Schnee gefüttert. Kein Durchfall. Mama erlaubt es mir trotzdem nicht.« Sie schielte auf die Flocken, die auf ihrer Nase zu schmelzen begannen. »Übrigens hätte ich auch lieber keinen Bart, wenn ich der Weihnachtsmann wäre.« Marga zog besorgt ihre Augenbrauen zusammen. »Du hast eine Gehirnerschütterung.«

»Hör mal, Mädchen, du …«

»Marga, und du brauchst keine Angst zu haben. Ich hatte auch mal eine, das ist gar nicht schlimm. Man ruht ein paar Tage und jemand leuchtet einem in die Augen.« Sie räusperte sich. »Ich habe sogar gekotzt.«

»Und was ist passiert?«, stöhnte der Mann ungeduldig.

»Nichts. Mama hat mir meine Haare zurückgehalten und meinen Rücken gestreichelt.« Sie winkte ab. »Ich bin geritten. Letzten Sommer.«

»Scheißpferde.«

»Nein. Gisela ist ein Schwein. Ein Bentheimer Landschwein. Sie ist vom Aussterben bedroht.«

»Du bist auf einem Schwein geritten?«

»Auf Gisela, ja. Sie hat ganz viele schwarze Flecken.«

»Mit einem Sattel und Zaumzeug?«

»Und einem Einhorn.«

»Vom Schwein gefallen.« Der Weihnachtsmann tippte sich mit dem Zeigefinger an die Stirn.

»Gisela wiegt 187 Kilo.« Marga lächelte stolz. »Ich habe sie mal gewaschen und eingeschäumt.« Sie brachte den Schlitten in Position. »Und wie soll das jetzt gehen? Du bist so dick.«

»Wie soll denn ein dünner Weihnachtsmann den riesigen Sack mit den Geschenken schleppen und die Rentiere versorgen und die Wichtel beaufsichtigen?«

»Wichtel?«, hauchte Marga.

Der Weihnachtsmann stemmte sich krächzend auf alle viere. Er verharrte mit schmerzverzerrtem Gesicht.

»Bekommst du ein Baby?« Marga wich zurück.

Mama hatte damals geblutet und geschrien und einen roten Kopf bekommen, und als Robert aus ihrer Scheide geflutscht war, hatte Mama noch mehr geblutet und noch mehr geschrien. Marga hatte ein Handtuch besorgen und Robert darin einwickeln wollen, aber Papa war zur Haustür hereingestürmt und hatte Marga unsanft zur Seite geschubst. »Lass mich durch«, hatte er gebrüllt und sich auf Robert gestürzt, der nun nicht mehr rosig war, sondern lila. Marga hatte sich mit Anton in die Scheune verkrochen. Sie war in den Unimog geklettert und erst wieder herausgekommen, als sie am Abend Papas Stimme gehört hatte. Papa hatte ihr erklärt, dass es Robert und Mama gut ginge. Ständig war eine Frau im Haus umhergeschlichen, die nach Mama und Robert geschaut hatte. Marga hatte Bilder malen dürfen und mit der Frau über alles sprechen können, wozu Marga Lust hatte. Mama hatte immerzu auf der Couch gelegen und geweint, obwohl Robert ganz weich und warm war, gar nicht mehr lila. Marga hatte seine Milch probieren dürfen, die wässrig und süß geschmeckt und im Hals gebrannt hatte. Papa war ihr kaum von der Seite gewichen. Ständig hatte er sie besorgt angesehen und ihr über den Kopf gestreichelt, und Mama hatte in besonderem Maße fürsorglich gewirkt, weil sie ständig gefragt hatte, ob ihr warm genug sei, ob sie Hunger habe oder kuscheln wolle. Mama hatte Geschichten von neuen Babys und Familien vorgelesen, und ihr wurde ein besonderes Nachtlämpchen ans Bett gestellt.

»Mädchen?«

Marga zuckte zusammen.

»Was ist jetzt?«

Eifrig positionierte sie den Schlitten unter seine Körpermitte. Der Weihnachtsmann ließ sich herabsinken. Er stöhnte und sog geräuschvoll die Luft ein.

»Geschafft!«, rief Marga und hüpfte von einem Fuß auf den anderen. »Ich bringe dich in die Scheune«, erklärte sie wichtig. »Da kannst du trocknen.« Sie straffte das Seil, zog, aber der Schlitten ließ sich nicht bewegen. Nicht einen Zentimeter.

Marga ließ sich in den Schnee sinken, trotzig griff sie hinein, steckte sich eine Handvoll davon in den Mund. Dann fiel ihr Gisela ein. »Natürlich!«, rief Marga laut und sprang auf. »Warte hier«, befahl sie und rannte los. Sie hörte sich keuchen, ihr Herz klopfte wild.

Jetzt würde doch alles gut werden, dachte sie, auch wenn sie den Weihnachtsmann lieber nicht retten wollte.

10

Alles schwarz.

Der Abend war schwarz. Der Sturm war schwarz.

Sie hörte ihn, er schleuderte Unmengen Schnee an die Scheiben.

Inna lehnte sich an die Anrichte. Ihr war schwindelig.

»Ist Ihnen nicht gut?«

Sie winkte ab, holte einen Topf heraus.

»Ich kann Ihnen helfen«, bot er an. Er machte eine ausladende Geste in die Halle. »Ihre Berufung?«

»Eine Berufung hat für mich etwas Wohltätiges und Gemeinnütziges. Das Verspüren eines inneren Rufes zu einer bestimmten Lebensaufgabe«, antwortete Inna.

Igor nickte. »Zahlen, Tragfähigkeitsannahmen und Berechnungsmodelle.«

»Nein.«

»Dann eben nicht«, bemerkte er eingeschnappt. »Für mich ist es Holz. Mein Beruf als Schreiner. Deswegen will ich umbauen und größer werden.«

»Woher kennen Sie Grunewald?«

»Ich habe ihm eine Haustür gebaut.« Igor lächelte. »Aus einer Geschäftsbeziehung wurde Freundschaft. Wir kennen uns schon viele Jahre.«

Das Wasser im Topf begann zu sieden. Inna holte eine Packung Spaghetti aus dem Schrank. Igor war ein guter Lügner, dachte sie. Sie musste ihn bei Laune halten. Ein paar Stunden. Bis sich der Sturm gelegt hatte und sie verschwinden konnte. »Haben Sie Hobbys?«, fragte sie.

Igor lehnte sich an die Anrichte und verschränkte seine Arme. »Ich spiele Eishockey. Mit fünf Jahren habe ich angefangen.« Er zeigte seine Schneidezähne. »Den hier habe ich mal verloren«, sagte er. »Ist ersetzt worden.«

Inna wartete.

»Und ich liebe Eisstockschießen, falls Sie danach fragen wollten.« Igor überlegte. »Eigentlich mag ich alle Wintersportarten.«

Das kochende Wasser bildete große Blasen. Inna ließ den Inhalt der gesamten Packung in den Topf gleiten, rührte um.

Sie würde nichts essen können. Sie würde Igor gegenübersitzen und ihm nervös beim Kauen zusehen. Sie würde sich rechtfertigen müssen, das würde ihr schwerfallen. Am Ende würde sie sich zum Essen zwingen.

In ihrem Bauch flatterte der Sturm.

Sie schüttete das heiße Nudelwasser mitsamt den Spaghetti in ein Sieb. Der heiße Dampf stieg auf.

Wie heute Morgen.

»Soll ich übernehmen?«, fragte Igor.

Inna schüttelte den Kopf. »Nein.« Sie stellte zwei Teller und Gläser bereit, holte Besteck aus der Schublade, reichte Igor das Pesto.

»Dann wollen wir mal«, sagte er fröhlich.

Dann wollen wir mal.

Sie tischten auf und setzten sich, Igor kaute erwartungsvoll.

Fragen. Sie musste ihn ablenken. »Wie war Ihr Wochenende?«, fragte sie.

»Mein Wochenende?« Igor schüttelte verständnislos den Kopf. »Wieso denn …«

»Oder Ihre Kindheit? Wir können uns auch über Ihre Kindheit unterhalten.«

Er hob seine Augenbrauen. »Sie stellen komische Fragen.« Igor schob sich eine Gabel Spaghetti in den Mund und kaute. »Ich habe zwei Brüder«, erklärte er mit vollem Mund. »Aber das wissen Sie ja schon.«

»Ja. David ist gestorben. Letztes Jahr. Victor baut Kohl an.«

»Wollen Sie denn gar nicht wissen, woran mein Bruder gestorben ist?«

»Nein.«

»Er hatte einen Unfall. Er hat sich mit einer Kreissäge die Hauptschlagader am Oberschenkel …« Igor räusperte sich. »Er ist verblutet.«

»Okay.«

»Okay? Ist das alles, was Ihnen dazu einfällt?«

»Ja.«

»Ja«, wiederholte Igor, zeigte auf ihren Teller. »Essen Sie denn nichts?«

Inna schluckte trocken. »Ich habe keinen Hunger.«

»Weil Sie Angst haben.«

Inna presste ihre Lippen aufeinander. »Schon den ganzen Tag«, nickte Inna.

»Vor mir?«

Sie schüttelte den Kopf. »Ich hatte schon Angst, da war ich noch zu Hause. Ich bin aufgestanden und habe es rascheln hören.«

Igors Blick drückte vollkommenes Unverständnis aus. »Es hat geraschelt?«

»Eine Intuition. Irgendetwas hat mir am Morgen schon gesagt, dass heute etwas Unheilvolles passiert.«

»Sind Sie spirituell?«

»Nein.«

»Und das Rascheln? Was soll das gewesen sein? Irgendein

Wink des Universums?« Er machte eine abwertende Geste. »Das passt überhaupt nicht zu Ihnen.«

»Unheilvoll.« Inna machte eine Pause. »Etwas Unheilvolles hat sich angekündigt.«

»Der Schneesturm.«

»Nein.« Inna hob ihren Kopf. »Sie.«

Igor legte sein Besteck ab. »Grunewald hat es mir schon gesagt.«

»Was gesagt?«

»Dass Sie nicht ganz dicht sind.« Er verschränkte seine Arme.

Da sah sie ihn wieder, den blauen Schatten um seine Handgelenke. Inna schloss ihre Augen.

»Was, wenn wir uns einfach weiter unterhalten?«, schlug Igor vor. »Vielleicht legt sich Ihre Angst.« Er zuckte mit den Schultern. »Sie müssen ja nicht über das sprechen, was vorgestern passiert ist.«

»Und über was dann?«, fragte sie.

Igor überlegte. »Erzählen Sie mir von Ihrer Kindheit. Sie sind Geschwister. Sie und Jenke. Und Ihr Vater heißt Henri. Sie sind in einer Burg aufgewachsen. Was ist mit Ihrer Mutter? Lebt Sie noch?«

»Ich darf nicht über meine Mutter sprechen.«

Igor rollte mit den Augen. »Dann erzählen Sie mir eben etwas über Ihre Kindheit, ohne dass Sie Ihre Mutter dabei erwähnen.«

Inna nickte ernst. »Sich in einer Höhle verstecken. Ist das Kindheit?«

Sie sah das dicke Edchen. Edchen, die ihre Hände an der Schürze abwischte und sorgenvoll eine Dose Kekse aus dem Schrank zog. »Möchtet ihr noch heißen Kakao?«

»Wir nehmen alles«, sagte Inna. »Alles. Oder, Jenke?«

Jenke schnippte ungeduldig mit den Fingern. »Können wir jetzt los?«

»Aber nur bis zu den Steinriesen«, warnte Edchen. »Ich komme sonst um vor Sorge.«

»Wissen wir.« Jenke schnappte sich die Tasche mit dem Kakao und den Keksen.

»Und es ist kalt. Und nass.« Edchen zeigte aus dem Fenster. »Seht ihr?«

»Sind wir aus Zucker?«

Edchen seufzte. »Nicht zum Felsenmeer!«

»Hat Henri aber erlaubt«, erwiderte Jenke. Er griff nach Innas Hand und stürmte los. Aus der großen Küche über den langen dunklen Korridor.

»Euer Vater wird trotzdem mit mir schimpfen, wenn ihr nass und verfroren zurückkehrt!«, rief Edchen hinterher.

Sie rannten. Durch die nasse Kälte, durch den schweren Nebel. Jenke vorweg. Inna hatte Bauchschmerzen, aber das hatte sie immer. Vor Angst. Vor Angst, dass ihre Mutter wieder tagelang weg sein würde. Sie kannte keine einzige andere Mutter auf der Welt, die ganze Nächte lang fort war, ohne ein Wort darüber zu verlieren.

»Ich kann nicht mehr!«, rief Inna und schnappte nach Luft.

»Henri hat mir etwas gezeigt, weit hinten im Felsenmeer.« Jenkes Augen blitzten. »Eine Höhle. Komm!«, forderte Jenke sie auf, mit verengten Augen, um sie vor dem Nieselregen zu schützen.

Sie erreichten den Wald, waren die Einzigen weit und breit. In den Pfützen schimmerten Millionen kleine Diamanten wie glänzende Perlen auf der Wasseroberfläche. Sie balancierten über bemooste Schienen. Rostige Venen, die in der Erde verschwanden und wieder auftauchten.

»Hier entlang!«, rief Jenke.

»Weiter will ich nicht.« Inna blieb stehen. »Komm zurück!«

»Angsthase.« Er zog sie hinter sich her, vorbei an den Steinleichen, den drei Riesen. Die Felsenköpfe lauerten still. Bereit, wenn sie nur einen Schritt zu nahe kamen.

Sie liefen, bis das Moos von der nassen Erde verschluckt wurde. Sie kletterten einen Abhang hinunter, stiegen über entwurzelte Bäume, immer tiefer in den Wald hinein. Inna war noch nie so weit von zu Hause fort gewesen. Sie schaute sich um. Keine Steinriesen mehr, keine Schienen. Stattdessen der graue Himmel, Regen, der die Sicht auf die Burg durch seine milchigen Vorhänge verschleierte. Kleine Steine wurden zu größeren, bis sie als riesige Felsen das ganze Tal auskleideten. Inna zog sich Schürfwunden zu, hangelte sich mit klammen Fingern die Felsen hinauf. Kekse, Kakao. Sie verschlangen ihren Proviant gierig. Schon nach wenigen Minuten sprang Jenke ungeduldig auf. »Wir müssen uns beeilen, es darf nicht dunkel werden.«

Irgendwann gelangten sie zu einer schmalen Spalte, umschlossen von bemoosten Felsen, die weit über das Tal ragten.

»Hier durch«, verkündete Jenke. »Siehst du?« Er zeigte auf ein kleines Steinmanderl. »Damit wir uns nicht verlaufen.«

Sie zwängten sich durch die schmale Kluft, Inna brannte der Rücken. Vor Kälte und Anspannung. Und weil die Felswand ihre Haut wund gescheuert hatte.

»Weiter!«, forderte er sie auf.

Weiter. Es wurde noch enger, noch kälter. Dunkler.

»Hier kommen wir nie wieder raus«, hauchte Inna. »Wenn wir weitergehen, bleiben wir stecken.«

»Hosenschisserin!«

»Selber!« Sie streckte Jenke die Zunge raus, schob sich weiter durch die Felsspalte. Sie kletterten auf einen Vorsprung, tief unter ihnen eine mit Farn ausgekleidete Schlucht.

Er deutete auf die gegenüberliegende Seite. »Siehst du?«

Inna verstand nicht sofort, was Jenke ihr zeigen wollte.

»Da!« Er drehte ihren Kopf mit der Hand in die richtige Richtung, und dann entdeckte Inna ihn. Den Eingang zu einer Höhle. Ein dunkler Einstieg, verdeckt und getarnt durch Brennnesseln und Efeu, die sich kränklich durch die sonst so raue Schlucht rankten.

»Henri hat sie mir gezeigt.« Jenke schnappte aufgeregt nach Luft. »Er hat gesagt, dass uns hier niemand finden kann.«

Eine ganze Weile standen sie da. Starrten auf den engen Einstieg der Höhle.

»Und jetzt?«, fragte Inna vorsichtig.

»Jetzt gehen wir da rein.«

Inna schluckte. »Ich will da nicht rein.«

»Und warum nicht?«, stöhnte Jenke. »Wenn du nicht mitkommst, gehört alles, was ich darin finde, mir allein. Auch das Gold.«

Inna zögerte. »Du zuerst.«

»Das geht nicht.«

»Warum nicht?«

»Was, wenn ich nicht mehr rauskomme?«, flüsterte Jenke. »Du kennst nicht einmal den Weg zurück. Du müsstest sterben. Verhungern und erfrieren und sterben!«

»Hör auf damit!«

Jenke verschränkte seine Arme und presste entschlossen seine Lippen zusammen. »Alles Gold gehört mir!«

»Vielleicht sind dort Skorpione und Spinnen.« Inna knabberte an ihrer Unterlippe. »Lass uns wieder nach Hause gehen.«

Jenke schaute sie feindselig an.

Sie roch Steine, Erde, Moos. Es begann, stärker zu nieseln. Kalter Regen, der sich wie nasser Staub auf ihre Haare legte. »Ich laufe zurück.« Inna zitterte. »Es wird dunkel.«

»Morgen. Morgen klettern wir runter.« Jenke stemmte seine Hände in die Hüften. »Und holen uns das Gold. Versprochen?«

Inna nickte zaghaft.

»Und kein Wort zu niemandem«, befahl er.

Jenke lief vor, orientierte sich an den Steinmanderln. Einmal rutschte er ab und schürfte sich seinen Knöchel auf.

»Siehst du?«, schimpfte Inna. »Nur, weil du in die Höhle willst. In der Höhle ist kein Gold! In der Höhle sind Spinnen und Kröten und Skorpione.«

»Sind Sie am nächsten Tag zurückgekehrt?«

Inna schaute auf. »Ja.«

»Und?«

»Und? Könnten Sie bitte in ganzen …«

»Bitte!« Igor presste Luft durch seine geschlossenen Lippen. »Bitte erzählen Sie weiter.«

Inna blinzelte.

Jenke konnte beim Frühstück kaum stillsitzen. Er ließ nervös seine Beine baumeln, stieß mit seinem Fuß ständig gegen das Stuhlbein.

»Hör auf damit!« Henri sah von seiner Zeitung auf. »Was ist mit dir, Junge?«

»Inna und ich …« Er blickte Inna eindringlich an. »Wir wollen los.«

Inna nickte unbeholfen. »Spielen.«

»Bei dem Regen?« Henri faltete seine Zeitung zusammen. »Wo wollt ihr hin?«, fragte er prüfend.

»Wissen wir noch nicht.« Jenke zuckte teilnahmslos mit den Schultern.

»Inna?« Er legte seine Finger unter Innas Kinn und hob ihren Kopf an. »Wohin?«

»Wissen wir noch nicht«, flüsterte sie.

Henri köpfte sein Frühstücksei. Mit einer einzigen schnel-

len Bewegung. Er ließ Jenke nicht aus den Augen, als er mit bloßen Händen in das Salztöpfchen griff und ein paar Körner auf sein Ei rieseln ließ. »So?«, fragte er. »Hast du Inna die Höhle gezeigt?«

Jenke schüttelte den Kopf.

»Das ist kein Ort zum Spielen.«

»Wissen wir.«

»Warum wart ihr dann dort?«

»Waren wir nicht«, flüsterte er.

»Wo ist Mama?«, fragte Inna.

»Das wüsste ich auch gern.« Henri leerte seinen Orangensaft in einem Zug. Seine lauten Schlucke hallten durch den Speisesaal. »Ich habe dir die Höhle gezeigt, um dich zu warnen. Das Felsenmeer ist gefährlich.«

»Weiß ich doch. Dürfen wir jetzt los? Wir gehen nur bis zum Rostbahnhof.« Jenke schob seinen Stuhl zurück. »Bitte!«, flehte er.

Henri zeigte mit dem Löffel auf Inna. »Pass auf deinen Bruder auf.« Er biss in sein Brötchen.

»Okay«, piepste Inna.

»Zum Rostbahnhof.« Er schüttelte den Kopf, schob einen Löffel mit Ei in seinen vollen Mund. »Soso.«

»Ich will zu Mama.« Inna hielt die Luft an und starrte auf ihren Teller. Tränen sammelten sich, tropften auf das Geschirr. »Kann ich zu ihr?«, fragte Inna kaum hörbar.

»Wenn sie wieder da ist.« Henri strich sich über seinen Bart, einzelne Krümel rieselten auf den Tisch. »Wenn sie wieder da ist. Und wenn sie sich auf ihre Mutterrolle besinnt. Und wenn sie nicht betrunken ist.«

Jenke sprang auf. »Können wir jetzt gehen?«

»Setz dich wieder«, befahl Henri. »Ihr geht nirgendwohin, solange das Frühstück nicht beendet ist.«

Sie saßen weitere Minuten still und mit gesenkten Köpfen am

Tisch, während Henris laute Kaugeräusche den Knoten in Innas Magen weiter zuzogen.

Plötzlich öffnete sich die Tür und Mama spazierte herein. Sie trug einen Minirock und ein bauchfreies Oberteil. »Guten Morgen!«, zwitscherte sie fröhlich. Sie warf ihre Schuhe auf den Boden und tapste zu ihrem Stuhl. »Kaffee?« Sie schaute sich um. »Wo ist Edchen? Warum habe ich keinen Kaffee? Und warum sehen alle so betroffen aus?«

Inna beobachtete Henris angespannte Kaumuskeln und wagte nicht zu antworten.

»Ist irgendetwas passiert?«, fragte Mama. »Ihr seht ja aus wie bei einer Beerdigung.«

»Hattest du eine schöne Nacht?«, fragte Henri kalt.

»Was soll ich sonst gehabt haben?« Mama nahm sich ein Croissant. »Ich habe mit meiner Agentin gesprochen. Sie hat ein neues Angebot für mich.«

»So?«

»Willst du nicht wissen, welches?«

»Nein.« Henri räumte sein Geschirr zusammen.

»Wo ist Beeke?«

»Mit Ede auf dem Markt«, antwortete er. »Eine gute Mutter sollte das wissen.«

Mama lachte spöttisch. »Und ihr? Was werdet ihr heute machen? Bei dem scheußlichen Wetter? Ich ...«

»Geh!«, unterbrach Henri sie. »Los, verschwinde!«

»Ich darf doch ...«

Henri schlug mit der Faust auf den Tisch. »Darfst du nicht! Du führst mich vor, alle wissen es. Ich will, dass du verschwindest, ich will, dass du ...«

»Aufhören!« Jenke packte Innas Arm. »Komm!«, forderte er Inna auf und zog sie vom Stuhl.

Sie rannten bis zu den Steinleichen. Kalt, grau, nass. Der

Herbst zerrte an ihren Lungen. Inna stützte sich ab, schnappte nach Luft.

»Mama, Mama, Mama«, winselte Jenke. Er holte sich einen Stock und schlug damit in tiefhängende Äste. »Du bist doch kein Baby mehr.«

Inna schaute ihn feindselig an.

»Ist doch so.« Er warf den Stock ins Gebüsch. »Komm jetzt. Wir haben keine Zeit mehr.«

Sie liefen. Entlang der Steinriesen, an ihnen vorbei, sprangen über die Schienen und durchkletterten das Felsenmeer. Innas Hände waren rot vor Kälte, tausend Nadeln stachen in ihre Haut. Jenke war getrieben, wütend, sie konnte kaum mithalten. Irgendwann gelangten sie zu der engen Felsspalte, zwängten sich hindurch, auf den Felsvorsprung, mit Blick in die Schlucht, in die tiefe Schlucht.

»Jemand war hier«, flüsterte Jenke.

Inna folgte seinem Blick. Jenke starrte vor sich auf den Boden.

Regungslos, ungläubig, enttäuscht.

Unter ihnen verteilt lagen ausgedrückte Zigarettenstummel. Einige von ihnen so zerrieben, dass der Tabak in schwarzen Bröseln wie der Schweif einer Sternschnuppe auf dem Stein klebte.

»Lass uns verschwinden«, bettelte Inna. »Ich will nicht hier sein. Was, wenn …«

»Nein!« Jenke baute sich vor ihr auf. »Die Höhle gehört uns. Das Gold darin gehort uns! Wir müssen sie verteidigen. Gegen …« Er zeigte auf die Zigarettenstummel. »Gegen die hier.«

Und dann hörten sie Stimmen. Dunkle Männerstimmen und ein Geräusch, das Inna nicht zuordnen konnte.

»Bitte«, flüsterte Inna. »Jenke, ich …«

»Okay, verschwinden wir!«, lenkte Jenke ein.

Sie schoben sich durch die enge Felsspalte zurück, kletterten behände durch das Felsenmeer, Inna hörte Jenke keuchen. Die Fel-

sen waren rutschig. Sie kamen durchnässt zurück. Graupel hatte ihnen die Sicht erschwert, sie hatten lange gebraucht. Sehr lange.

»Wo wart ihr?«, fragte Henri.

»Spielen.«

»Wo, Junge?« Henri schaute ihn eindringlich an.

»Wir waren am alten Rostbahnhof. Wie immer.«

»Nicht weiter?«

Beide schüttelten sie mit dem Kopf. »Zug gespielt. Und Restaurant.«

»So?« Henri hob seine Augenbrauen. »Und das bei dem Wetter. Ihr müsst verrückt sein.«

Edchen strich ihre Schürze glatt. »Kommt, Kinder«, sagte sie und nickte Richtung Tür. »Ihr holt euch noch eine Lungenentzündung.« Sie ließ ein Bad ein. In dem heißen Wasser ertränkte Inna ihre Angst.

»Und dann?«, fragte Igor.

»Und dann?« Inna schloss ihre Augen. »Und dann kam wenige Tage später der Nebel.«

Igor räumte die Teller zusammen. Er stellte sie unsanft übereinander. »Der Nebel.«

Inna nickte.

»Und das heißt?«, fragte er ungeduldig.

»Gar nichts.«

»Gar nichts?«

»Nein.«

»Und die Höhle?«

»Und die Höhle? Was ist das für eine Frage?«

»Haben Sie sich hineingetraut? Waren Sie jemals wieder dort?«

Inna schüttelte den Kopf. »Bis zu jenem Tag.«

Sie rannten, orientierungslos. Nebel drückte sich in ihre Lungen. Kalter, schwerer Nebel. Nebel, der alles verschluckte. Nur Mamas Gesichtsausdruck nicht. Den hatte nicht einmal der Sturm davongetragen.

»Jenke!«, rief Inna. Sie versuchte, ihm zu folgen. Er war schnell, zu schnell. Sie hatte plötzlich Angst, dass er verschwinden würde. »Warte auf mich!«, schrie sie.

Jenke nahm ihre Hand und zog sie. Zerrte sie über das vereiste Moos und die gefrorenen Gräser, über harte Zweige und große Steine. Inna stolperte. »Weiter«, keuchte er. »Wir müssen weiter.«

Schier endlos rannten sie durch die graue Landschaft Richtung Felsenmeer. Weiter, wir müssen weiter. Und dann rief jemand. »Kinder?« Eine Männerstimme. Inna hielt Ausschau. Zwei Männer in Wanderschuhen und ein Junge, mit Mützen und Schals und schweren Rucksäcken. Sie hielten lange Geräte in der Hand, der Junge hatte seine Augen weit aufgerissen.

»Lauf!«, brüllte Jenke.

»Bleibt stehen!« Der Bärtige der Männer setzte sich in Bewegung. »Du blutest ja.« Er zeigte auf Inna.

Inna senkte ihren Kopf, starrte auf ihre Hände. Rot. Ihre Hände waren über und über mit Blut bedeckt. Jacke und Hose getränkt. Der Stoff klebte nass an ihren Beinen. Inna wurde schwindelig, aber Jenke packte sie. »Weiter!«, schrie er. Weiter. Innas Beine gehorchten. Jenke. Sie durfte Jenke nicht verlieren. Die erschrockenen Männer hatten die Verfolgung aufgegeben, vielleicht, weil die Rucksäcke zu schwer waren oder weil sie fanden, dass Inna doch keine Hilfe brauchte. Oder weil sie Kinder nicht mochten. Oder weil sie Probleme mit Kindern nicht mochten. Oder generell Probleme. Inna folgte Jenke, obwohl sie ahnte, wohin er wollte. Zur Höhle. Um sich dort zu verstecken. Vor dem Blut. Vor der Kälte. Vor der Angst. Sie tauchten in das schützende Felsenmeer, sprangen, rannten, kletterten.

Zwängten sich durch die enge Spalte. Inna japste nach Luft, der kalte Nebel nahm ihr das Denkvermögen. Der Vorsprung, unter ihnen die felsige Schlucht durchmischt mit Farn, Moos, Efeu. Jenke zögerte nicht, kletterte flink hinunter. Hinunter in die Tiefe. Hinunter in die Schlucht, die sie eisig und kalt empfing. Inna war zu langsam, rutschte ab, fing sich wieder, hatte sich die Beine aufgeschürft. Irgendwann verlor sie den Überblick, rollte über Totholz und spitze Steine, riss sich die Hände auf beim Versuch, sich an den Efeuranken festzuhalten. Den Eingang der Höhle ließ sie nicht aus den Augen. Sie musste Jenke aufhalten, ihm sagen, dass die Höhle eine Falle war. Dass sie leicht hinein-, aber nie wieder hinausgelangen würden. Eine unterirdische Höhle, Spuren des ältesten Tiefbaus auf Eisenstein, versteckt in einer bizarren Felslandschaft, umklammert von Buchen und Farn, Totholz, kühlen und feuchten Felsspalten, Klüften, leicht abgedeckt mit losem Zweigwerk und nassem Laub, Schnee, Eis. Lebensgefährlich, deswegen durften sie nicht hier sein, deswegen durften sie nur bis zu den Steinleichen, nicht weiter, niemals. Es würde kein Entkommen mehr geben. Die Höhle war gefährlich, das Felsenmeer unberechenbar, erst recht im Winter, in der Eiseskälte. Hier war niemand unterwegs. Niemand. Sie waren allein. »Wir müssen nach Hause!«, schrie Inna. »Das ist zu gefährlich, wir dürfen nicht weiter, wir dürfen nicht in die Höhle, Jenke, komm zurück!« Niemand würde sie hören, wenn sie um Hilfe riefen. Niemand würde sich hierher verirren. »Wir müssen nach Hause, Jenke!« Sie mussten nach Hause. Nur nach Hause. Zu Edchen und in die Badewanne. Ihre Angst in heißem Wasser ertränken. Das Blut in heißem Wasser ertränken. Das viele Blut.

Jenke half ihr auf, zog sie zum Eingang der Höhle. »Da rein, schnell.«

»Ich habe Angst, Jenke. Ich will nicht da rein. Was, wenn …«

»Wir haben keine Zeit!«, brüllte er panisch.

Inna schob sich bäuchlings mit den Füßen voran in das schwarze Loch, in den winzigen Eingang, spürte keinen Boden mehr unter ihren Beinen, krallte sich mit den Händen ans Efeu, an gefrorene Erde, es roch kalt und modrig. »Jenke!«, schrie sie. »Jenke!« Immer tiefer rutschte sie, versuchte, sich festzuhalten, flehte mit weit aufgerissenen Augen ihren Bruder an.

Sie schaute auf.

Igor stand ihr gegenüber, mit offenem Mund, die Teller noch immer in der Hand. Er starrte sie entgeistert an.

»Wir haben Verstecken gespielt. Einen ganzen Winter lang.« Inna lachte. Das Lachen schleuderte gegen die Fenster. Schnee rutschte hinab. Hinab in die Tiefe.

Wie Inna, wenn sie an die Höhle dachte.

11

Marga rannte am Haus vorbei in die Scheune und holte Giselas Trense.

»Gisela!«, rief sie außer Atem. »Gisela, jetzt!«

»Marga, was machst du denn da?«

Marga schaute erschrocken auf.

Mama stand im Nachthemd am Schlafzimmerfenster und blickte zu ihr in den Hof. »Es gibt Frühstück!«, rief sie.

»Ich kann jetzt nicht«, antwortete Marga schnell. »Ich habe zu tun. Leider.«

»Und was genau hast du vor?«

»Es hat geschneit, siehst du das denn nicht?«

»Willst du Gisela retten?«

»Nein!«, rief Marga zurück. »Nicht Gisela.« Marga zeigte auf den See, zog ihre Hand erschrocken wieder zurück. Sie durfte nichts verraten.

»Keine Experimente, hörst du?«

»Meinst du, Gisela könnte einen Schlitten ziehen?«

»Marga!«

»Das Weihnachtsfest fällt aus, und ich bin schuld. Ist dir das etwa egal?«, fragte Marga empört. »Gisela ist die Einzige, die noch helfen kann.«

»Wir fahren gleich in die Stadt, den Großeinkauf erledigen. Anschließend zünden wir für Oma Gitte eine Kerze an.«

»Ich bleibe hier!«, rief Marga entschlossen.

»Zum Friedhof, Marga. Oma wird sich freuen.«

»Oma ist tot. Wie soll sie sich da freuen?«

»Hör auf, so etwas zu sagen«, schimpfte Mama.

Marga antwortete nicht. Stattdessen reparierte sie die Trense, während Gisela unbeteiligt im Schnee wühlte.

»Rein mit dir!«, rief Mama.

Marga stapfte ins Haus, setzte sich mürrisch an den Frühstückstisch.

»Dann bleibst du eben mit Opa hier«, schlug Mama vor.

»Ich muss Zeitung lesen«, brummelte er.

»Aber doch nicht den ganzen Tag?«

»Egal«, winkte Marga ab. »Ich habe sowieso zu tun.«

»Und wer passt jetzt auf wen auf?« Mama wischte Roberts Mund sauber. »Sag doch auch mal etwas dazu!«

Papa schlürfte seinen Kaffee. »Was denn?«

»Marga möchte hierbleiben.«

»Und?«

Mama seufzte, räumte den Tisch ab, wickelte Robert auf der Couch, stopfte Windeln und Lätzchen in eine Tasche, holte ein Gläschen Obst und einen Löffel aus der Küche, zwängte einen wütenden Robert in seinen Schneeanzug und erteilte Befehle. Marga saß ungeduldig auf der Treppenstufe und wartete. Dann endlich öffnete Mama die Haustür, schleppte Robert und das Gepäck zum Auto, setzte ihn in den Sitz, während Marga summte und mit einer Rassel über seinem Kopf herumzappelte.

»Was bin ich froh, dass du schon so groß bist, Marga«, betonte Mama. »Sechs Jahre schon. Das ist so, so groß«, quietschte sie. »Opa ist im Haus. Er hat den Kamin angefeuert und sich auf das Sofa gelegt. Du könntest zu ihm gehen, er liest dir bestimmt etwas vor.« Sie küsste Marga auf den Kopf. »In der Küche steht noch ein Teller mit Plätzchen und in der Tiefkühltruhe ist Pizza. Vielleicht könnt ihr eure Figuren weiter schnitzen oder aus Mandarinen neue Anhänger …«

»Anni, bitte!«, unterbrach Papa genervt.

»Und nicht raus auf den See«, befahl Mama.

Marga nickte ernst und winkte brav, als ihre Eltern vom Hof fuhren, dann lockte sie Gisela in den Unterstand. Sie verlor fast das Gleichgewicht, so gierig suchte das Schwein nach den Eicheln in ihrer Tasche. Sie packte Giselas Ohren und zog sie durch die schmale Tür in den Schuppen. »Du bist viel zu dick. Ist ja wie durch eine Katzenklappe«, motzte sie. Entschlossen stemmte sie sich gegen Giselas Hintern, dabei berührte sie mit ihrer Wange versehentlich die verkrusteten Borsten. Sie verzog das Gesicht. »Du stinkst«, beschwerte sie sich. Ihr fiel das verweste Katzenbaby ein, das sie im Sommer hinter der Scheune gefunden hatte. Sie würgte.

Gemeinsam stapften sie durch den tiefen Schnee zum Weihnachtsmann, und während Gisela genüsslich die letzten Eicheln kaute, erzählte Marga ausführlich, warum sie so lange gebraucht hatten. »Ich habe mal ein totes Katzenbaby hinter der Scheune gefunden. Das war ganz kalt und labbrig und es hat genauso gestunken.« Sie verzog angewidert das Gesicht. »Weißt du eigentlich, was ich mir wünsche? Zu Weihnachten?«

Der Weihnachtsmann schaute Marga grimmig an.

Eigentlich wäre Marga viel lieber mit einkaufen gefahren. »Ist es wegen Anton? Weil ich ihn mit Kreide angemalt habe?«, fragte sie vorsichtig. »Kriege ich deswegen keine Geschenke? Anton fand's nicht schlimm, und ich habe ihn mit in die Badewanne genommen. Er sieht wieder aus wie neu«, versicherte sie.

»Wir müssen uns beeilen, das hast du doch verstanden?«

Marga dachte angestrengt nach, schrubbte Giselas Ohr. Sie nickte skeptisch. »Warum bist du nicht unsichtbar?«, fragte sie.

Der Weihnachtsmann seufzte genervt. »Weil ich vom Schlitten gefallen bin.«

»Vielleicht müssen wir dich gar nicht verstecken. Vielleicht kann nur ich dich sehen. Weil ich ein reines Herz habe.« Marga wackelte unsicher mit dem Kopf. Da war der Sonnenbrand auf Antons Ohren und sie hatte Mama im Stich gelassen und Robert wäre fast gestorben, und dann war da noch Queen Enina, die nun doch keine Schneckenkönigin mehr war, weil Marga sich vertan hatte. Sie hatte die Weinbergschnecke gefunden und zu den anderen in ihre Nachttischschublade gesetzt, hatte regelmäßige Gewichtskontrollen durchgeführt, die Ergebnisse in eine Tabelle eingetragen. Margas neue Schnecke hatte 26,4 Gramm gewogen, das Gehäuse war 4,2 Zentimeter groß gewesen, dickwandig und stabil, mit quer verlaufenden Riefen. Von Opa hatte sie gelernt, dass man eine Schnecke mit linksgängigem Gehäuse eine echte Schneckenkönigin nannte. Also hatte sich Marga eine Heißklebepistole besorgt und das Gehäuse verziert. Mit einem pinken Glasstein, flach und deswegen besonders gut geeignet, einem Stein aus Perlmutt, den Marga bis dahin wie einen Schatz gehütet hatte, und grünem Glitzerstaub. Marga hatte ihr Salat und Blätter und auch ein paar Eierschalen für den Kalkhaushalt gegeben, und Queen Enina hätte bis an ihr Ende glücklich werden können, wenn Marga nicht zufällig herausgefunden hätte, dass sie sich vertan hatte. Mit Schrecken hatte sie auf das Häuschen gestarrt, es immer wieder mit den anderen verglichen. Erst hatte sie gehofft, dass alle ihre Schnecken Königinnen waren, aber dann hatte sie entschieden, dass Queen Enina genauso wenig eine Schneckenkönigin war wie alle anderen und dass sie Enina zu Unrecht so wunderschön verziert hatte. Sie hatte geweint und der Gerechtigkeit wegen entschieden, dass sie Enina zurück in den Wald bringen musste.

Marga holte tief Luft. »Gut, dann verstecken wir dich eben«, sagte sie unglücklich. »Du musst trocknen. Ist dir kalt?«

Der Weihnachtsmann zupfte an seiner roten Jacke. »Ganz nass«, bemerkte er.

Marga rückte die Trense zurecht. »Ich darf Gisela kein Einhorn mehr aufsetzen, hat Mama gesagt. Schade, aber da kann man nichts machen.« Marga band das Ende des Stricks an den

Schlitten. »Los!«, befahl sie. Gisela lief in kleinen Schritten durch den Schnee, ihre Ohren wippten auf und ab. Marga fand, dass Gisela gar nicht wie ein Schwein wirkte, das vom Aussterben bedroht war. Und dann konnte Marga nicht so recht einordnen, was sie sah: Aus den Taschen des Weihnachtsmanns flatterten lauter bedruckte Papiere. Sie wirbelten durch die Luft, und je schneller der Schlitten fuhr, desto wilder flatterten die schmalen Blätter aus seinen Taschen und fielen in den Schnee. Marga blinzelte. Vor ihren Füßen landete ein Fünfeuroschein, der allmählich von dicken Schneeflocken betupft wurde.

Sie schaute sich um. Mit aufgerissenen Augen starrte sie auf den Schnee. Auf den Schnee, der sich rot gefärbt hatte. Genau da, wo zuvor der Weihnachtsmann gelegen hatte.

Marga schluckte ängstlich.

12

Polizeimeldung:

Zwei 6-jährige Kinder gesucht

Besorgte Passanten informierten die Polizei am Sonnabend darüber, dass ein 5 bis 6 Jahre altes Mädchen und ein 5 bis 6 Jahre alter Junge allein entlang der Schienen Richtung Felsenmeer gerannt seien. Man habe sie angesprochen, aber sie hätten nicht reagiert und seien den Männern entwischt. Das Mädchen sei verletzt gewesen und habe stark geblutet. Nach Einschätzung der Situation benötigen beide Kinder dringend medizinische und psychologische Betreuung. Wer hat die beiden Kinder gesehen? Sachdienliche Hinweise bitte an die Polizeidienststelle.

13

Es knackte trocken. Igor zuckte zusammen, starrte auf die Teller in seiner Hand. Ein großer Riss hatte sich gebildet. Er ließ los, die Teller zerfielen in einzelne Teile und landeten laut scheppernd auf dem Boden.

»Dass ich Ihnen davon erzählt habe, war ein Fehler.« Inna erhob sich. »Vergessen Sie meine Kindheit. Vergessen Sie die Höhle. Es ist der Sturm. Er zerrt an meinem Verstand.« Sie bückte sich und begann, die Scherben aufzusammeln.

»Setzen Sie sich!«, befahl Igor streng.

»Wie bitte?«

»Hinsetzen!« Er zeigte auf das Sofa. »Wir sind noch nicht fertig.«

Inna ließ den zerbrochenen Teller auf den Boden gleiten, setzte sich steif.

»Sie sind durch den Eingang gekrochen. Bäuchlings mit den Füßen voran.« Er verengte seine Augen. »Und dann?«

»Und dann?«

Igor ließ seine flache Hand auf den Tisch sausen. »Herrgott noch mal!«, brüllte er. »Hören Sie auf damit! Hören Sie auf, so dämliche Rückfragen zu stellen!« Sein Haaransatz zitterte. »Erzählen Sie, was passiert ist«, keuchte er heiser.

Sie nickte langsam. »Ich hatte keine Kraft mehr. Zu kalt. Meine Hände waren zu kalt.«

Igor rieb seine Augen. »Weiter?«, hauchte er. Er vergrub sein Gesicht. »Erzählen Sie weiter.«

Ihre Finger krallten sich in die kalte Erde, aber sie fand keinen Halt. Sie rauschte in die Tiefe, immer tiefer mit dem Bauch an spitz hervorstehenden Steinen entlang, es schnürte ihr die Luft ab. Sie wollte schreien, aber ihr fehlte die Kraft in den Lungen, dann endlich empfing sie harter Boden. Sie war mit den Füßen gelandet, drei oder vier Körperlängen unter dem Einstieg. Sie konnte sich nicht auf den Beinen halten, fiel rückwärts und stieß sich ihren Hinterkopf an der Felswand. Sie kauerte sich vornüber, hielt ihren Kopf, unfähig zu weinen oder etwas zu sehen, alles um sie herum war schwarz, die Luft nass und modrig, sie hörte feines Geröll herunterfallen.

»Inna?«, rief Jenke von oben.

Inna wollte antworten, aber es kam kein Laut heraus. Ihre wunden Handflächen brannten, ihre Zunge klebte am Gaumen, ihr Brustkorb verengte sich unter der Atmung und schnürte ihr die Luft ab. Sie hörte Jenke, wie er sich rückwärts durch den Eingang schob und herabglitt.

Inna schloss ihre Augen und kauerte sich in die Ecke. Die Kälte fraß sich durch ihre Knochen. Sie saßen auf dem harten Boden, mit eng angezogenen Beinen. Mit der Zeit hatte sie sich an die Dunkelheit gewöhnt. »Was sollen wir jetzt machen?«, fragte sie irgendwann.

Jenke presste seine Handballen auf die Augen. »Nicht«, er schlotterte. »Nicht fragen.«

Inna stand auf, legte ihren Kopf in den Nacken. Hoch über ihr ein diffuser Lichtstrahl, der sich feige in der gegenüberliegenden Felswand verkroch. »Wir müssen es versuchen.« Sie stupste Jenke an. »Wir müssen!«

Jenke schaukelte vor und zurück.

»Jenke!« Sie packte und schüttelte ihn. »Steh auf!«

»Warum denn?«, schrie er und sprang auf. Er stieß sie gegen die Felswand. »Warum sollen wir denn überhaupt wieder hier rauswollen?«

Inna blickte auf.

Igor war bis zur vorderen Sitzkante gerutscht, die Augen weit aufgerissen. Tränen hatten sich gesammelt. »Würden Sie den Weg zur Höhle heute noch kennen? Ihn wiederfinden?«

Inna blinzelte. »Vielleicht, aber ein Erwachsener passt nicht durch die enge Felsspalte.«

»Nein? Wie sind die Männer dann dorthin gelangt?«

»Welche Männer?«

»Die Männer, die ihre Zigaretten auf dem Felsvorsprung ausgedrückt hatten. Wie sind die Männer dorthin gelangt, wenn nicht durch die Felsspalte?«, fragte Igor.

»Von oben, also von der anderen Seite.«

»Und kennen Sie den Weg über die andere Seite?«

Inna dachte nach. »Mit einem Pick-up. Die Männer waren mit einem Pick-up dort«, fiel ihr ein. »Sie haben den Pick-up am westlichen Eingang zum Felsenmeer geparkt.«

»Würden Sie ihn wiederfinden?«

»Den Pick-up?«

Igor stöhnte. »Herrgott, den Zugang von der anderen Seite und damit den Weg zur Höhle.« Er fächerte sich Luft zu.

»Was ist mit Ihnen? Ist Ihnen heiß?«, fragte Inna.

Igor wehrte ab. »Und Jenke?«

»Was ist mit Jenke?«

»Würde er die Höhle wiederfinden? Sich dorthin zurückziehen? Sich dort verstecken, wenn er müsste?« Er stand auf, verschränkte seine Arme.

»Warum sollte er?«

Igor nickte knapp. »Zum Beispiel, weil er seinen Vater ermordet hat.«

Inna schüttelte den Kopf.

»Wo ist die Höhle?«, fragte Igor ernst.

»Warum wollen Sie das alles wissen?«

»Wo, Inna?«

Sie lächelte schief. Wie groß Igor war, dachte Inna. Sie erhaschte einen Blick auf seinen behaarten Bauch. »Jenke hat Sie gar nicht geschickt.«

»Wie bitte?«

»Nicht er hat Sie geschickt.« Sie räusperte sich. »Sie sind auf der Suche nach ihm«, verkündete sie triumphierend. »Und ich soll Ihnen sagen, wo er ist.«

14

Der Schnee sah verlockend aus, weich wie Watte oder eine Wolke, aber Marga wusste, dass der Schnee in Wirklichkeit kalt war und nass. Sie ließ die Scheine liegen, rannte über den zugeschneiten See zum Weihnachtsmann, der sich inzwischen aufgesetzt hatte und nach ihr schaute.

»Mädchen«, setzte der Weihnachtsmann an, aber Marga winkte ab.

»Ich kann jetzt nicht mehr«, erklärte sie. »Und Gisela auch nicht.« Marga schrubbte Giselas Ohren und vergewisserte sich, dass der Weihnachtsmann ihr erschöpftes Gesicht sehen konnte. »Gisela ist vom Aussterben bedroht. Sie muss jetzt zurück in ihr Gehege.«

Er zeigte zum Hof. »Noch ein winziges Stückchen. Du willst doch, dass es dieses Jahr Geschenke gibt?«

Marga überlegte. »Aber nur bis zur Scheune«, entschied sie. Sie nahm die Trense und zog Gisela mit beiden Händen hinter sich her.

Vor der Scheune machten sie Halt.

»Du darfst niemandem erzählen, dass ich hier bin.«

»Hab ich ja längst verstanden.« Marga zupfte an seinem nassen Ärmel. »Kannst du krank werden?«

Sie würde sich kümmern, so, wie Mama sich um Marga kümmerte, wenn sie krank war, dann nämlich lag sie auf dem Sofa, zugedeckt mit der blauen Decke, die sich in der Truhe neben dem Kamin befand. Das Beste am Kranksein war, dass man umsorgt wurde, ohne Unterlass, und dass man Kartoffeln mit Möhren und Butter zu essen bekam, sogar mit Petersilie.

Einmal war Marga ohnmächtig geworden. Anton hatte kalte Pfoten gehabt, und weil er nach Kaffeebohnen gerochen hatte, war ihr übel geworden. Aufgewacht war sie in Mamas Bett, ohne sich zu erinnern, wie sie dort hingelangt war, aber geweint hatte sie, weil Anton die Nacht in seinem Käfig verbringen musste. Am nächsten Morgen hatte sie ihn mit auf das Sofa nehmen dürfen. Sie hatte frische Trauben und Multivitaminsaft bekommen. Mama hatte aufgeräumt und in regelmäßigen Abständen Margas Stirn gefühlt, und dann war Opa zu ihr gekommen und hatte ihr eine Schachfigur gezeigt. »Siehst du, Marga? Das ist einer der beiden Türme«, hatte er erklärt und die Figur in seinen Fingern hin- und hergedreht. »Ich habe ihn geschnitzt. Gefällt er dir? Die Figuren stellen ein Sinnbild von Hofstaat und Heer traditioneller Königreiche dar.«

»Warum sehen deine Figuren immer gleich aus?«

»So sind sie eben«, hatte Opa erklärt. »Ich schnitze sie nach der allgemein üblichen Figurenform. Nathaniel Cooke hat sie kreiert. Ist schon fast 170 Jahre her.« Er hatte überlegt. »Man nennt sie Staunton-Figuren. Nach dem großen Schachspieler Howard Staunton.«

»Und hat Howard Staunton auch Einhörner entworfen?«

Opa hatte gelacht, dann war er ernst geworden. »Wenn du Einhörner haben möchtest, dann musst du lernen, wie man schnitzt.«

So hatte Marga ein Schnitzmesser und eine eigene Werkbank bekommen. In der Scheune hatte sie eifrig Skizzen angefertigt, die Gisela eines Tages sabbernd und schmatzend verschlungen hatte. Nicht eine einzige Zeichnung war verschont geblieben. Marga hatte Gisela ins rechte Ohr gekniffen, aber Gisela hatte unbeirrt weitergekaut.

»Weißt du, Marga«, hatte Opa begonnen, als sie weinend auf seinem Schoß gesessen hatte. »Erinnerst du dich an den Namen Nathaniel Cooke?«

Marga hatte enttäuscht genickt.

»Nathaniel Cooke hatte die Originalzeichnungen für seine berühmten Schachfiguren im Werk Jaques of London hinterlegt. Diese Manufaktur stellte damals die Schachfiguren her, mit denen die ganze Welt spielte.« Opa hatte eine seiner bedeutungsvollen Pausen eingelegt. »Und weißt du, was eines Tages mit diesen Zeichnungen passierte?«

Marga hatte schluchzend den Kopf geschüttelt.

»Das Werk Jaques of London wurde im Krieg von der deutschen Luftwaffe bombardiert. Nicht nur die Originalzeichnungen wurden zerstört, sondern auch die Muster der Staunton-Figuren.« Opa hatte geheimnisvoll mit der Zunge geschnalzt. »Nichts mehr da«, hatte er geflüstert. »Alles weg! Verbrannt, für alle Zeiten, für immer und ewig!«

»Und niemand hatte Kopien?«, hatte sie erschrocken gefragt.

»Niemand«, hatte Opa bestätigt. »Niemand!«

»Und dann?«

»Nichts. Man hat die Figuren einfach weiter hergestellt, sich nicht davon beirren lassen. Die Staunton-Figuren werden bis heute produziert, auch ohne die Originalzeichnungen.«

Marga scheuchte Gisela über den Hof zurück in ihre Hütte, hätte sich gern feierlich bedankt, aber Gisela würde sowieso nicht zuhören, so ersparte sie sich die aufwendige Zeremonie.

Als Marga zurück zur Scheune kam, war der Weihnachtsmann bereits vom Schlitten auf den Boden gerutscht und hatte sich auf allen vieren in den Schnee gehockt.

»Jetzt nur noch aufstehen«, sagte sie. Vielleicht konnte sie dann gehen und ihn allein lassen. Vielleicht.

Der Weihnachtsmann stemmte sich hoch, suchte Halt an der Scheunentür. Er humpelte los, stolperte über den Sack mit Opas leeren Dosen zum Büchsenwerfen und stieß mit seinem Kinn an die Deichsel eines Anhängers. Der Weihnachtsmann fluchte laut.

»Schscht«, befahl Marga. Der Samtanzug war mit Spänen und Staub übersät. Marga klopfte ihn ab. »Letzten Sommer hatte ich einen Unfall. Ich wollte im Wald picknicken und nach Enina suchen. Ich bin mit meinem Fahrrad über eine Wurzel gefahren und gefallen, dabei ist Anton aus seinem Körbchen geschleudert worden und ganz weit geflogen.« Sie schaute zu, wie sich der Weihnachtsmann in den Stand hievte. »Hast du schon mal geweint?« Weil er nicht reagierte, erzählte sie weiter von ihrem Unfall. »In meinen Beinen steckten lauter Dornen, und Anton habe ich aus den Brennnesseln geholt. Das war schlimm.« Sie schob den Weihnachtsmann durch die Scheune. »Das ist ein Dreiseitenkipper. Typ 120 DK, Baujahr 1975 von Krone. Und das hier«, sie zeigte auf den nächsten Anhänger, »ist ein Einachs-Dreiseitenkipper, vier Jahre jünger. Opa hat mal Halteösen an alle Bordwände geschweißt.« Sie zeigte ihm die Ösen für den Holzaufbau. »Ich habe geholfen«, erklärte sie. »Und das hier ist mein allerliebstes Fahrzeug auf dem ganzen Hof.« Marga machte einen Umweg und steuerte auf einen Unimog zu. »Leiterrahmen ohne Kröpfung, ein Ur-Unimog, der Letzte, der gebaut wurde. Damit fährt mein Onkel immer Schnee weg, wenn er dran ist. Papa hat ihn im Frühling zu meinem sechsten Geburtstag gefahren und schwarze Luftballons drangehängt. Die waren noch übrig von der Beerdigung.« Sie zuckte mit den Schultern. »Letzten Winter ist Otto gestorben. Otto war unser Kater. Papa hat ein Loch gegraben, und wir haben ihn in ein Handtuch gewickelt und hineingelegt. Otto ist auch der Vater von dem toten Katzenbaby, das ich mal gefunden habe.« Marga zupfte an ihrem Ohrläppchen. »Beide tot. Auf jeden Fall hatten wir schwarze Luftballons.« Marga zog den Weihnachtsmann in die hinterste Ecke der Scheune. »Kann ich jetzt gehen?«, fragte sie schnell.

Der Weihnachtsmann verengte seine Augen. »Du hast doch verstanden, was ich dir gesagt habe?«

Marga nickte vorsichtig.

»Niemand darf wissen, dass ich hier bin.« Er berührte ihren Arm. »Wenn du deinen Eltern oder deinem Opa von mir erzählst …« Er bohrte seine Finger in ihre Haut. »Weißt du, was dann passiert?«, fragte er prüfend.

»Dann fällt Weihnachten aus«, hauchte sie.

»Dann fällt Weihnachten aus«, wiederholte er. »Nicht nur das. Wenn du jemandem erzählst, dass ich hier bin, dann kann ich nicht mehr zurück. Wenn ich von Erwachsenen gesehen werde, zerfällt der Zauber und alle Engel und Wichtel werden sterben. Alle.« Er räusperte sich. »Und dann, Mädchen, wirst du ganz schlimm bestraft.«

Marga schluckte.

»Du kommst in ein Kindergefängnis. Ganz allein. Damit

würdest du Mama und Papa großen Kummer bereiten. Und in einem Kindergefängnis ist es ...«

Marga befreite sich aus seinem Griff. »Mach ich ja nicht«, unterbrach sie ihn.

»Gut«, nickte der Mann. »Darauf muss ich mich verlassen.« Er faltete seine Hände. »Und jetzt besorgst du mir trockene Anziehsachen von deinem Papa. Das kannst du doch? Wie alt bist du? Sechs?«

Marga schüttelte den Kopf. »Fast sieben«, hauchte sie.

»Sieben!« Er klatschte in die Hände. »Dann muss ich mir ja gar keine Sorgen machen. Mit sieben ist man fast schon erwachsen.«

Marga lächelte schief.

»Und wenn du das geschafft hast, habe ich eine Überraschung für dich.« Der Mann knuffte ihr in die Wange. »Magst du Überraschungen?«

Marga zuckte mit den Schultern. Sie wollte ihm nicht sagen, dass sie ihn längst durchschaut hatte. Es gab keinen Weihnachtsmann. Genauso wenig, wie es den Osterhasen gab. Es gab ja nicht einmal Gott.

»Du darfst mitkommen«, verkündete er.

»Mitkommen? Wohin?«

»Möchtest du sehen, wo ich wohne?«

Marga öffnete ihren Mund. Sie durfte weder Hundewelpen noch Süßigkeiten annehmen. Sie durfte in kein fremdes Auto steigen. Auch nicht bei Regen oder Gewitter.

»Du musst schwindelfrei sein«, sagte der Mann. »Du bist doch nicht ängstlich?«

Marga schüttelte den Kopf.

Er zählte auf. »Schwindelfrei, nicht ängstlich. Und du musst Geheimnisse für dich behalten können. Wirklich wichtige Geheimnisse.«

Keine Hundewelpen. Marga atmete erleichtert auf.

»Soll ich dir die Überraschung verraten?«, fragte der Mann.

Sie nickte skeptisch.

»Wir fliegen hoch über den Wolken. Ganz nah bei den Sternen. Du wirst staunen!«

»Mit deinem Schlitten?«

»Und den Rentieren.«

Marga knabberte an ihrer Unterlippe. Schlitten war wie Auto. Sie würde richtig Ärger von Mama bekommen. »Geht ja nicht«, erklärte sie. »Der Schlitten und die Rentiere sind doch weg.«

»Die werden wir morgen suchen.« Er zögerte. »Du kannst doch sicher gut mit Tieren umgehen?«

Marga wippte auf und ab. »Ich habe eigentlich keine Zeit«, log sie.

»Keine Zeit?«

Sie schüttelte den Kopf. »Leider.«

»Keine Zeit«, sagte der Mann nachdenklich. »Also gut. Dann bleibst du eben hier. Dann werde ich den Schlitten allein suchen.« Er räusperte sich. »Und wenn ich ihn nicht finde …« Er hob seine Augenbrauen. »Ja, dann …«

»Ich glaube eigentlich nicht, dass du der Weihnachtsmann bist.« Marga strich mit der Hand über eine Plane. »Es gibt keinen Weihnachtsmann.«

»Macht nichts!«

»Macht nichts?«

Der Mann zuckte mit den Schultern. »Mir egal, was du glaubst und was nicht.«

Marga schluckte. »Und das Weihnachtsfest?«

»Und das Weihnachtsfest?«, äffte er Marga nach. »Was ist mit dem Weihnachtsfest?«

»Habe ich es dann trotzdem gerettet?«

»Nein«, sagte er scharf.

Marga holte tief Luft. »Kann ich jetzt gehen?«

»Eine Sache noch.« Der Weihnachtsmann stützte sich an der Wand ab. »Bevor es morgen losgeht, brauche ich eine Zeitung.«

»Eine Zeitung? So eine Zeitung, wie Opa sie hat?«

Er nickte. »Eine Tageszeitung. In der Zeitung ...« Er fuchtelte mit seiner Hand durch die Luft. »Da stehen geheime Botschaften für mich drin.«

»Der Schnee war rot«, stieß Marga hervor. »Hast du geblutet?«

Der Mann schüttelte traurig den Kopf. Er zeigte auf Marga. »Du glaubst nicht an mich, deswegen! Deswegen färbt mein Anzug ab.« Der Mann zupfte an seiner Jacke. »Ich verliere nach und nach an Zauber, nur, weil du so misstrauisch bist. Wenn du nicht an mich glaubst, verliere ich meine Kraft. Genau so ist es nämlich.«

»Eine Zeitung«, sagte sie schnell.

»Eine Zeitung. Und trockene Kleidung.«

Marga beeilte sich und rannte über den Hof ins Haus. Im Flur begegnete sie Opa.

»Was machst du da draußen, Marga?«, fragte er prüfend. »Ist dir auch warm genug?«

»Hast du trockene Kleidung für mich? Erwachsenenkleidung? Ich brauche eine Unterhose und einen Schlafanzug.« Margas Herz klopfte schnell. »Für jemanden, der trocknen muss. Ich bringe die Sachen auch wieder zurück.«

»Du spinnst.« Opa schlurfte zurück zum Sofa und legte sich wieder unter seine Decke.

Marga fand, dass Opa blass aussah, gar nicht wie sonst.

»Was ist mit dir?«, fragte sie und legte sich zu ihm. »Wirst du heute sterben?«

Opas Bauch wackelte, so laut lachte er. »Bestimmt nicht.« Er streichelte ihren Rücken. »Ich sterbe nicht.«

»Weißt du, ob der Weihnachtsmann sterben kann? Wie alt ist er überhaupt?«

Opa überlegte angestrengt. Er forderte Marga auf, von seinem Bauch zu klettern, und schlurfte zum Bücherregal. Er brauchte lange, bis er fand, wonach er suchte. Er holte ein dickes schwarzes Buch aus dem Regal und blätterte sorgfältig darin herum. Dann nickte er abwesend. »Manche behaupten, der Weihnachtsmann sei eine blöde Erfindung, eine Symbolfigur weihnachtlichen Schenkens von der Coca-Cola Company. Stimmt aber nicht. Es gibt einen Holzschnitt von 1881. ›Merry Old Santa Claus‹ von Thomas Nast.« Er blätterte weiter. »Und es gibt Beschreibungen aus dem Jahr 1821, in denen der Weihnachtsmann als freundlicher alter Mann mit langem Rauschebart, rotem und mit weißem Pelz verbrämtem Gewand dargestellt wird.« Opa schaute auf. »Also könnte der Weihnachtsmann fast 200 Jahre alt sein.« Mit dieser Feststellung knallte er das schwere Buch zu und stellte es zurück an seinen Platz. »200 Jahre«, wiederholte er und schlurfte zum Sofa.

»200 Jahre?«, fragte Marga ungläubig. »Und gibt es den Weihnachtsmann auch ohne Bart und nicht ganz so alt?«

Opa zuckte mit den Schultern. »Vielleicht.«

Marga sprang auf. Sie lief die Treppe hinauf. Dem Weihnachtsmann würde schon irgendetwas aus Papas Schrank passen. Sie suchte sorgfältig und fand eine Trainingshose, einen Rollkragenpullover und Socken. Sie fischte eine Unterhose und ein T-Shirt aus Papas Schmutzwäsche. Sie stopfte die Kleidung in ihren Rucksack, holte Anton aus seinem Stall. Sie nahm ihn hoch und küsste ihn. »Dann gibt es ihn also doch«, flüsterte sie. »Und wir beide können das Weihnachtsfest retten.«

15

Igor räusperte sich. »Ich brauche einen Kaffee.«

Während sie den Spülvorgang des Kaffeeautomaten abwarteten, spazierte er durch die große Halle. Im Augenwinkel nahm sie wahr, dass er die langen Tische inspizierte, über eine Lampe strich, einen Hocker zum Drehen brachte und schließlich hinter dem Weihnachtsbaum verschwand.

Stille.

Inna wartete, horchte. Der Sturm erstickte jedes Geräusch, das sich nicht direkt neben ihr befand.

Sie holte ihr Smartphone heraus.

Kein Empfang.

Sie versuchte, Grunewald anzurufen.

Kein Rufaufbau.

Sie probierte, sich ins Internet einzuwählen, tippte hoffnungslos auf den Button. Nichts.

»Verrückt, nicht?«

Ihr entfuhr ein Schrei.

Igor stand direkt hinter ihr, lauerte über ihre Schulter. »Kein Empfang.«

»Ihr Kaffee«, sagte sie schnell. Sie huschte an ihm vorbei zur Sitzecke.

»Sie haben zu erzählen aufgehört. An der spannendsten Stelle.« Er machte eine hilflose Geste. »Das ist nicht fair.«

Inna nahm einen Schluck Kaffee.

»Wie sind Sie aus der Höhle gelangt? Haben Sie es allein geschafft?«

Inna schüttelte den Kopf.

»Wie dann?«

»Es hat nach Zigarettenqualm gerochen«, flüsterte Inna.

Wann immer ihnen die Augen zufielen, rüttelten sie sich gegenseitig wach. »Nicht einschlafen. Wenn wir einschlafen, erfrieren wir«, ermahnten sie sich. Dabei fixierten sie den kleinen Lichtstrahl, der hoch über ihren Köpfen die einzige Verbindung zur Außenwelt darstellte, der hoch über ihren Köpfen das Einzige war, was sie überhaupt sehen konnten.

Hell, dunkel. Tag, Nacht.

Niemand weit und breit. Nur sie und Jenke. Jenke rollte sich immer enger zusammen, sein hagerer Körper zitterte wie Espenlaub. »Henri wird kommen und uns holen«, stammelte er schlotternd. »Wir müssen alles richtig machen.« Jenkes Atemzüge klangen wie Brause auf der Zunge.

Und dann roch sie ihn, den Zigarettenqualm. Inmitten der nassen, modrigen Kälte. Sie rappelte sich auf, kraftlos, hungrig. Sie reckte ihren Hals, ihr war schwindelig, eiskaltes Blut schlängelte sich träge durch ihre Venen, ihre Gelenke so steif, dass sie sich kaum bewegen konnte. »Wir sind hier unten! Holt uns raus!«, schrie sie. Inna hämmerte mit beiden Fäusten gegen die kalte Wand.

»Hallo?«, hörten sie.

»Hier!«, brüllte Jenke. »Wir sind hier unten!«

Sie sahen eine Hand. Die Hand stützte sich ab, schob etwas Geröll zur Seite. Dann wurde es noch dunkler, als es sowieso schon gewesen war. Inna hielt vor Angst und Kälte die Luft an. Sie hörte Stimmen, was die Männer redeten, verstand sie nicht.

»Bleibt hier!«, bettelte sie leise.

Erde und kleine Steine rieselten in die Höhle, der Lichtstrahl einer Taschenlampe.

»Wie viele seid ihr?«, rief einer der Männer. »Könnt ihr nach meiner Hand greifen?«

Inna und Jenke legten ihren Kopf in den Nacken, versuchten, etwas zu erkennen. »Nein!«, riefen sie.

Die Hand verschwand wieder, die Männer redeten.

»Sie werden uns hier rausholen«, flüsterte Jenke. Er stützte sich kraftlos an der Wand ab.

»Wir lassen ein Seil herab«, rief jemand. »Mit einer Taschenlampe. Das Seil bindet ihr euch um. Wir ziehen euch herauf!« Sie hörten die Männer hantieren. Ein Lichtstrahl näherte sich und leuchtete den Schacht aus. Die Taschenlampe baumelte am Ende des Seils wie eine Deckenleuchte.

Inna half Jenke, das Seil um seinen Oberkörper zu wickeln. Jenkes Hände glühten, er hustete. Innas kalte Finger schmerzten.

»Wir ziehen jetzt!«, kündigten die Männer an.

Jenke ließ sich in die Höhe ziehen, er baumelte mit schmerzverzerrtem Gesicht hin und her, stieß mit jedem neuen Ruck an die Wand. Es dauerte Ewigkeiten, Inna tapste von einem auf den anderen Fuß. Wie lange sie hier unten gewesen waren, fragte sie sich. Ein paar Jahre, entschied sie.

Sie band sich das Seil um ihren Bauch. Mit dem ersten Ruck saß es fest unter ihren Achseln. Sie umklammerte es mit den Händen, ihre Kraft reichte kaum noch aus, als sie endlich durch den schmalen Eingang an die frische Luft gezogen wurde. Sie schützte ihre Augen vor dem grellen Licht.

»Wie heißt du?«, fragte einer der Männer und tupfte ihr Gesicht ab. Blut. Überall war getrocknetes Blut. Ihr Gesicht brannte von der Kälte. Sie beugte sich vornüber und erbrach.

»Du lieber Himmel, wie seid ihr denn da hineingeraten?«, fragte ein bärtiger Mann.

Jemand legte ihr einen Mantel um die Schultern und reichte ihr einen Becher dampfenden Tee. Inna schlüpfte dankbar in die Ärmel und vergrub ihr Gesicht darin. Der Mantel roch nach Zigaretten.

»Sonst ist aber niemand mehr da unten?« Ein zweiter Mann, älter als der erste, schüttelte den Kopf. »Also so was habe ich noch nie erlebt.« Er tippte auf seine Brust. »Leo.« Er zeigte auf den Mann mit dem Bart, der eine Zigarette hielt. »Kurt, und der Kleine da ist Gavin.«

Der Bärtige nickte und deutete auf ihre Beine und den Oberkörper. »Du bist verletzt.«

Sie schüttelte den Kopf.

»Und von wem ist dann das Blut? Ihr seid die Kinder, die vermisst werden. Wir haben euch wegrennen sehen. Ist was Schlimmes passiert, ja?« Er zündete sich eine Zigarette an. »Wir müssen der Polizei Bescheid geben, dass wir euch gefunden haben. Und dann bringen wir euch ins Krankenhaus. Ihr seid halb erfroren.«

»Was macht ihr damit?« Jenke zeigte auf das lange Gerät, das einer der Männer neben den Rucksäcken an die Felswand gelehnt hatte.

»Wir sind Sondengänger. Wir suchen nach antiken Gegenständen. Schätze, die vor Tausenden von Jahren verloren gegangen sind.«

Jenke hustete. »Sucht ihr auch nach Gold?«

»Mh«, brummte Leo. »Und ihr? Wie alt seid ihr überhaupt?«

»Neun«, log Inna.

Leo lächelte. Er streckte sechs Finger in die Luft. »Höchstens so, mh?«

Inna lächelte schief.

»Wir haben Verstecken gespielt. Mit Black Canary«, erklärte Jenke heiser.

Inna schob ihre blutverkrustete Hand unter den Mantel. »Mit Black Canary und Crackerjack. Sie warten auf uns. Wir müssen wieder zurück.«

Leo drückte vollkommenes Unverständnis aus, schaute fragend zu Kurt. Der alte Mann zuckte ratlos mit den Schultern.

»Black Canary«, grinste Gavin. »Schwarzer Kanarienvogel. Das ist eine Comic-Heldin.« Er stupste Kurt an. »Dinah Drake Lance. Pretty Bird. Und Crackerjack? Alles erfundene Figuren. Comics«, raunte er.

Inna schluckte trocken.

»Wir kennen den Weg nach Hause«, sagte Jenke. »Ist nicht weit.«

Leo nahm seine Mütze ab, kratzte sich am Kopf. »So?«

Stille.

Nur der Sturm.

Igor nestelte nervös an seinem Teebeutel. »Mein Gott«, hauchte er. »Wie lange waren Sie da unten in der Höhle eingeschlossen?«

»Ich weiß es nicht«, flüsterte Inna.

»Stunden? Tage?« Er schaute sie eindringlich an.

Inna legte ihren Kopf schief.

Wie lange, fragte sie sich. So lange, bis die Kinder in ihren Träumen keinen Hunger mehr gehabt hatten. Die Kinder in ihren Träumen hatten sie am Leben erhalten. Sie hatten Inna mit in die Sonne genommen. In den Schnee. Hatten mit ihr gelacht und gekreischt, wenn sie mit ihren Schlitten den Berg heruntergerodelt waren. Was sie ihnen Wertvolles geschenkt hatte, dachte sie plötzlich. Und die Kinder ihr. Lebenszeit. Inna hatte ihnen Lebenszeit geschenkt. Zu ihnen gehörte keine Geschichte, die im Felsenmeer lauerte und sie ermahnte. Zu ihnen gehörte keine Geschichte, an der Blut klebte. Die Kinder in ihren Träumen waren beliebt und hatten Freunde. Und eine Familie.

Im Krankenhaus hatte sie später vom Schnee geträumt. Ihre Mutter hatte als Elfe inmitten der Eiswelt gestanden und gezittert. Die Tränen auf ihren Wangen wie winzige Eiszapfen. Aus den Eiszapfen war Blut getropft.

Blut.

Mamas Blut.

»Von Ihrer Mutter«, nickte Igor langsam. »Das Blut damals war das Blut Ihrer Mutter, nicht Ihr eigenes. Nicht Sie waren verletzt, sondern Ihre Mutter. Habe ich recht?« Igors Hand zitterte. Er versteckte sie.

»Wie kommen Sie denn darauf, dass meine Mutter verletzt war?«

»Das viele Blut«, sagte Igor. »Überall. An Ihren Händen und an Ihrer Kleidung.«

»Meine Mutter war nicht verletzt«, sagte Inna. »Meine Mutter war tot.«

16

Polizeimeldung:

Mordkommission bittet Bevölkerung um Mithilfe

Zu dem Fall des ermordeten Mannes bittet die Mordkommission um Mithilfe. Bei dem Opfer handelt es sich um einen 83-jährigen Mann, der gegen 1 Uhr nachts erstochen wurde. Der mutmaßliche Täter ist männlich, etwa 1,95 Meter groß und von kräftiger Statur. Der Verdächtige war zum Tatzeitpunkt als Weihnachtsmann verkleidet.

Die Mordkommission fragt:

Wer hat den Mann gesehen und kann Angaben zu seinem Umfeld machen?
Wer hat die Tat beobachtet oder sonstige verdächtige Wahrnehmungen in Tatortnähe gemacht?
Wer kann weitere sachdienliche Hinweise geben?

Zeugen werden gebeten, sich an die Ermittler oder an jede andere Polizeidienststelle zu wenden.

17

Marga saß ungeduldig am Tisch und knabberte an ihrer Brötchenhälfte. Die Sonne war längst verschwunden, es war dunkel draußen. »Ich werde Gisela noch füttern«, verkündete sie.

Mama fütterte Robert, dabei schnitt sie peinliche Grimassen. Robert verteilte mit seiner Faust klebrigen Brei auf seinem Auge. Er begann zu quengeln.

Marga stand auf und schlenderte in die Küche. Da lag sie, zusammengerollt zwischen Altpapier. Sie stopfte die Zeitung unter ihren Pulli.

»Ich komme mit!«, rief Opa.

Gemeinsam gingen sie zu Giselas Gehege.

»Du bist heute nicht gestorben«, stellte Marga fest.

»Das ist nicht nett von dir, Marga.«

»Wünschst du dir etwas zu Weihnachten?«

»Dass du glücklich und gesund bleibst.«

Marga stöhnte. »Das ist doch kein Wunsch!«

»Wir könnten Schach spielen«, überlegte Opa.

»Irgendetwas anderes. Etwas, was dir der Weihnachtsmann schenken kann.«

»Mh«, brummte Opa. »Dann ein Buch.«

»Irgendeins?«

»›Das Narrenschiff‹ von Sebastian Brant.«

»Hat es etwas mit Karneval zu tun?«

Opa lachte. »Eigentlich nicht, nein.«

»Und ist es trotzdem ein lustiges Buch?«

»Durchaus«, grinste Opa. »Und was wünschst du dir, Marga?«

Sie zuckte mit den Schultern. »Dass Anton genauso alt wird wie ich.«

»Und das soll jetzt ein richtiger Wunsch sein?«

Marga nickte stumm. »Den Weihnachtsmann darf niemand sehen«, bedauerte sie. »Niemand.«

Opa tätschelte Margas Kopf.

Sie fütterten Gisela und drehten eine letzte Runde über den Hof. Marga huschte an Opa vorbei ins Haus, besorgte Brezeln vom Abendessen, etwas Wurst, eine Flasche Wasser. Sie hörte Robert und Mama im Bad quietschen und alberne Geräusche von sich geben. Wenn Marga in der Wanne saß, machte Mama keine albernen Geräusche, dachte sie traurig. Stattdessen räumte Mama Wäsche weg und stöhnte über getrocknete Zahnpasta. »Marga, bitte achte doch darauf, dass du die Zahnpasta nicht überall verteilst«, motzte sie dann. Bei Robert motzte sie nie.

Marga rannte zur Scheune. Ob der Mann schlief?

Vielleicht gab es ihn doch, wenn sogar Opa in Betracht zog, dass er 200 Jahre alt sein könnte. Marga seufzte. Vielleicht würde sie am Ende wirklich das Weihnachtsfest retten, und Mama wäre getrocknete Zahnpasta egal.

Sie trat vorsichtig in die Scheune und schaute sich um.

Der Weihnachtsmann saß mit dem Rücken angelehnt auf dem Boden hinter dem Unimog. Ein wenig enttäuscht setzte sich Marga neben ihn. Ohne Kostüm sah der Weihnachtsmann ganz gewöhnlich aus, gar nicht mehr geheimnisvoll.

Sie reichte ihm Brezel und Wurst. »Und was machen wir jetzt?«, fragte sie ernst.

Der Weihnachtsmann streckte umständlich seine Beine aus. »Wir?«

»Ja.« Marga kratzte sich am Kopf. »Was ist jetzt hier?« Sie

deutete mit einer lapidaren Handbewegung in die Scheune. »Ist jetzt Weihnachten oder nicht?«

»Sicher.« Der Weihnachtsmann kaute. »Wenn du niemandem von mir erzählt hast?«

Marga schüttelte den Kopf.

»Und du kommst morgen mit, ja?«

Marga sog geräuschvoll etwas Luft ein. »Wegen Anton. Er will mit«, sagte sie unsicher. »Und allein kann er ja nicht.« Sie reichte ihm die Zeitung.

Der Mann lächelte zufrieden, faltete sie auseinander, blätterte.

»Und da stehen jetzt geheime Botschaften drin?«, fragte Marga skeptisch.

Der Mann antwortete nicht, so vertieft war er in einen Artikel. Marga fand, dass seine Gesichtsfarbe unnatürlich grau geworden war. Plötzlich hatte sie noch mehr Angst vor ihm. »Ich muss jetzt gehen«, flüsterte sie.

Der Mann packte ihr Bein. »Du hast doch nichts erzählt?«

»Nichts«, hauchte sie, knabberte nervös an ihrer Unterlippe.

»Gut.« Der Weihnachtsmann legte die Zeitung weg. »Morgen früh bringst du mir noch einen Verband mit. Mein Bein … ich muss es verbinden, sonst können wir nicht mit dem Schlitten fahren. Hast du Klebeband? So richtig breites Klebeband?«

Marga überlegte.

»So ein Tape, mit dem dein Papa etwas festmacht. Schwarz oder silbern.« Er drückte ihren Arm. »Und ein Tuch. Irgendeins.«

Marga fiel das Tape im Unimog ein, mit dem ihr Onkel immer den Tankdeckel festklebte. »Silbern«, sagte sie. »Eine große Rolle.«

»Hol es«, forderte er sie auf.

Marga lief zum Unimog und kletterte hinein. Mit der Rolle und einer Packung Taschentücher kam sie zurück. »Und jetzt?«, fragte sie.

Der Weihnachtsmann deutete auf ihre rechte Hand. »Eins von den Tüchern.«

Sie reichte ihm die Packung.

»Den Rest mach ich allein.« Er schaute sie eindringlich an. »Und du sagst niemandem, dass ich …«

»Weiß ich doch«, flüsterte sie.

»Haben deine Eltern Schmerztabletten? So kleine weiße runde?«

Marga nickte stumm.

»Bring sie her. Ich brauche zwei.« Er schaute sie eindringlich an. »Und noch eine Flasche Wasser.«

Sie gehorchte und rannte über den Hof zurück ins Haus. In Mamas Handtasche kramte sie nach der weißen Packung.

»Ab ins Bad mit dir«, hörte sie Mama hinter sich.

Marga zuckte zusammen.

»Es ist schon spät«, sagte sie. »Zeit, dass du ins Bett kommst.«

Marga versteckte die Schachtel mit den Schmerztabletten. »Ich muss noch mal in die Scheune. Nur kurz.« Sie schob Mama zur Seite. »Eine Überraschung. Du darfst sie nicht sehen.«

Sie rannte über den Hof, stürmte in die Scheune. Ihr Herz klopfte. Marga reichte dem Weihnachtsmann die Schmerztabletten und starrte auf sein Bein. An der Seite seines Oberschenkels befand sich eine große Schnittwunde. Marga schluckte. Sie schaute zu, wie er mit den Zähnen das Tape abriss und es um sein Bein wickelte.

»Geh jetzt«, befahl er. »Und morgen kommst du wieder. Dann geht es los.«

»Ich …«

Er schaute auf. »Zu den Sternen. Und zu den Wichteln«, sagte er schnell. »Niemand sonst kann sie sehen, nur du und ich. Andere Kinder würden …«, er riss ein weiteres Tape ab, »… sich freuen«, nuschelte er undeutlich.

In der Nacht schlief sie unruhig, träumte von Queen Enina. Auf ihrem Schneckenhaus saßen winzige Schmetterlinge. Queen Enina sah glücklich aus. Sie trug eine Krone, ihre Fühler ragten neugierig heraus.

»Möchtest du mitkommen?«, fragte sie. Ihre Stimme war weich und hell.

»Ich darf nicht. Ich darf mit niemandem einfach mitgehen.«

»Aber doch mit mir?«

Enina ließ Marga auf ihr Häuschen klettern. Es war wackelig und hoch, Grashalme wirkten wie riesige Stämme, grün und glatt. Sie begegneten den anderen Schnecken aus ihrer Schublade. Der hässliche Karl machte neben der Königin Halt. »Frühstück ist fertig«, verkündete er freundlich. Sie rutschte vom Schneckenhaus in die Tiefe, an allen Sternen vorbei, immer tiefer und tiefer.

»Frühstück ist fertig. Aufstehen, Marga.« Sie spürte Mamas Hand. »Du hast ja lang geschlafen«, sagte sie sanft. »Komm, wir wollen heute auf den Weihnachtsmarkt.«

Marga erschrak. Der Mann. Ob er noch da war?

Sie rannte die Treppe hinunter und stieß mit Opa zusammen. »Wie viel Uhr haben wir?«, fragte sie außer Atem.

»20 nach neun. Was ist mit dir? Du hast Ferien.« Er schlurfte zur Haustür. »Keine Zeitung«, maulte er. »Bei dem bisschen Schnee.«

»Ich muss in die Scheune!«, rief sie. »Der Weihnachtsmann. Ich muss nach ihm sehen.«

Mama bekam Margas Schlafanzugärmel zu fassen. »Hier geblieben«, befahl sie. »Nicht im Schlafanzug. Und erst wird gefrühstückt.« Sie schob Marga zum Esstisch. »Bitte sehr«, sagte sie und reichte Marga ein Croissant.

»Ich möchte vier.«

»Vier?«, staunte Mama. »Iss erst mal eins.«

»Und Kakao.«

»Kein Kakao heute Morgen. Auf dem Weihnachtsmarkt nachher gibt es genug Süßkram.«

»Ich kann nicht mit auf den Weihnachtsmarkt.«

»Was soll denn das schon wieder?« Mama schüttelte den Kopf. »Natürlich kommst du mit.«

»Wenn sie doch nicht will?«, sagte Opa.

»Halt dich da raus, Paps.«

»Ich muss hierbleiben«, seufzte Marga. »Ich habe keine Zeit für so was.«

Mama ließ den Löffel sinken. »Für so was?«, fragte sie ungläubig. »Für so was?«

Marga schluckte. »Ich muss jemandem helfen.«

Mama schaute hilflos zu Papa. »Was machen wir denn jetzt?« Sie schüttelte den Kopf. »Da will man einmal als Familie zum Weihnachtsmarkt, aber das eigene Kind hat keine Zeit.«

»Ich muss dem Weihnachtsmann helfen.« Marga biss sich auf die Lippe.

»Niemand muss ihm helfen«, erklärte Papa. Er nahm Margas Hand. »Das schafft er alles ganz allein. Und weißt du, Marga, wir müssen dem Weihnachtsmann auch die Möglichkeit geben, seine Geschenke zu verteilen. Das kann er am besten, wenn niemand hier ist.«

»Das ist Quatsch.« Marga stand auf. »Außerdem ist er gar nicht der Weihnachtsmann. Den Weihnachtsmann gibt es nicht.«

»Na hör mal, wer bringt denn sonst die Geschenke?«, fragte Papa empört.

»Ich muss jetzt los.« Sie nahm sich ein weiteres Croissant aus dem Korb. »Ich brauche noch mehr«, bettelte sie. »Sind welche in der Küche?«

»Du setzt dich jetzt wieder hin, Marga«, befahl Mama streng. »Du wirst mit uns frühstücken und anschließend mit zum Weihnachtsmarkt fahren.«

Marga öffnete ihren Mund.

»Basta«, sagte Mama und zeigte auf den Stuhl. »Hinsetzen!«

»Liebling …«

»Nein«, schnauzte Mama verärgert. Sie stand auf. »Weihnachten! Wieso können wir nicht einmal frühstücken? Gemeinsam? Ohne dass etwas dazwischenkommt?«

»Tun wir ja.« Papa streichelte Mamas Rücken. »Stimmt's, Marga? Und wir fahren auch alle mit zum Weihnachtsmarkt.«

»Ich nicht.« Opa nahm einen Schluck Tee. »Ich bleibe hier.«

»Paps!« Mama setzte sich wieder. Sie rückte Roberts Lätzchen zurecht. Robert quengelte. »Na toll«, seufzte sie. »Er ist seit 6 Uhr wach.«

»Vielleicht solltet ihr euch beide hinlegen«, schlug Papa vor. »Dann kann sich Marga um den Weihnachtsmann kümmern, und wir fahren dafür etwas später los.«

»Christkind«, murmelte Opa. »Bei uns gab es noch das Christkind.«

Mama stand auf. »Macht, was ihr wollt«, motzte sie und hob Robert aus seinem Stühlchen. Er patschte ihr mit der flachen Hand auf den Mund. Mama leckte kalten Brei von seinen Fingern. »Dann eben nicht«, sagte sie enttäuscht und stapfte nach oben.

»Und meine Zeitung?«, fragte Opa.

Papa räusperte sich. »Zisch los, Marga.«

Marga sprang auf.

»Aber zieh dir etwas an!«, rief er ihr hinterher.

Marga nahm zwei Stufen auf einmal, fütterte Anton und ihre Schnecken. Plötzlich fand sie es traurig, dass ihre Schnecken in einer Schublade wohnen mussten. Dort gab es keine Blumen und Gräser so groß wie Berge und Bäume. Es gab keine Sonne, es gab keinen Regen und keinen Schnee. Marga bekam ein schlechtes Gewissen.

Ob sie den Schnecken ihre Freiheit zurückgeben sollte?

Sie bekam Zweifel.

Würden sie die Kälte überleben?

Marga wusste, dass Schnecken ihre Häuser im Winter mit einem Deckel verschließen konnten. Die Schnecken in ihrer Schublade hatten keinen Deckel.

Ob es an der Wärme lag?

Sie konnte etwas Schnee in die Schublade legen, zur Eingewöhnung.

Marga dachte angestrengt nach.

Sie liebte Anton. Sie liebte das samtweiche Kissen mit der Giraffe in ihrem Bett. Sie liebte Giselas Nase und die schimmernden Felder. Sie liebte es, dass ihr Fahrrad hellblau war und gelbe Tupfen hatte, und sie liebte es, im Sommer zu picknicken. Sie liebte ihr Roggenbrötchen mit Honig, sie liebte ihre Schachfiguren und Opas feinen Geruch. Sie liebte ihr kariertes Kleid und dass sich Geschenkband mit einer Schere kringeln ließ. Marga liebte das Knirschen von rohem Blumenkohl, sie liebte neue Bücher und Wasserfarben, sie liebte, dass Kefir auf ihrer Zunge kribbelte. Marga liebte, wenn sie niesen musste, und sie liebte es, in riesige Pfützen zu springen. Sie liebte es, auf Bäume zu klettern, und sie liebte das Rutscheloch im Wald. Sie liebte den Erzählbaum, sie liebte, dass Mama strahlte, wenn Marga in ihre Arme lief. Sie liebte ihren grünen Rucksack mit dem kleinen Fuchs darauf, auch wenn er nach alter Erde roch. Sie liebte es, ihre Haare offen zu tragen, und sie liebte es, wenn ihr Vater Honig auf seine Nase tropfen ließ und Mama kicherte, wenn er ihren Hals küsste. Marga liebte Schwimmen und dass ihre Haut davon ganz schrumpelig wurde. Marga liebte den Geruch von nassem Asphalt im Sommer, und sie liebte es, dass der Skilift Gandegg fast 3.000 Meter lang war. Marga liebte das Kribbeln in den Oberschenkeln, wenn sie aufgeregt war. Sie liebte Zuckerrübensirup, der auf weißem Joghurt schwarz schimmerte. Marga liebte Mamas warme Hände an ihren Füßen, und sie liebte es, wenn Opa geheimnisvoll ihre Hand drückte. Marga liebte Papas Gutenachtgeschichten und wenn sie das Schönste und Blödeste vom Tag besprachen. Sie liebte es, wenn Butter in der Pfanne erhitzt wurde und zu gleiten begann, sie liebte es, wenn Mama eine Banane aß und sich vorher ihre Hände eingecremt hatte, und sie liebte Orangensaft mit Kakaopulver. Marga liebte es, wenn der Schaum in der Badewanne zerplatzte, und sie liebte Kiwi-Käfer, die es in echt gar nicht gab. Marga liebte Kaugummis und kleine Papierkugeln, sie liebte Glanzbilder und Schneckenfühler. Es gab nur sehr wenige Dinge, die Marga nicht liebte. Eigentlich gab es gar nichts. Marga liebte alles.

Sie rannte ins Schlafzimmer und umarmte Mama so fest sie konnte.

»Marga«, murmelte Mama schläfrig.

»Stimmt es, was Papa gesagt hat? Gibt es den Weihnachtsmann wirklich?«

Mama lächelte mit geschlossenen Augen. »Na klar. Mit seinem Schlitten fährt er hoch über den Wolken.«

»Also doch?« Marga malte mit dem Finger die Muster auf der Bettdecke nach. »Meinst du, man kann ihn sehen?«

»Mh«, machte Mama.

»Wenn es Gott nicht gibt, warum sollte es dann den Weihnachtsmann geben?«

Mama richtete sich auf. »Deswegen.«

»Deswegen?«

»Deswegen bist du so nachdenklich und hast keine Zeit. Und möchtest nicht mit zum Adventsmarkt.« Sie überlegte. »Freust du dich denn gar nicht auf Weihnachten?«

Marga zuckte mit den Schultern. »Ich kann ihn sehen.«

»Den Weihnachtsmann?« Mama lächelte.

»Sein Anzug hat den Schnee rot gemacht.«

Mamas Lächeln wurde schief.

»Da!« Marga zeigte aus dem Fenster. »Ich habe ihn gestern Morgen entdeckt.« Sie rutschte vom Bett. »Er ist vom Schlitten gefallen. Ich glaube, dass er sich nur verkleidet hat.«

Mama schüttelte empört den Kopf. »Was hätte ich als Kind darum gegeben, den Weihnachtsmann zu sehen. Oder mal auf seinem Schlitten mitzufahren. Mit Rentieren, hoch oben in den Wolken.« Sie knuffte Marga in die Seite. »Du nicht?«

Marga nickte ernst. »Vielleicht«, sagte sie.

18

Inna warf einen Blick zu den Fenstern. Wenn der Mond ein wenig Licht spenden würde. Etwas Licht zwischen schwarzem Sturm und weißem Schnee, der sich bis zur Hälfte zwischen die Sprossen gepresst hatte.

Inna starrte auf ihre Hände.

»Sie waren dabei, als Ihre Mutter starb«, stellte Igor fest. »Sie waren dabei. Sie und Jenke.«

Inna nickte.

»Deswegen haben Sie sich in der Höhle versteckt.« Auf Igors Stirn hatten sich winzige Schweißperlen gebildet. »Und in der Höhle wären Sie beinahe erfroren.«

»Sie haben ja keine Ahnung, wie sehr wir uns das gewünscht haben.«

»Zu sterben?« Er schüttelte den Kopf. Eine Schweißperle löste sich aus den Unebenheiten seiner Stirn und rann hinab. »Kein Kind dieser Welt wünscht sich das, egal, was passiert ist.«

»Sie haben ja keine Ahnung.« Inna lehnte sich vor und schaute ihn eindringlich an. »Und als Sie heute Morgen losgefahren sind, hatten Sie wirklich keinen Schimmer davon?«

»Von der Höhle?«, fragte Igor heiser.

»Vom Schneesturm.«

»Nein.« Er stieß geräuschvoll Luft aus. »Ein kleiner Spaziergang. Mehr sollte es nicht sein. Ich wollte einen Blick in Ihre Halle werfen, um mir ein Bild zu machen. Ein Bild davon, wie meine Halle irgendwann einmal aussehen könnte.«

»Ein kleiner Spaziergang.« Sie lächelte.

»Etwa eine halbe Stunde bin ich gefahren und dann durch

den verschneiten Wald spaziert. Ich hatte mir auf der Karte einen Rundweg ausgesucht, aber von dem muss ich abgekommen sein.«

»Mit dem Auto?«

Er legte seinen Kopf schief.

»Sie haben gesagt, dass Sie eine halbe Stunde hierhergefahren sind.«

»Ja«, bestätigte Igor. »Mit dem Auto.«

»Und wo steht es nun?«

»Weiß ich nicht. Ich weiß nicht einmal, wo und wann ich vom Weg abgekommen bin.«

»Wanderparkplatz? Haben Sie das Auto auf einem Wanderparkplatz abgestellt?«

»Schon möglich.«

»Und Sie sind an einem Gehege mit Rindern vorbeigekommen. Galloways. Langes gewelltes Deckhaar.«

Igor benetzte ungeduldig seine Lippen. »Ja.« Er zeigte aus dem Fenster in die Dunkelheit. »Friedliche Tiere.«

Inna nickte knapp. »Friedliche Tiere. Sind Sie links oder rechts am Gehege vorbeigelaufen?«

»Meine Güte, links oder rechts. Das weiß ich doch nicht mehr.«

»An einem kleinen Bach entlang?«

»Ein kleines Bächlein«, lächelte er steif. »Ja, richtig, ein kleines Bächlein.«

»Mit einer sehr schmalen Brücke.«

»Kann sein. Vielleicht.«

Inna erhob sich. »Ich muss zur Toilette.« Sie versuchte, möglichst unbeteiligt durch die Halle zu laufen, verriegelte die Tür. Sie setzte sich auf den geschlossenen Toilettendeckel, vergrub ihr Gesicht in den Händen. Sie holte tief Luft, atmete geräuschvoll aus.

Igor.

Wie hatte Igor den Bach erkennen können, wenn der Schnee alles unter sich begraben hatte?

Es gab keine Rinder, an die er sich hätte erinnern können. Keine friedlichen Tiere mit schwarzem Fell, kein Bächlein, das idyllisch vor sich hinplätscherte. Keine Brücke.

Gar nichts. Es gab gar nichts von all dem.

Es gab nur Igor.

Und Igor war ein Lügner.

19

Sein Auto wackelte bedrohlich, es war duster. Er goss sich etwas Tee ein, trank ihn in kleinen Schlucken. Sie hätte mehr Honig hineinrühren sollen, das hätte ihm das Warten versüßt.

Er seufzte. Nicht einschlafen, beschwor er sich. Er stieg aus, befreite mühsam die Scheiben. Er musste sich bereithalten.

Um sich aufzuwärmen, stapfte er ein paar Runden um sein Auto, setzte sich wieder hinein. Die Decke zog er über seinen Kopf. Er schaltete die Taschenlampe ein.

Weit nach Mitternacht.

Würde das Warten je ein Ende nehmen?

20

Nach dem Weihnachtsmarkt machte sich Marga auf die Suche nach einem geeigneten Karton für die Geldscheine. Gisela lag unter einer Pferdedecke und schlief, der Unterstand schützte sie vor dem Schnee, der noch immer unaufhörlich vom Himmel fiel.

Sie schaute sich um.

Stille.

Die weiße Pudermasse hatte alle Geräusche verschluckt.

Leise schlüpfte sie durch die schmale Scheunentür. Morgen in aller Früh würden sie und ihr Onkel mit dem Ur-Unimog losfahren und den Schnee räumen. Sie würde vorne sitzen, mit Anton in einer Decke und einem heißen Kakao, sie würden Radio hören und nach Tieren Ausschau halten. Es war die beste Zeit im Jahr, fand Marga.

Sie hob die Plane an. Staubig, eine tote Spinne fiel herunter. Vorsichtig fischte sie einen der Kartons heraus. Im Frühjahr wollte sie damit einen Knicker-Parcours bauen. Marga besaß viele Murmeln, nicht so viele wie einst Anne Frank, die 161 Murmeln einem Nachbarmädchen geschenkt hatte, aber immerhin 123 Stück. Die meisten mit geschwungenen Spiralmustern im Innern des Glaskörpers. Marga wollte ihre Sammlung auch der Kunsthalle in Rotterdam schenken, aber erst im nächsten Winter, hatte sie beschlossen.

Sie deckte die Kartons sorgfältig ab, zog entschlossen los, der Schnee knirschte unter ihren Tritten. Sie suchte den zugeschneiten See und die Felder ab, hielt Ausschau nach Schlittenspuren und Geldscheinen, aber der neue Schnee hatte alles verschluckt.

Enttäuscht stapfte sie zurück zum Hof.

Gisela schlief noch immer.

»Es gibt eine Mission«, verkündete Marga. »Du musst wühlen!«

Sie besorgte sich Pellets für die Bodenfütterung, aber Gisela ließ sich nicht motivieren, nicht einmal, als Marga ihr ins Ohr kniff.

»Leider keine gefunden«, bedauerte Marga und ließ sich neben dem Mann auf den Boden plumpsen. Sie holte eine Keksdose hervor. »Selbstgebacken«, verkündete sie stolz. »Dominosteine und Zimtsterne.« Von den Dominosteinen war nur noch die untere Lebkuchenschicht übrig. Die beiden obersten Schichten, Marzipan und Fruchtgelee, hatte Marga längst abgeknabbert. Auf der weißen Zuckerschicht der Zimtsterne waren Abdrücke von winzigen Zähnchen zu sehen. Marga verzog das Gesicht. »Anton«, erklärte sie. »Kann man nichts machen.« Sie reichte ihm die Dose. »Dominosteine sind etwas ganz Besonderes. Herbert hat sie erfunden.«

»Herbert?«, fragte der Mann skeptisch.

»Irgendein Herbert halt. Er nannte sie Notpraline. Krieg«, fügte sie ernst hinzu. Marga schaute den Mann eindringlich an. »Du bist 200 Jahre alt. Stimmt das? Ich habe in einem Buch nachgeschaut. Darin gibt es Bilder von dir.« Reden half gegen die Angst, fand Marga. »Ich werde Schachweltmeisterin, genau wie Anna Musytschuk. Also eigentlich ist Anna gar nicht Weltmeisterin geworden«, räumte Marga ein. »Aber Tan Zhongyi hat immer so bunte Sachen an. Ich mag sie nicht besonders, deswegen will ich lieber so gut werden wie Anna. Aber …«

»Was ist nun?«, unterbrach sie der Weihnachtsmann. »Wir sollten schon jetzt los. Bereit?«

Marga knabberte angestrengt an ihrer Lippe. »Können wir noch einen Tag warten? Ich muss diese Nacht aufstehen, aber wir werden ganz leise sein und dich nicht wecken.«

»Wir?«

»Wir müssen Schnee räumen. Mit dem Unimog. Wenn es im Winter schneit, fahren wir um 3 Uhr nachts los, manchmal um 4.«

»Und wer ist wir?«

»Anton und ich. Wir hören dann Radio.«

»Und niemand sonst ist dabei?«

»Mein Onkel. Ich muss doch auf Anton aufpassen.« Sie sprang vom Bett. »Mein Onkel wohnt nebenan. Wir sind bis 7 Uhr unterwegs. Manchmal länger. Einmal haben wir ein Rehkitz gefunden. Das haben wir mitgenommen. Ich durfte es füttern, und es hat hier in der Scheune geschlafen. Wir haben sogar ein Rotlicht aufgestellt.« Marga nickte glücklich. »Ich habe es Käthe getauft. Nach meiner Oma.« Sie holte tief Luft. »Ich kann erst morgen mit dir gehen. Heute habe ich keine Zeit«, log sie. Marga würde gar nicht mitkommen, nicht heute und nicht morgen, aber das wollte sie dem Mann lieber nicht sagen. »Leider«, bedauerte sie.

»So?« Der Weihnachtsmann hob seine Augenbrauen.

»Aber du kannst auf mich warten. Wenn ich morgen früh zurück bin, können wir los«, sagte sie schnell. »Wohnst du im Himmel?«

»Der Weg ist weit«, antwortete er. »Und damit deine Eltern nichts merken, müssen wir heimlich los. Sie werden dich sonst vermissen und die Polizei rufen.«

Marga winkte ab. »Ich war schon mal ein paar Stunden weg, weil ich mich verlaufen habe. Meine Eltern fanden gar nicht schlimm, dass ich so lange weg war. Sie haben mich sogar umarmt, als sie mich gefunden haben.« Sie raffte sich in den Stand, verlagerte von einem Bein auf das andere. »Mama weint immer, wenn sie glücklich ist.« Dann fiel ihr ein, dass Papa heute Bowle zubereiten und Mama den Baumschmuck aus dem Keller holen würde. »Ich kann heute wirklich nicht mit«, sagte sie. »Aber morgen.«

Der Mann schüttelte den Kopf. »Das geht nicht!«, sagte er streng. »Wir müssen heute los. Jetzt gleich, länger kann ich nicht warten.« Er packte Margas Bein. Erschrocken stieß sie einen Schrei aus und riss sich los, stolperte rückwärts über seinen Samtanzug, rappelte sich hoch und rannte los. Rannte durch die Halle zur Scheunentür, rannte über den Hof und die Stufen hoch ins Haus. Sie japste nach Luft.

»Wo warst du denn schon wieder? Jetzt wird es aber Zeit!«, rief Mama. Sie schob Marga ins Wohnzimmer. »Die Bowle ist schon fertig, und ich habe den Baumschmuck geholt. Wir haben dich überall gesucht!«

»Ich muss ...«, keuchte Marga.

Mama schüttelte den Kopf. »Gar nichts musst du. Papa liest jetzt vor.«

»In der Scheune ...«

»Schschscht ...«, machte Mama. »Es reicht, Marga. Du wirst hier sitzen und zuhören.« Sie setzte Robert auf Papas Schoß. Er patschte mit seiner Hand auf das Buch und machte komische Geräusche.

Papa lachte. »Können wir?«, fragte er fröhlich.

Marga nickte unglücklich, und während Papa vorlas und geheimnisvoll flüsterte, dass Tummetott viele Winter hatte kommen und gehen sehen, ließ sie ihre Beine nervös hin- und herschaukeln. Sie überlegte, wie sie Mama und Papa von dem Mann in der Scheune erzählen sollte. Sie würde Ärger bekommen, weil sie ihm geholfen und ihn dort versteckt hatte. Marga rümpfte ihre Nase. Robert bekam nie Ärger.

Papa klappte das Buch zu. »Nun ist es so weit. Schmücken wir den Weihnachtsbaum?«, fragte er feierlich. »Er muss besonders schön werden, sonst gibt's keine Geschenke!«

»Den Weihnachtsmann gibt es nicht«, flüsterte Marga. »Er hat sich nur verkleidet.«

Papa hob seine Augenbrauen. »Ach ja?« Er schüttelte den Kopf. »Und ob es ihn gibt. Lass dir von Opa nichts anderes einreden.«

»Was habe ich?«, rief Opa aus dem Flur.

»Nicht Opa«, sagte Marga. »Ich habe ihn gesehen. Er hat sich in der Scheune versteckt. Und er ist verletzt. Ich glaube, er hat etwas Schlimmes getan.«

»Was redest du denn da?« Papa wuschelte unbeholfen Margas Haare.

»Ich lege mich hin«, verkündete Opa müde. »Ich muss schlafen.« Er schlurfte die Treppe hoch und ließ die Tür ins Schloss fallen.

»Opa.« Papa schüttelte traurig den Kopf und schaute auf die Uhr. »Immer ist er müde.«

»In der Scheune ist jemand«, sagte Marga laut und zeigte aus dem Fenster. »Jemand, der sich versteckt.«

Papas Lächeln verwandelte sich in einen komischen Strich.

»Er sieht aus wie der Weihnachtsmann. Aber ich glaube, dass er sich nur verkleidet hat.«

Papa hob seine Augenbrauen. »In der Scheune?«, fragte er ungläubig. »Hier bei uns?«

Marga nickte.

»Anni?«, rief Papa und erhob sich. Robert zappelte. »Weißt du etwas von …«

Und dann kam Mama ins Wohnzimmer.

Mama sah aus wie eine Leiche.

21

Inna holte tief Luft, straffte ihre Schultern. Sie öffnete die Tür und trat aus der Toilette.

Igor hatte den Tisch abgewischt, neuen Tee zubereitet. Er wandte sich um. »Tut mir leid mit den Tellern«, entschuldigte er sich.

Inna lächelte steif.

»Weiße Weihnacht.« Er deutete aus dem Fenster, schlenderte durch die Halle. »Wann haben Sie Jenke zuletzt gesehen?«, fragte er bemüht unbeteiligt.

Inna räusperte sich. »Warum …«

»Beantworten Sie meine Frage.«

»Weiß ich nicht.«

»Weiß ich nicht? Wie kann man das nicht wissen?«

»Vielleicht vor ein paar Tagen.«

»Vor ein paar Tagen«, wiederholte Igor. Er baute sich vor ihr auf. »Haben Sie sich unterhalten?«

»Vielleicht.«

»Hat er Ihnen erzählt, dass er gesucht wird? Sich verstecken muss?«

»Einen Scheiß hat …«

Igor packte ihren Arm und schleuderte sie aufs Sofa. »Einen Scheiß?«, schrie er. »Einen Scheiß?« Er ballte seine Hand zur Faust. »Ich war bisher sehr geduldig, aber …«

»Lassen Sie mich los!«, schrie Inna, presste ihre Hände auf die Augen. »Wieso bringen Sie mich in diese Lage?«

»In welche Lage denn?«, zischte Igor. »Sie sollen mir sagen, wo diese Höhle ist, was ist so schwer daran?«

»Das kann ich nicht.«

»Warum nicht?«, brüllte er.

»Weil ich es vergessen habe. Dieser Sturm. Meine Seele platzt aus allen Nähten.« Sie schluckte Tränen hinunter. »Ich will Ihnen ja sagen, wo die Höhle ist, aber ich kann nicht. Ich kann nicht, weil ich es vergessen habe. Weil ich Angst habe. Ich habe Angst. Ich weiß nicht einmal, wovor, aber sie tropft mir aus allen Poren. Der Sturm bringt mich durcheinander.« Sie zeigte auf Igor. »Sie bringen mich durcheinander.«

Igor setzte sich und vergrub sein Gesicht. Er wippte mit dem Fuß. »Tut mir leid.«

Inna funkelte ihn an.

»Erzählen Sie einfach weiter.« Er nahm einen Schluck Tee. »Leo, Kurt, Gavin.«

»Hier.« Leo reichte Jenke seinen Pullover. »Zieh ihn über, du hast Fieber, Junge.«

»Geht schon.« Jenke zeigte kraftlos zur Felsspalte. »Wir kennen den Weg nach Hause.« Er raffte sich auf, trat von einem Fuß auf den anderen, schaute zu Boden. Sekunden. Endlose Sekunden. Tränen rollten seine hohlen Wangen hinab und hinterließen glasige Bahnen auf seinem verschmierten Gesicht. Jenke war blass und mager, mit roter Nase und blutunterlaufenen Augen, zerzaustem Haar. Seine Wangen glühten. Mit wackeligen Beinen stakste er los, suchte Halt. Dann fiel er in sich zusammen. Inna hatte plötzlich Angst, dass Jenke sterben würde. Sie schloss ihre Augen.

»Mädchen?« Jemand tätschelte ihre Wange. »Mädchen?« Der Mann schob seine Arme unter ihre Beine und ihren Oberkörper. Sie ließ sich tragen, mit schlaff herunterhängenden Beinen und Armen.

»Ist Jenke tot?«, fragte sie.

Leo machte ein ernstes Gesicht. »Wir müssen uns beeilen.«

Er trug sie den steinigen Weg durch das Felsenmeer. Leo schnaufte, mehrfach rutschte er ab. »Setz den Fuß dorthin«, leitete er sie an, wenn der Weg zu steil war. Er wechselte die Position und nahm sie auf den Rücken. Innas Magen drückte, ihr wurde übel. »Gleich geschafft«, keuchte Leo. Inna schaute sich um. Hinter ihr lief Kurt mit Jenke, das Schlusslicht bildete Gavin mit den Rucksäcken und dem Metalldetektor. Sie legten Pausen ein, tranken Tee. Sie ließ sich in den Pick-up heben und anschnallen, eine unruhige Strecke, es war laut, kalt, unbequem. Inna hatte Schwierigkeiten, überhaupt etwas zu erkennen. Der dichte Nebel verschluckte den Boden und den Himmel. Der Wagen holperte über die gefrorenen Grashügel, die sich unter dem grauen Schleier versteckten. Mit jeder Erschütterung wurde sie von rechts nach links geworfen.

Ihr fielen die Augen zu. Vor Hunger, vor Erschöpfung. Vor Angst.

»Wir sind da«, sagte Leo.

Die Beifahrertür öffnete sich, Inna zitterte.

Henri.

Henri würde irgendwo auf sie warten.

Leo nahm ihre Hand und zog sie zu sich herüber. Er trug sie zum Krankenhauseingang. Inna hatte Schwierigkeiten, wach zu bleiben.

»Wir haben die beiden Kinder in einer Höhle gefunden«, hörte sie. »Im Felsenmeer. Der Junge hat Fieber.«

Inna hielt die Luft an. Ob Henri schon hier war?

Um sie herum wurde es schwarz. Sie ließ sich mitnehmen, ließ sich ins Ankleidezimmer auf das Sofa legen, neben Mama. Mama, deren Haare mit Blut verklebt waren. Sie hörte Stimmen in der Ferne, jemand beruhigte sie, streichelte ihren Arm.

Inna war wach geworden, weil ein beständiges Piepen sie aus dem schwerelosen Raum gezogen und auf eine Matratze gedrückt hatte.

Und dann war es ihr eingefallen.

Ihr war eingefallen, dass Mama tot war. Und ihr war eingefallen, dass sie irgendwann auf Henri treffen würden. Dass sie auf Henri treffen würden und keine Fehler machen durften. Jedes Wort. Jedes Wort zählte. Ein falsches, und es würde nur noch Nächte in ihrem Leben geben.

Eine junge Frau steckte den Kopf herein und lächelte. Sie setzte sich Inna gegenüber und blickte sie freundlich an. »Wir machen uns alle große Sorgen. Erst haben wir gedacht, dass das viele Blut von dir ist und du dich verletzt hast, aber das hast du nicht.«

Inna schwieg.

»Von wem ist das Blut, Inna? Gibt es noch jemanden, nach dem wir suchen müssen?«

Sie schüttelte den Kopf.

»Ist etwas passiert, was du nicht erzählen darfst? Weil jemand bestraft werden könnte?«

Inna presste die Lippen aufeinander. Sie starrte im Krankenhauszimmer an die Decke. Blutflecken tauchten auf, lösten sich, fielen herab. Inna öffnete ihre Hände, formte sie zu einer Schale, versuchte, das Blut aufzufangen, aber es glitt ihr durch die Finger. »Ede hat Brote geschmiert mit kleinen Gesichtern aus Radieschen und Käse. Und sie hat uns Geschichten vorgelesen. Und gesungen.«

Die Frau lächelte zufrieden. »Wer ist Ede?«

»Unsere Haushälterin. Sie hilft Papa.«

»Und hast du auch eine Mama?«

Jetzt nicht mehr, dachte Inna.

»Ja«, sagte sie.

»Mama und Papa machen sich bestimmt große Sorgen.«

Inna schüttelte den Kopf.

»Mh«, machte die Frau nachdenklich. »Erzähl mir etwas von deiner Familie, Inna. Wie viele Geschwister hast du?«

»Zwei.«

»Und wo wohnst du mit deiner Familie?«

»In einer Burg.«

Die Frau verengte ihre Augen. »Hier?«

»Nein, hier ist doch das Krankenhaus.«

»Hier in der Gegend, meine ich. Ich kenne die Burg. Da wohnt ihr also?«

Inna nickte.

»Dann bist du eine Lies?« Die Frau machte ein gequältes Gesicht. »Ich muss telefonieren«, verkündete sie und erhob sich.

Solange die Frau weg war, drängelte sich Inna in eine Bäckerei, sog den warmen Duft frischer Backwaren auf. Mütter unterhielten sich. Fröhlich, unbekümmert. Sie lachten, wenn sie von ihren Kindern erzählten, oder schimpften über eine schlechte Note und einen vergessenen Turnbeutel.

Die Frau kehrte zurück und setzte sich zu Inna aufs Bett.

»Der Weihnachtsmarkt ist sehr schön. Wir sind jeden Tag dort und kaufen uns Zuckerwatte. Und wir fahren Karussell.«

Inna hatte schon oft mit Jenke und Beeke auf dem Weihnachtsmarkt vor der Krippe gestanden und sehnsüchtig den glücklichen Familien zugesehen. Sie kamen und gingen, bestaunten Maria und Josef, die drei Könige, das Jesuskind. Auf dem Weg nach Hause hatte sie sich vorgestellt, dass Licht brannte, Mama winkend aus dem Fenster schaute. Wenn sie zur Tür hereinkäme, würde es nach frischem Lebkuchen duften. Ein Hund würde sie begrüßen und freudig mit ins Wohnzimmer begleiten. Dort würde Ede die Kerzen anzünden. Weihnachtsmusik. Räuchermännchen. Eierpunsch. Aufregend wäre der Morgen, wenn sie mit nackten Füßen die Treppe hinunter ins Wohnzimmer rannten, um gemeinsam ihre Adventskalender zu öffnen.

Der Frau erzählte Inna Lügen, von noch mehr Geschwistern und einem Hund, von einer echten Mutter und einem echten Vater und Weihnachten im Schnee. Im Sommer gingen sie segeln, im Winter zum Skifahren. Ihre Familie hatte zu Hause eine Sauna und ein eigenes Kino. Das Aquarium im Wohnzimmer war so groß, dass es die gesamte Wand veredelte, und in Inna und Jenkes Zimmer gab es eine Feuerwehrstange, die direkt aus ihrem Bett ins Erdgeschoss führte. Im Sommer gingen sie nicht ins Freibad, weil sie ein eigenes Schwimmbad zu Hause hatten, und im Winter hatten sie keine Lust auf eine Schneeballschlacht, weil sie den Schnee satthatten nach so vielen Urlauben in den Bergen. Überhaupt hatten sie keine Zeit für ihre Freunde, denn zu Hause wartete Mama, die kochte, und ein Nachbar, der ihr Fahrrad reparierte. Zu Hause wartete ein Hund, der an ihnen hochsprang. Zu Hause wartete eine Oma, die mit ihnen backte, und ein Opa, der Zeitung las.

Die Frau hörte versteinert zu und machte sich Notizen.

»In Beekes Zimmer hängt ein Netz an der Decke. Mit selbstgebastelten Sternen und Monden. Die Sterne sind krumm und schief ausgeschnitten, an einigen Kanten sieht man noch den Bleistiftstrich.« Inna verzog das Gesicht. »Es gibt auch fluoreszierende Leuchtsterne. Sie strahlen im Dunkeln.«

»Dann ist Beeke deine Schwester? Und der Junge, mit dem du unterwegs warst, ist dein Bruder?«

»Wir haben zu Hause eine Sternenkarte.«

»Wo ist deine Schwester, Inna?«, fragte die Frau. »Ist das Blut von Beeke?«

»Nein«, antwortete Inna.

»Von wem ist es dann?«

Inna rümpfte ungläubig ihre Nase. »Von Mama.«

»Was ist deiner Mama passiert?«

»Darf ich nicht sagen, Jenke hat es mir verboten.« Inna presste ihre Handballen auf die Augen.

»Und warum?«, fragte die Frau. »Warum hat er dir das verboten? Hat er etwas getan, weswegen er Ärger bekommen könnte?«

Inna nickte vorsichtig.

»Und was?« Die Frau faltete ihre Hände. Inna konnte die weißen Knöchel sehen. »Was hat er getan, Inna?«

Inna blinzelte. »Er hat Mama getötet«, hauchte sie.

22

»Bleib, wo du bist, Marga«, raunte Mama. Sie bewegte sich steif, lief mit starrem Blick auf das Sofa zu. »Du hast gestern von einem Weihnachtsmann erzählt.«

Marga starrte sie an.

»Wo ist er?«

»In der Scheune«, flüsterte Marga.

Mama lachte schrill.

Papa setzte Robert in den Laufstall. »Darf ich mal wissen, was hier los ist?«

»Hol das Telefon. Wir müssen die Polizei informieren«, flüsterte Mama.

»Was …«

»Sofort!«, kreischte sie.

Papa verließ das Wohnzimmer.

»Und wenn es doch der echte Weihnachtsmann ist?«, fragte Marga vorsichtig.

»Es gibt ihn nicht. Es gibt keinen echten Weihnachtsmann.«

»Stimmt«, hörte Marga. Sie sah auf. Und da stand er, mit einem Messer in der Hand, das er an Papas Hals drückte. Papas Augen waren weit aufgerissen, er atmete schnell, hielt beschwichtigend seine Hände in die Höhe. Mama taumelte rückwärts und fiel auf das Sofa. »Nein«, hauchte sie. »Das dürfen Sie nicht! Was …«

»Halt den Mund«, bellte der Mann. »Komm her, Mädchen!«

»Nein!«, brüllte Mama. Sie sprang auf, mit ausgestrecktem Arm klammerte sie sich an den Laufstall, mit der anderen Hand riss sie Marga an sich.

»Du hast deinen Papa doch lieb, oder?«, fragte der Mann.

Marga nickte vorsichtig.

»Dann komm her!«

»Nein«, flüsterte Mama. »Tu das nicht, Marga. Nicht bewegen!«

Der Mann drückte die Klinge so fest an Papas Hals, dass Marga ganz übel wurde. »Komm einfach her, Mädchen, wenn du deinen Papa lieb hast.«

»Bleib da«, krächzte Papa. »Bleib bei Mama.«

Marga schüttelte den Kopf.

Der Mann seufzte. »Also gut. Dann eben nicht.« Er legte seinen Arm wie eine Schlinge um Papas Hals. Papa machte komische Laute, hob seine Arme und grapschte mit beiden Händen vergeblich in der Luft herum. Er begann, mit seinen Beinen zu treten, Mund und Augen waren weit geöffnet.

Marga riss sich los und stürmte quer durch das Wohnzimmer. In diesem Moment sackte Papa zusammen und fiel zu Boden.

»Bleib hier!«, kreischte Mama.

Jemand packte sie. »Gut gemacht!«

Papa hustete und stemmte sich auf alle viere. Er japste nach Luft.

»Bleib da!«, befahl der Mann und schubste Marga auf den Sessel. Er zeigte mit dem Messer auf sie. »Nicht bewegen!« Er stapfte los, fischte etwas aus seiner Hosentasche. Er stieß sein Knie in Papas Rücken, beugte sich herab und verdrehte Papas Arm. »Und den anderen«, befahl er. Das Messer hatte er zwischen seine Zähne gesteckt. Mama sprang auf und begann, auf den Mann einzuprügeln. »Aufhören!«, kreischte sie. »Lassen Sie …«

Der Mann holte aus und schlug Mama mit der Faust ins Gesicht. Blut tropfte aus ihrer Nase.

»Noch so ein Versuch und Ihre Tochter ist ein totes Mädchen«, zischte er.

Marga schloss ihre Augen.

23

»Jenke?«, fragte Igor entsetzt. »Jenke hat Ihre Mutter getötet?« Er lehnte sich zurück. »Das kann nicht sein«, flüsterte er.

»Und wenn doch?« Innas Tränen tropften auf die Tischplatte.

Im Raum pendelten Sandelholz und Moschus, vielleicht noch etwas Apfel, abgestandene Zigaretten, Bier. Inna strich über den samtweichen Stoff, erst gegen, dann mit dem Strich. Reste von Lippenstift hatten sich an Mamas linkem Träger verfangen. Die Ohrringe hatte sie achtlos auf den Hocker gelegt, goldene Schlingen umfassten den Smaragd wie eine Kralle. Inna streckte ihre Hand nach ihnen aus, zögerte.

Ihre Nackenhärchen stellten sich auf.

Weil sich jemand in den Raum geschlichen hatte und sie beobachtete.

»Was machst du hier?«

Inna zuckte zusammen.

»Du musst schlafen«, lallte Mama. »Es ist 4 Uhr in der Früh.«

Inna stellte ihre nackten Füße übereinander, zog die Hand wieder zurück. »Wo bist du immer, wenn du nicht hier bist?«, fragte sie.

Mama kicherte. »Überall.« Sie stützte sich mit einer Hand an der Wand ab. »Komm her.«

Mama war nackt, roch nach Alkohol und Zigaretten. Mit beiden Händen strich sie Innas Haare hinter die Ohren. »So jung war ich auch mal«, sagte sie. »Jetzt bin ich alt und verdorben.« Sie wackelte zum Sofa, mit einer einzigen Handbewegung schob sie die Kleider auf den Boden und schleuderte ein Oberteil mit dem Fuß gegen die Wand. »Gute Nacht«, gähnte sie. Sie ließ sich aufs Sofa plumpsen, Arme und Beine weit von sich gestreckt. Noch bevor Inna die Couch erreicht hatte, war Mama eingeschlafen. Ein Bein hatte sie auf der Lehne abgelegt, das andere hing herunter, den Kopf in einer unnatürlichen Haltung zwischen Kissen und einer gefalteten Decke. Inna trat näher, horchte den leisen Atemzügen. Die Wimperntusche unter Mamas Augen war klumpig, ihr Lippenstift nur noch im Mundwinkel zu erahnen. Mamas flacher Bauch hob und senkte sich.

Andere Mütter gingen nachts nicht aus und schliefen anschließend nackt im Ankleidezimmer, das wusste Inna längst. Andere Mütter lasen ihren Kindern abends Geschichten vor, deckten sie zu und gaben ihnen einen Gutenachtkuss. Sie putzten den Boden und räumten die Küche auf, gingen einkaufen und kochten. Mama nicht. Mama rauchte lange Zigaretten und ließ sich Eiswürfel bringen, die sie mit langen Fingernägeln angewidert in ihr kristallenes Glas fallen ließ. »Ich habe Kopfschmerzen«, betonte sie stets. »Lasst mich bloß in Ruhe.«

Inna huschte über den dunklen Korridor von einem Vorhang zum nächsten. Sie schlich in ihr Bett, zog die Decke bis unters Kinn.

»Wo warst du?«, fragte Jenke.

Inna schloss ihre Augen. »Nirgendwo.«

»Ist Mama wieder da?«

»Sie wird den ganzen Tag schlafen.«

Jenke setzte sich auf. »Draußen ist Nebel.« Er knipste das Licht an. »Ist doch egal, wenn sie schläft.« Er kroch aus seinem Bett und tapste zum Fenster. »Siehst du? Alles wie durch verdünnte Milch.«

»Und was hat das mit Mama zu tun?«

»Gar nichts, sag ich doch.« Er hauchte gegen die Scheibe.

Mit seinem Finger malte er ein Kreuz.

»Wir müssen schlafen«, gähnte Inna. Sie schloss ihre Augen und wartete, bis Jenke das Licht wieder ausgeschaltet und sich ins Bett gelegt hatte. An seinem gleichmäßigen Atem hörte sie, dass er eingeschlafen war.

Sie stand auf und tapste aus dem Zimmer. Sie rannte von Vorhang zu Vorhang, bis sie es ins Ankleidezimmer geschafft hatte. Sie schlich lautlos zu Mama und gab ihr einen Kuss. »Ich hab dich lieb«, flüsterte sie. Mama zuckte.

Inna lag noch lange wach, bis sie in einen unruhigen Schlaf fiel.

»Steh auf, Inna!«, hörte sie. »Heute wird es schneien! Heute wird es endlich schneien!« Jenke stand auf Zehenspitzen, die Hände weit von sich gestreckt. »Vielleicht können wir heute Schlitten fahren!«, rief er und drückte seine Nase an die Fensterscheibe. »Oder eine Schneeballschlacht machen oder einen Schneemann bauen oder ein Iglu oder eine Rodelbahn.« Er wippte hin und her. »Der Himmel ist ganz grau. Gleich fallen die ersten Flocken!«

Inna setzte sich, rieb ihre Augen. Sie hatte schlecht geschlafen, weil sie an Mama gedacht hatte und daran, dass sie gestern Nacht betrunken eingeschlafen war, auf dem Sofa im Ankleidezimmer, wie so oft schon. Mama würde so lange schlafen, bis Henri sie vom Sofa zerren und unter die Dusche stellen würde. Mama würde schimpfen und um sich treten, und Edchen würde hektisch hin- und herlaufen, sie würde »Oh Gott, oh Gott«, murmeln und Mama Kleidung bringen, ein einfaches Baumwollkleid und eine lange Strickjacke, die Mama fast bis zu den Fußknöcheln reichte.

»Wir sind eine Familie«, würde Henri zischen. »Verdammt noch mal, du hast Kinder!« Und dann würde er Mama zum Frühstückstisch schieben und ihr ein großes Glas Orangensaft einschenken. »Trink!«, würde er befehlen und neben ihr stehen bleiben, bis Mama alles heruntergewürgt hatte.

Innas Kloß im Hals würde heute nicht mehr verschwinden, Schnee hin oder her.

Sie stand vom Bett auf, fröstelte. Inna wusste, dass andere Familien in ganz normalen Häusern lebten. Mit Teppichen und Tapeten, mit einem Fernseher, mit einer Küche und einer Garage. Warum sie in einer Burg lebten, wusste sie eigentlich nicht, aber Teppiche hatten sie auch. Sie versteckten den Steinboden, der sich schief und rau über die gesamte Fläche ergoss. Sie warf einen Blick aus dem Fenster. Der Himmel war grau und die Luft diesig. Die lange und breite Toreinfahrt war kaum zu erkennen, so viel Nebel hatte sich herabgesenkt. Er lag schwer und still auf den Steinen der Festung, ein paar Sonnenstrahlen bohrten sich durch die geisterhafte Stimmung, hier am Ende der Welt und am Fuße des Felsenmeeres, in einer Burg ohne eine Mama, die sich kümmerte, dafür mit einem Vater, der alle Menschen auf dieser Welt kannte und mit ihnen telefonierte, der dicke Akten durchblätterte und den ganzen Tag las, sich Notizen machte und lange Schriftsätze verfasste, der in einem gepanzerten Wagen saß und sich chauffieren ließ, der vor dem Frühstück schon mehr Menschen umgebracht hatte, als Inna Kuscheltiere besaß, das jedenfalls hatte Jenke behauptet. »Henri ist sehr mächtig. Er ist Gott, weil er über Menschen richtet«, hatte Mama geflüstert, in einer der vielen Nächte, in denen sie betrunken auf ihrem Sofa lag und rauchte. Ob Jenke und Mama recht hatten, wusste Inna nicht, und wie er Menschen umbrachte, wusste sie erst recht nicht, Angst vor ihm hatte sie trotzdem. »Henri zieht Fäden. Sie sind überall«, hatte Mama erklärt. »Überall!« Sie hatte mehrere große Schlucke aus ihrem Glas genommen. »Man fliegt hinein und klebt an ihnen wie ein jämmerliches Insekt in einem Spinnennetz.« Tränen waren ihre Wangen heruntergelaufen und hatten schwarze Bahnen gezogen. »Und wehe, du zappelst um dein Leben.« Sie hatte ihr Glas abgestellt und Innas Hände genommen. »Ihr habt etwas anderes verdient. Eine andere Mutter und einen anderen Vater.« Sie hatte lange nachgedacht. »Irgendwann werde ich gehen. Irgendwann, das weißt du doch? Irgendwann bin ich nicht mehr hier, weil ich es nicht mehr aushalte.« Mama, die Schauspielerin. Mama, das Model. In ihrem Ankleidezimmer hingen Fotos von ihr, überall Ordner und Mappen, Manuskripte mit Drehbüchern. Inna hatte Mama noch nie im Fernsehen gesehen. Oder im Kino. Oder sonst wo auf der Bühne. Vielleicht war Mama gar keine Schauspielerin. Nur immer und immer und jeden Tag betrunken.

Jenke hüpfte durch das Zimmer zur Kommode und riss die Schubladen auf. Er schleuderte Inna Socken und eine Hose zu, einen Pulli und ein Shirt. »Schnell!«, rief er. »Bevor Henri kommt.«

Inna zog sich an. »Und Beeke?«

Da stand sie schon, in einem viel zu langen Nachthemd und mit dicken Socken. »Was habt ihr vor?«, fragte sie. »Egal was, ich komme mit!« Sie hatte einen Bleistift und ein kleines Büchlein in der Hand, notierte sich etwas, schaute zufrieden in die Runde. »Ich bin bald fertig«, verkündete sie. »Jeder bekommt eine kleine Rolle.«

»Du kannst ja nicht einmal schreiben«, lachte Jenke. »Oder was ist das hier?« Er riss ihr das Buch aus der Hand und blätterte darin herum. »Hier nur Blödsinn, da nur Blödsinn. Was soll das für eine Sprache sein?«

»Du kannst es eben nicht lesen«, sagte Beeke. Sie streckte ihre Hand aus. »Gib es mir zurück!«

Jenke ließ das Buch auf den Boden fallen. »Los, gehen wir!«

»Du bist übrigens der Mörder!«, rief Beeke und tapste hinterher, den langen Korridor entlang. »Überall Blut. Wir nehmen Ketchup. Vielleicht hat Mama auch Filmblut.«

»Mama hat gar nichts. Mama wird schlafen«, sagte Inna. »Den ganzen Tag.«

»Mama ist wach«, hörten sie. Henri stand mit verschränkten Armen vor dem Speisesaal. »Familientag. Wir werden ihn gemeinsam verbringen.« Er hob seine Augenbrauen. »Oder hat jemand etwas dagegen?«

Inna schluckte. Familientage waren die schlimmsten Tage. Das waren Tage, an denen es Mama besonders schlecht ging. Tage, an denen Mama besonders müde war, besonders starke Kopfschmerzen hatte. Tage, an denen Henri Mama besonders quälte, weil er wollte, dass sie mitmachte. »Du wirst mit uns eine Familie sein«, zischte er dann und schmierte ihr ein Brötchen. »Du wirst mit uns eine Familie sein und dich um deine Kinder kümmern. Niemand außer dir hat das so gewollt.«

Mama war fast 20 Jahre jünger als Henri, auch wenn sie nicht so aussah.

»Du wolltest mich heiraten«, hatte sie einmal geheult. »Und Kinder mit mir.«

»Dass ich nicht lache. Du wirst an deinen Drogen ersticken, an deiner Selbstüberschätzung, an deinem Alkohol!«, hatte Henri aufgezählt und die Brötchenhälfte auf ihren Teller geworfen. »Was habe ich nur mit dir? Sieh dir deine Kinder an! Sieh sie dir an!« Er hatte ihren Kopf gehalten und in die richtige Richtung gedreht. »Was soll denn aus ihnen werden? Ohne eine gute Mutter?«

Inna holte tief Luft. Sie tapste in den Speisesaal. Mama saß im Morgenmantel am Tisch und gähnte. Sie hatte ihren Kopf aufgestützt und rührte lustlos ihren Kaffee.

»Setz dich richtig hin«, bellte Henri.

Mama gehorchte widerwillig. »Bist du wieder in deinem Element?«, stöhnte sie.

Henri nickte knapp. »Wir gehen heute spazieren. Wir machen einen Ausflug.«

»Wir alle?«, fragte Jenke. »Etwa mit Mama?«

»Halt deinen Mund!« Henri schenkte sich Orangensaft ein und trank ihn in großen Schlucken.

Mama lehnte sich zurück und verschränkte ihre Arme.

»Noch Kaffee?«, fragte das dicke Edchen.

»Sie hat genug!«, antwortete Henri. »Aber sie wird sich jetzt duschen gehen und zurecht machen. Und dann wird sie mit ihrer Familie einen schönen Tag verbringen.«

Mama seufzte und schob ihren Stuhl zurück. »Wenn du meinst?« Sie schleppte sich aus dem Speisesaal. »Ich hatte diese Nacht sehr viel Spaß ohne dich!«, rief sie.

Henri lächelte in die Runde. »Habt ihr alle gut geschlafen?«, fragte er. »Heute wird ein herrlicher Tag. Der Nebel wird sich auflösen, die Sonne wird scheinen.« Er biss in sein Brötchen und kaute angestrengt. Sein Zorn kroch über die Tischplatte zu Inna, bedrohlich wie tausend Fledermäuse, die sich in der Finsternis lautlos von der Decke lösten und sich auf die Jagd machten, deren Anwesenheit man nur spürte, weil sich die Nackenhärchen aufstellten.

Henris Zorn war unerbittlich.

»Es ist sehr kalt draußen. Edchen wird euch beim Anziehen helfen.«

Ede nickte hektisch und räumte geschäftig Mamas Geschirr zusammen.

»Wir laufen raus zum Felsenmeer.« Henri wischte sich mit einer Serviette den Mund ab. »Ihr wisst ja gar nicht, wie gefährlich es dort sein kann«, lächelte er steif.

Inna gähnte. »Vielleicht sollten wir ein paar Stunden schlafen. Sind Sie denn gar nicht müde?« Sie verschränkte ihre Arme hinter dem Kopf.

Igor blinzelte. »Nein.«

»Nein?« Inna schaute auf die Uhr. »Es ist 3 Uhr morgens.

Bis sich der Sturm legt, sind es noch ein paar Stunden.« Sie ließ ihre Fingergelenke knacken.

»Erzählen Sie weiter«, bat Igor. »Wie war der Familientag? Der gemeinsame Spaziergang?«

»Wie soll er gewesen sein?« Sie strich eine Haarsträhne aus dem Gesicht. »Während des Spaziergangs hat Jenke unsere Mutter erschlagen. Mit einem Stein.« Sie hob ihre Augenbrauen. »Den Rest kennen Sie schon«, sagte sie heiser. »Wir haben uns in der Höhle versteckt, bis die Männer uns gefunden und ins Krankenhaus gebracht haben.«

»Und?«

»Und was?«

Die Frau und der Mann saßen Inna gegenüber und lächelten.

»Wie geht es dir, Inna?«

Inna antwortete nicht.

»Wir haben ein paar Fragen an dich«, sagte die Frau. »Wir möchten wissen, an was genau du dich erinnerst.«

Der Mann faltete seine Hände. »Wenn du uns erzählst, wie sich die Situation zugetragen hat, hilft uns das herauszufinden, ob jemand bestraft werden muss.« Er veränderte seine Sitzposition. »Es ist also wichtig, dass du uns die Wahrheit erzählst.«

Henri räusperte sich. »Unzulässig«, sagte er. »Es ist unzulässig, ein Kind zu belehren.«

Der Mann rollte mit den Augen. »Ihr wart spazieren, richtig?«

Inna nickte. »Weil es fast geschneit hätte. Wir haben uns richtig dick angezogen. Mit Mütze und Schal und Schneeanzügen. Wir hatten sogar Handschuhe an.«

»Wer war alles dabei?«

Inna knabberte an ihrer Unterlippe. »Wir alle.«

»Und wen meinst du damit?«

»Mama, Henri, Jenke, Beeke und ich.«

»Ihr wart also zu fünft.«

Inna nickte wieder.

»Ihr seid Richtung Felsenmeer spaziert. Seid ihr jemandem begegnet?«

»Nein«, antwortete Inna. »Henri wollte wieder nach Hause gehen und hat von Mama verlangt, dass sie auf uns aufpasst, aber das hat sie nicht. Sie ist einfach weitergelaufen, obwohl Beeke hingefallen ist und geweint hat.« Inna verschränkte ihre Arme. »Ich habe Beeke getragen.«

»Und deine Mama? Was hat deine Mama gemacht?«

»Sie ist weggegangen.«

Der Mann seufzte ungeduldig. »Wohin? In welche Richtung? Ist sie zurückgegangen oder weiter Richtung Felsenmeer?«

»Zum Rostbahnhof.«

»Und dein Papa?«

»Nach Hause.«

Die Frau nickte. »Was ist dann passiert, Inna?«

»Dann hat Mama mit den Männern geredet.«

»Es hat euch also doch jemand gesehen?«

»Ja, aber da war Mama schon müde. Sie ist gestolpert und hingefallen. Die Männer haben ihr aufgeholfen, aber Mama hat um sich geschlagen.«

»Weißt du, warum deine Mama so wütend war?«

»Sie will immer alles allein machen«, erklärte Inna.

»Kanntest du die drei Männer?«, fragte der Mann.

»Ja.«

»Woher?«

»Das waren Leo und Kurt. Und noch jemand.« Sie runzelte ihre Stirn. »Ein Junge. Ich kann mich an den Namen nicht erinnern.«

»Dann waren das die Männer, die euch später in der Höhle gefunden und ins Krankenhaus gebracht haben?«

Inna nickte.

»Als sie euch begegnet sind, kanntest du sie also noch nicht. Da hast du sie zum ersten Mal gesehen.«

Inna wackelte mit dem Kopf. »Ja, kann man so sagen.«

»Das heißt?«

»Wir haben sie schon einmal gehört. Sie waren in der Nähe unserer Höhle.«

Der Mann verengte seine Augen. »Die Höhle, in der ihr euch versteckt habt?«

»Sie haben dort geraucht. Jenke war ziemlich sauer deswegen.«

»Wann war das?«

Inna zuckte mit den Schultern. »Irgendwann vorher.«

Die Frau überlegte. »Kommen wir zurück zu der Situation, in der deine Mama sauer war. Sie hat um sich geschlagen. Was ist dann passiert?«

»Die Männer sind weitergegangen, und Mama hat ganz schlimm geschimpft.« Inna überlegte. »Sie ist zum Rostbahnhof gegangen.«

Henri richtete sich auf. »Ein 1889 erbauter Durchgangsbahnhof mit barackenähnlichem Güterschuppen. Er ist heute stillgelegt. Wir nennen ihn Rostbahnhof, weil dort einst der Roteisenstein gelagert wurde.«

»Und die Schienen sind ganz verrostet«, ergänzte Inna. »Und die alten Waggons auch.«

»Förderwagen.« Henri nickte. »Sie sind der Korrosion zum Opfer gefallen.«

Der Mann und die Frau blickten sie erwartungsvoll an. »Und weiter?«

Inna schaute zur Decke. »Ich glaube, Mama war sauer. Auf jeden Fall ist sie in einen Förderwagen geklettert. Beeke wollte zu ihr und sie trösten. Aber Jenke hat es ihr verboten, also habe ich Beekes Hand gehalten.« Sie zögerte. »Nicht nur, weil sie schon wieder geweint hat, sondern auch, weil Jenke so komisch aussah.«

»Und was meinst du damit? Inwiefern sah Jenke komisch aus?«

»Er hatte böse Augen.«

»Böse Augen«, wiederholte die Frau.

Inna nickte. »Mama hat gesungen. Ich glaube, da war sie nicht mehr sauer, sondern albern.«

»Und dann, Inna?«

»Und dann hat Jenke einen Stein geholt.«

Der Mann musterte sie skeptisch. »Wie groß?«, fragte er. »Wie groß war der Stein?«

»So.« Inna formte ihre Hände zu einem großen Kreis.

»Was hat Jenke mit dem Stein gemacht?«

»Er hat ihn auf den großen Rosty gelegt.«

»Auf den großen Rosty?«

»Alle unsere Wagen haben Namen. Rosty ist der Größte von ihnen. Er liegt falsch herum. Man kann ihn kaum noch sehen, weil er schon fast ganz zugewachsen ist.« Sie überlegte. »Rosty, Dina, Clark und Rosy. Rosy gehört mir.«

»Jenke hat den Stein also auf den alten Rosty gelegt.«

Inna nickte.

»Was hat Jenke dann gemacht?«

»Er ist auf Rosty geklettert und hat den Stein in beide Hände genommen.«

Die Frau hob ihre Augenbrauen.

»Und dann hat er ihn Mama auf den Kopf geworfen.«

»Und wie hat er das gemacht, Inna?« Der Mann stand auf. »Kannst du uns zeigen, wie genau sich Jenke bewegt hat?«

Inna blickte hilflos zu Henri.

Henri nickte.

»So«, machte Inna und hob beide Arme in die Höhe. »Mit beiden Händen und ganz viel Schwung. Und dann hat Mama *geblutet. Das Blut kam aus ihrer Nase.« Inna schluckte. »Ich habe mich zu ihr gelehnt, aber Mama hat nicht geantwortet, also bin ich in den Wagen geklettert und habe versucht, Mama zu trösten. Ich wollte Mama helfen, aber Jenke hat mich weggezogen.«*

»Und es war ganz sicher Jenke, der deine Mama mit dem Stein getroffen hat?«

»Wer soll es sonst gewesen sein? Die Männer und der Junge waren doch schon weg.«

Die Frau zögerte. »Vielleicht war dein Papa ja doch dabei?«

»Das reicht«, unterbrach Henri. »Sobald feststeht, dass kein strafmündiger Dritter an der Tat beteiligt sein kann, fehlt es an der Befugnis für weitere Ermittlungsmaßnahmen.« Er erhob sich. »Das hier ist keine Beschaffung mehr von einfachen Informationen, sondern bereits eine Vernehmung«, sagte er entrüstet.

Die Frau wandte sich Inna zu. »Wenn dir noch irgendetwas einfällt, was wir …«

»Sie gehen jetzt!«, bellte Henri.

»Jenke hat ein paar Tage länger im Krankenhaus gelegen. Er hatte eine Lungenentzündung.« Sie spitzte ihre Lippen. »Wir wurden getrennt voneinander befragt. Die Ermittlungsakte wurde der Staatsanwaltschaft übergeben, und die Staatsanwaltschaft hat das Verfahren unverzüglich eingestellt. Das war's.«

»Das war's?«

»Unsere Mutter war tot, und alles nahm seinen gewohnten Lauf. Als wäre nie etwas gewesen.« Inna schaute auf die Uhr. »Es ist schon so spät«, gähnte sie. »Dabei habe ich Ihnen noch gar nicht von dem toten Mädchen erzählt. Von dem toten Mädchen, das wir haben verschwinden lassen.«

24

Margas Hände kribbelten. Sie öffnete ihre Augen. Heller wurde es dadurch trotzdem nicht. Marga fand, dass es noch nie in ihrem ganzen Leben so dunkel gewesen war.

»Wir rufen nicht die Polizei. Wir lassen Sie einfach ziehen«, hörte sie Mama wimmern. Sie näselte. Vielleicht hatte sie noch immer Blut in der Nase, dachte Marga.

»Nehmen Sie mich mit, lassen Sie Marga hier!«, flehte Papa.

»Still!«, zischte der Mann.

Marga wurde grob gepackt. Sie trat wild um sich, aber der Mann lief unbeirrt weiter und trug sie wie einen Sack unter seinem Arm. Ihr wurde es übel, so sehr drückte sich der Arm des Mannes in ihren Bauch.

»Gehen Sie nicht weg!«, hörte sie Papa brüllen.

Anton. Wenn Anton nur bei ihr wäre. Sie hätte Anton in eine dicke Socke stecken können. In die gestreifte Skisocke.

Sie hörte Mama und Papa kreischen, nur Opa hörte sie nicht.

Marga bekam keine Luft mehr.

25

»Was für ein totes Mädchen?«, fragte Igor steif. Er richtete sich auf.

»Wir haben es gefunden. Es lag im Schnee.«

»Wir?«

»Jenke und ich.«

Igor schluckte.

»Es hatte eine Tüte über dem Kopf.«

»Eine Tüte?« Igor blinzelte. »Was für eine Tüte?«

»Was für eine Tüte«, äffte sie ihn nach. »Eine ganz normale Tüte eben.«

Igor hatte den Mund weit geöffnet und glotzte.

»Das Mädchen muss sehr unbeliebt gewesen sein. Irgendetwas hat es wohl angestellt.« Inna zögerte. »Waren Sie beliebt?«, fragte sie. »Hatten Sie Freunde?«

Igor schluckte.

»Ich glaube, Freunde sind etwas Gutes. Mit Freunden spaziert man über den Schnee, statt tot auf ihm zu liegen. Man läuft mit ihnen Schlittschuh auf zugefrorenen Seen und trägt rote Schals und gelbe Mützen.« Sie überlegte. »Wir hatten keine Freunde. Wie denn auch? Wir durften nicht regelmäßig zur Schule gehen. Immer nur ein paar Tage, bis wieder irgendetwas vorgefallen war.«

»Vorgefallen war?«, fragte Igor trocken. »Inwiefern?«

»Jenke.« Sie rieb ihre Stirn. »Jenke hat immer irgendetwas angestellt. Er war unausgeglichen und boshaft, und weil ich seine Schwester war, hat niemand mit mir zu tun haben wollen. Ich habe mein Leben lang immer nur geträumt. Von tollen Geburtstagsfeiern, von einer Mädchenclique. Von Jungs. Von den ganz normalen Sachen.« Sie schloss ihre Augen. »In meinen Träumen gab es keine toten Mädchen, keine Höhle, kein Felsenmeer. In meinen Träumen gab es tausend Mädchen, die mit mir Kakao und Limonade getrunken, gebrannte Mandeln und Zuckerwatte gegessen haben. Mit meinen Freundinnen bin ich am Wochenende mit dem Schlitten den kleinen Hügel hinabgerodelt, während aus den Schornsteinen Rauch emporgestiegen ist.«

Innas geheime Welt war kitschig. In ihr hatte jedes Kind eine Mutter. Eine Mutter, die nicht tot war. Es gab kein Blut, das überall klebte, oder Schatten, die einem nachstellten. In ihrer Welt hatten alle Kinder Freunde und wurden zu Geburtstagen eingeladen. Ein einziges Mal war Inna auch eingeladen worden. Ein einziges Mal.

»Wie heißt noch die Schwester? Das arme Mädchen?« Ewalds Mutter hatte mit den Fingern geschnippt. »Das in deiner Klasse? Die Schwester des Jungen, der seine Mutter …«

»Ich will Inna nicht einladen.«

»Inna, genau. Du musst diese Inna einladen. Dein Vater und ich haben entschieden, dass sie mitkommt.«

»Sie ist ein Mädchen. Ich will kein Mädchen einladen.«

»Papperlapapp. Einen Nachmittag lang! Es sind doch auch noch andere Kinder dabei.«

»Inna ist stumm, und außerdem ist sie dürr. Sie kann nicht einmal schwimmen!«

»Dann gehen wir eben nicht schwimmen, sondern Schlitten fahren, dann kann diese Inna mit.« Die Mutter hatte mit ihrer Hand in der Luft herumgefuchtelt. Richtung Klassenraum. Als würde Inna dort wie eine Schmeißfliege umherirren.

»Ich will schwimmen! Ich will meine Freunde zum Schwim-

men einladen, und diese Inna ist nicht meine Freundin«, hatte Ewald widersprochen.

»Die Lehrerin hat uns Eltern einen Brief geschrieben. Wir sollen sie integrieren, und ich finde, dein Geburtstag ist eine tolle Gelegenheit, dann haben wir es hinter uns«, hatte die Mutter streng erklärt. »Wir gehen Schlitten fahren und das arme Mädchen kommt mit. Stell dir vor, du hättest etwas Schlimmes erlebt? Stell dir vor, du hättest keine Mutter mehr?« Sie hatte sich zu ihrem Sohn gebeugt und seine Hände genommen: »Stell dir vor, Ewald, ich könnte dir keine Tortellini mit Mais mehr zubereiten?« Sie hatte ein trauriges Gesicht gemacht.

Innas Klassenkamerad hatte trotzig auf seine Schuhe geschaut.

»Sieh mich an«, hatte die Mutter befohlen. »Wir sind für das arme Mädchen da, hörst du? Wir laden sie zu deinem Geburtstag ein, da kann sie mal ein bisschen Spaß haben.« Sie war aufgestanden und hatte ihre Knie gesäubert, den Rock zurechtgezogen, ihren Sohn in die Wange gekniffen. »Wir machen die Einladungskarten heute Mittag fertig.«

Inna hatte hinter den Jacken im Flur gekauert und nicht zu atmen gewagt. Den ganzen Vormittag über hatte Ewald sie feindselig angeschaut, und in der Pause war Cara an ihr vorbeigerauscht und hatte gezischt: »Ich lade dich nicht ein, das kannst du vergessen, Tod hin oder her!«

Inna hatte Ede zu Hause nichts davon erzählt. Sie hatte verhindern wollen, dass sie ihr mitleidig über den Kopf streichelte. Als sie wenige Tage später auf dem Schulhof stand, wurde ihr die Einladungskarte vor die Füße geworfen.

»Ich bin zum Geburtstag eingeladen worden«, erzählte sie Henri am Nachmittag. »Aber ich gehe nicht hin.«

Henri saß am Schreibtisch und zeichnete lange Striche auf Feldern ein. Teilnahmslos nickte er.

Inna verschränkte ihre Arme und wartete.

»Was?«, fragte Henri nach einer Weile. »Was ist?« Er setzte seine Brille ab und knipste die Bänkerleuchte aus. Mit den Fingern strich er über den eckigen Lampenfuß und den grünen Glasschirm, pustete den Staub in einer unauffälligen Geste auf den Boden.

»Zum Geburtstag. Ich bin zu einem Geburtstag eingeladen worden, aber ich gehe nicht.«

»Und warum nicht?«

Inna zuckte mit den Schultern. »Ich habe kein Geschenk.«

»Wir kaufen eins.« Henri lehnte sich zurück. »Gehst du nicht hin, weil du dort Spaß haben könntest?«, schmunzelte er. »Ist es das?«

»Ich gehe nicht hin, weil ich nicht hingehe.«

»Ist Jenke auch eingeladen worden?«

Inna schüttelte den Kopf.

Henri zuckte mit den Schultern und wandte sich weiter seiner Arbeit zu. Wenig später fischte Inna die Einladungskarte aus ihrem Ranzen und schleuderte sie Henri auf den Schreibtisch. Sie war enttäuscht, dass er nicht weiter auf sie eingeredet hatte. »Dann gehe ich eben wohl hin«, motzte sie.

Ede und Inna zogen los.

»Wie wäre es hiermit?«, fragte Ede und hielt einen riesengroßen Karton mit der Aufschrift »Top Agent« mit kompletter Ausstattung und Funkgerät in die Höhe.

Inna stand lustlos und schlecht gelaunt im Kaufhaus. Sie, Inna Lies, war schuld daran, dass Ewalds Geburtstag auf einer Schneepiste stattfinden würde statt im Schwimmbad. »Nur weil sie nicht schwimmen kann«, hatte Ewald seinen Freunden in der Schule erzählt und geheult.

»Oder die hier?«, fragte das dicke Edchen, und Inna nickte unglücklich, sodass sie am Ende eine Star-Wars-Wackelkopf-Figur kauften.

Ewalds Mutter war schlimmer als alle anderen Mütter, die Inna bis dahin erlebt hatte.

»Willkommen, Inna, es ist wirklich schön, dass du da bist. Ich habe mich gefragt, ob dein Kindermädchen vielleicht mit dabei sein möchte? Es ist doch sicher schwer für dich, so ganz … Auf jeden Fall …«, und in diesem Moment blinzelte sie mit den Augen und schnappte nach Luft, als müsste sie ein Schluchzen unterdrücken. »Also, ich meine, wenn etwas ist, ich bin ja da. Du kannst ruhig ein wenig Spaß haben.« Sie schaute zu ihrem Mann. »Ganz blass, das Mädchen.« Sie holte eine Packung Gummibärchen und drückte sie Inna in die Hand.

»Hab einen schönen Nachmittag«, verabschiedete sich Ede und drückte Inna an ihren üppigen Busen.

»Ich möchte nicht hier sein«, flüsterte Inna.

»Ach, mein Kind.« Ede strich ihr traurig über die Wange.

Inna wurde mit Kuchen, Schaumküssen und Orangenlimonade vollgestopft. Ewalds Mutter ließ sie nicht aus den Augen. Ständig fasste sie sie an, schlich pausenlos um sie herum, fragte, ob sie sich wohlfühle und ob sie noch etwas für sie tun könne. In ihren Augen las Inna Faszination. Sie ergötzte sich an Innas Schicksal, beäugte sie wie ein totes Unfallopfer. Vielleicht, weil sich ihre Erleichterung darüber, dass ihr eigener Sohn keiner so bedauernswerten Geschichte ausgesetzt war, in Euphorie gewandelt hatte, mit der sie an diesem Nachmittag glaubte, Inna etwas Gutes zu tun. Ihr Mitleid trug sie mehr als offenkundig zur Schau.

Inna durfte als Erste Schlitten fahren. Ihr wurde übel, sie hätte sich gerne übergeben, stattdessen ließ sie sich auf einen Schlitten setzen und anstoßen. Ewalds Mutter gab ein gekünsteltes »Juhuuuuuu!« und »Aaaaaah« und »Jeeeeeeh!« von sich. Der Schlitten wurde immer schneller, die Kordel hielt Inna fest in der Hand, die Sonne verwandelte den Schnee in lauter Eiskristalle, die sie anfunkelten und mit auf die Fahrt nehmen wollten. Der eiskalte Wind auf ihren Wangen, das Geräusch der dahingleitenden Kufen auf dem Schnee, am liebsten hätte sie geschrien wie die Kinder in ihren Träumen. Ewalds Mutter beobachtete Inna gespannt, wollte sie den Erfolg ihrer Bemühungen doch auf keinen Fall verpassen. Sie wartete nur darauf, dass Inna endlich lachte und sie ihrem Mann ein allwissendes »Siehst du?« zuflüstern konnte, aber den Gefallen tat Inna ihr nicht, so zuckte Ewalds Mutter am Ende des Tages hoffnungslos und enttäuscht mit den Schultern. »Dann eben nicht«, bemerkte sie schnippisch, als Inna sich verabschiedete. »So findest du nie Freunde.« Ewalds Mutter überreichte ihr eine kleine Tüte mit Süßigkeiten und Aufklebern. »Dann bleibst du halt traurig.«

Inna schaute auf. »Ich war die Schwester eines Mörders. Niemand wollte mit mir zu tun haben.« Sie blinzelte. »Und was glauben Sie, wäre passiert, wenn jemand herausbekommen hätte, dass wir ein totes Mädchen gefunden haben? Dass Jenke seine Mutter erschlagen hatte, war schon schlimm genug, aber dann auch noch ein totes Mädchen? Wir mussten es verschwinden lassen. Wir hatten keine andere Wahl.«

Igor wippte nervös mit seinem Fuß. »Wo haben Sie es gefunden? Beim Spielen im Felsenmeer?«

Sie faltete ihre Hände. »Das Felsenmeer ist kein geeigneter Ort zum Spielen. Wissen Sie, es besteht nicht einfach aus Steinen, die übereinanderliegen und auf denen man belustigt herumspringt.«

»Sondern?«

»45 Hektar bizarre Oberfläche aus schroffen Felsen, die durch tiefe Schlotten voneinander getrennt sind. Man findet zahlreiche Höhlen, Querklüfte und Schächte. Felswände sind über die Jahre eingestürzt. Der nördliche Teil ist mit unterirdischen Gängen versehen.« Sie trank einen Schluck Tee. »Die Vegetation ist üppig und wild. Ein Labyrinth. Wer sich dort bewegt, übersieht die von Buchenlaub und Ästen verdeckten Einstiege in die Höhlen und Schächte leicht. Wer in einen solchen Schacht oder in eine der unterirdischen Höhlen fällt, kommt allein nicht mehr heraus.«

»Wo dann? Wo haben Sie das tote Mädchen dann gefunden?«

»Am Rostbahnhof. Ich kann mich an einen ungeheuren Sturm erinnern. Und an Schnee.« Sie schaute aus dem Fenster. »Wie heute. Das Mädchen lag einfach da. Regungslos. Es lag da und war tot, nur die Tüte hat sich bewegt.« Sie ließ ihre Finger zappeln. »Ein unbändiges Flattern im Sturm. Das Rascheln …« Sie holte tief Luft. »Ich hatte es über die Jahre verdrängt, aber heute Morgen ist es mir wieder begegnet. In meiner Wohnung.« Inna hatte ihre Hände flach auf den Tisch gelegt. »Wir haben eine halbe Ewigkeit dagestanden und auf das tote Mädchen gestarrt.«

»Und?«, fragte Igor entgeistert.

Jenke lief vor ihr, viel zu schnell, sie hatte Schwierigkeiten, hinterherzukommen. Sie schleppte sich vorwärts. Ihre Füße brannten.

Plötzlich blieb Jenke stehen, bedeutete Inna zurückzubleiben.

»Was ist da?«, fragte sie nervös.

Jenke hockte sich nieder und gab den Blick frei. Den Blick auf ein Mädchen. Es lag da, die Beine komisch verdreht, regungslos. Es trug einen Mantel, darunter einen Strickpulli. Rote und rosafarbene Maschen. Einen Cordrock. Braun. Eine weiße Strumpfhose. Die Strumpfhose war an den Füßen zerrissen und reichte nur noch bis zu den Knien. Der feuchte Strickpulli war über und über mit Erde bestreut. Das Mädchen hatte eine weiße Tüte über dem Kopf.

Inna riss ihre Hand vor den Mund. Der Boden wankte.

Jenke streckte seinen Arm aus. Sie wollte Jenkes Hand nehmen, ihn auffordern, von dort zu verschwinden, aber er beugte sich zu dem Mädchen herunter und berührte die Tüte.

»Nicht!«, schrie Inna.

Die Augen des Mädchens standen offen. Der Blick stumpf, ausdruckslos, starr.

Jenke sprang hoch, packte ihren Arm. »Nimm ihre Beine«, forderte er sie auf. »Wir müssen sie ein Stück ziehen.«

Inna gehorchte, empfand Erleichterung darüber, dass Jenke mutig war und stark. Sie liefen los, zogen die Leiche hinter sich her. Über den Schnee. Sie ließen das Mädchen in die tiefe Schlucht hinabrollen.

Inna hörte den Sturm, er zerrte an ihrer Seele.

»Bei drei«, sagte Jenke.

Bei drei.

Eins, zwei, drei.

Und dann verschwand das Mädchen. In der Höhle, in der sie selbst so viele Tage und Nächte ausgeharrt hatten. Hungrig, ängstlich, ohne jede Hoffnung auf ein gutes Ende. Es verschwand in der Höhle, mit den Füßen voran, wurde verschluckt von der Kälte und von der Dunkelheit, ein tiefes Grab. Als hätte es das Mädchen nie gegeben.

Es würde schon wieder wach werden. Irgendwann.

Inna knabberte an ihrer Unterlippe.

»Warum?«, fragte Igor.

»Was?«

»Warum haben Sie das getan?«

»Was getan?«

»Das Mädchen hineingeworfen?«

»Das Mädchen war tot, haben Sie denn nicht zugehört?«

»Und weiter nichts? Das ist alles, was Ihnen dazu einfällt?«

»Weiter nichts. Hätten wir etwas gesagt, wären die Schmeißfliegen wieder über uns hergefallen, dabei waren wir sie doch gerade erst losgeworden.«

»Schmeißfliegen?«

»Journalisten, Reporter.«

Igor atmete geräuschvoll aus.

»Wir haben das Mädchen still und leise verschwinden lassen. Und sind nie wieder dorthin zurückgekehrt. Nie wieder.«

»Was, wenn Ihr Bruder sich verstecken müsste?«

»Was, wenn mein Bruder sich verstecken müsste?« Inna runzelte ihre Stirn. »Ja, was dann?«

»Würde er den Weg dorthin finden?«

»Ja«, antwortete Inna.

»Ja?«

»Aber er würde nicht dorthin zurückkehren, um sich zu verstecken.«

»Sondern?«

Sie schloss ihre Augen. »Er würde aus einem anderen Grund dorthin zurückkehren. Aus einem Grund, der all Ihre Vorstellungskraft sprengt.«

Igor starrte entsetzt auf die Tischplatte.

»Sie haben ja keine Ahnung, wer Jenke wirklich ist.«

»Mein Gott«, hauchte Igor.

»Gott?« Inna lachte heiser. »Nein. Dafür gab es Henri. Gott hat sich aus allem rausgehalten.«

26

Die Schulter des Mannes drückte sich in ihren Magen. Sie bekam nur stoßweise etwas Luft, gerade im Rhythmus seiner Schritte. Sie hörte ihn keuchen. Nach schier unendlicher Zeit löste er seinen Griff und ließ sie unsanft in den Schnee fallen. »Hast du jetzt davon«, schnauzte er. Mit einer ruckartigen Bewegung wurde es hell. Marga japste nach Sauerstoff und sog hektisch die kalte Luft in ihre Lungen.

»Hör mir ganz genau zu«, zischte der Mann. »Wir haben nicht viel Zeit.« Er schnaufte. »Nur weil du mich verraten hast, ist das alles passiert.«

Marga krümmte sich.

»Wir müssen weiter«, verkündete er grimmig. »Heller wird es nicht.« Er packte sie und zog sie in den Stand. »Das ist alles deine Schuld.«

»Du kannst doch alleine weiter«, schluchzte sie. »Ich bleibe hier und bewege mich nicht. Versprochen!«

»Einen Scheiß kannst du.« Er zog sie am Handgelenk durch den tiefen Schnee. Der Mann humpelte.

Marga überlegte, sich loszureißen und zurückzurennen. »Du bist so schnell wie ein Leopard«, hatte Mama mal gesagt. Vielleicht stimmte das. Vielleicht war sie sogar doppelt so schnell. Sie schaute sich um. Vielleicht würde sie es bis zum Hof schaffen, vielleicht konnte sie Mama und Papa befreien und sie würden doch noch den Weihnachtsbaum schmücken.

»Brauchst du gar nicht versuchen«, sagte der Mann außer Atem.

»Wohin gehen wir überhaupt?«

»Wir haben einen langen Weg vor uns«, erklärte er. »Je schneller wir sind, desto früher bist du wieder zu Hause.«

Marga schwieg.

»Du willst doch wieder nach Hause?«

Sie nickte. »Und warum müssen wir laufen?«

»Weiter!«, befahl er. »Wie sollen wir denn sonst vorwärtskommen?«

»Ich fahre jeden Dienstag zu Oma.«

»Schön für dich.«

»Mit dem Bus.«

Der Mann seufzte. »Und wo fährt dieser Bus?«

»Weiß ich nicht. Mama bringt mich zur Bushaltestelle. Mit dem Auto. Ich steige ein und setze mich auf den Sitz hinter dem Fahrer. Der Busfahrer sagt mir, wo ich aussteigen soll. Und wenn ich das mache, ist Oma schon da.« Sie versuchte, in der Ferne zu erkennen, wo sie waren. Es war so finster. »Der Busfahrer schenkt mir jedes Mal ein Bonbon. Ein Eisbonbon. Es schmeckt wie ganz starkes Kaugummi.«

»Interessiert mich nicht«, brummte der Mann.

»Vielleicht sehen wir dann Peter, so heißt nämlich der Busfahrer, der mir immer das Kaugummibonbon schenkt. Meine Oma heißt Gretel, wie in dem schlimmen Märchen.«

»Es ist gleich Nacht. Hier fährt kein Bus.«

»Und wann sind wir da?«

Er blieb abrupt stehen und riss an ihrem Arm. »Halt deinen Mund«, zischte er. »Sonst vergrab ich dich hier.«

Marga schluckte. »Okay«, hauchte sie. Sie versuchte, ihre Tränen zurückzuhalten. Sie wollte nach Hause. Sie wollte Mama in die Arme laufen, sie wollte auf Opas Bauch liegen und mit Papa Bücher lesen. Sie wollte sogar an Roberts feiner Haut riechen. Was Anton wohl denken musste, jetzt, wo sie nicht da war und ihn kuscheln konnte? Und die Schule erst.

Nächstes Jahr im Sommer kam sie in die erste Klasse. Was, wenn sie bis dahin nicht wieder zurück waren?

Sie hörte in der Ferne ein leises Brummen. Marga schaute in den Himmel. Sie sah einen Leuchtkegel, winzig klein, wie ein dünner Faden, der aus dem Himmel ragte und Kilometer weit entfernt bis zu den Baumwipfeln reichte.

»Schnell«, drängelte der Mann. Er packte fester zu und rannte los. Marga versuchte mitzukommen, sie stürzte. Schnee stob in ihr Gesicht, brannte in den Augen. Sie schrie. Er packte sie unter den Achseln und zog sie über den eiskalten Boden, mit dem Knie stieß er in ihren Rücken. Sie sank in die Tiefe, versuchte, ihr Gesicht zu schützen, aber der Mann riss ihren Arm in die Länge und zog. Schnee drückte sich am Hals unter die Jacke bis zu ihrem Bauch. Marga hörte ihr eigenes Keuchen, von überall her rauschte es. Sie strampelte mit den Beinen, ihre Strumpfhose rutschte, immer mehr Schnee brannte sich eiskalt auf ihre nackte Haut.

Plötzlich ließ er sie los.

Ihr Arm fiel schlaff in den Schnee. Sie krümmte sich.

»Er fliegt in die andere Richtung«, sagte er und sackte neben ihr in den Schnee.

Marga lauschte angestrengt.

Das Brummen war verschwunden.

Sie rappelte sich auf, der Schnee schmerzte auf ihrer Haut. Sie wischte ihre Augen trocken und schluchzte.

»Trotzdem müssen wir weiter«, entschied er.

Der Mann öffnete den Reißverschluss seiner Jacke und zog sie aus. »Hier«, sagte er. »Kannst du anziehen.«

Die Jacke roch nach Papa. Der Mann hatte sie sich zusammen mit einem langen Schal und einer Mütze von der Garderobe genommen. Marga vergrub ihre Nase in das weiche Fell und sog den vertrauten Geruch auf.

»Wir suchen uns einen Unterschlupf.«

»Das war ein Hubschrauber«, sagte sie vorsichtig. Sie zeigte in die Richtung, aus der das Brummen und der helle Lichtstrahl gekommen waren. »Und er sucht nach dir.«

»Nein«, schnauzte der Mann.

Sie stapften weiter, der Mann humpelte stark.

Marga suchte unauffällig den Himmel ab, vielleicht konnte sie winken und auf sich aufmerksam machen. Vielleicht war er schon unbemerkt irgendwo gelandet. Sie schaute sich um, suchte zwischen den Bäumen die Gegend ab. Sie verengte ihre Augen. In der Ferne entdeckte sie schwarze Striche, die vom Boden in den Himmel ragten. Oben auf den Stelzen thronte ein dicker Kasten. »Opas Hochstand!«, rief sie. »Ich weiß, wo wir sind. Wenn man hochklettert, kann man ganz weit über ein Feld gucken.« Sie hüpfte. »Da haben wir das Rehkitz hingebracht und genau beobachtet, wo es hinläuft.« Sie zeigte auf die Kanzel. »Das Wild darf uns nicht riechen, deswegen ist es so hoch.«

Der Mann folgte ihrem Blick, nickte entschlossen. »Hoch mit dir!« Er half ihr die Leiter hinauf.

»Das Holz, aus dem der Hochstand gebaut wird, muss im Winter gefällt werden, damit es nicht reißt«, erklärte Marga beim Hochklettern. »Aber es muss ganz lange trocknen, und es darf keine Rinde mehr dran sein.«

Sie hievte sich in die Kanzel. »Ich war schon zweimal eine ganze Nacht mit Opa hier. Mama hat mir dafür eine Wärmflasche gemacht.« Sie schluckte und schaute sich um. Heute hatte sie keine Wärmflasche, dabei war ihr so kalt wie noch nie.

»Leg dich dahin und schlaf«, befahl der Weihnachtsmann schroff. »Und hör auf, so viel zu reden.«

Marga gehorchte. Sie rollte sich eng zusammen, der Holzboden war hart und unbequem. Sie dachte an Anton. Mit geschlossenen Augen stellte sie sich vor, wie seine heißen Pfötchen in ihrer Hand lagen und sie an seinem weichen Fell schnupperte. Marga zitterte am ganzen Körper, die eiskalte Luft schnitt ihr in den Rücken.

Sie würde kein Auge zutun.

27

Sie musste nur die Nacht überstehen. Sie musste warten, bis sich der Sturm gelegt hatte. Dann würde sie fliehen. Sie würde sich in einem geeigneten Moment davonmachen.

Igor verschränkte seine Arme. »Vielleicht bin ich doch aus einem bestimmten Grund hier.«

Inna nahm einen Schluck Wasser.

»Aber ich darf Ihnen den Grund nicht nennen.«

»Werden Sie erpresst?«

»Nein.«

»Nein«, lachte Inna. »Ich werde …«

»Lassen Sie das«, unterbrach Igor. »Sie haben einen falschen Eindruck von mir.«

»Ich weiß nicht, ob er so falsch ist.« Inna hob ihre Augenbrauen. »Welchen Eindruck möchten Sie denn erwecken?«

»Das mit den Telefonleitungen war ich nicht.«

Inna nickte. Sie musste hier verschwinden. Verschwinden, bevor es zu spät war.

»Die meisten begehen einen Fehler. Einen tödlichen Fehler«, bemerkte Igor. »Sie laufen los, statt im Auto sitzen zu bleiben.«

»Wie bitte?«

»Sie überlegen, hier zu verschwinden, bevor es zu spät ist, nicht wahr? Das haben Sie doch eben gedacht. Wie stellen Sie sich das vor? Mit Ihrem Auto?« Er lachte. »Mit etwas Glück wären Sie gerade so weit gekommen, dass Sie irgendwo im Nirgendwo stehen geblieben wären. Weit und breit keine Menschenseele.«

Inna starrte ihn an.

»Wenn Sie dann in der dunklen Kälte stehen und Ihr eisiger Atem das Einzige ist, was Sie sehen können, machen Sie bloß nicht den Fehler, den alle machen. Steigen Sie nicht aus in der Hoffnung, Sie könnten zurücklaufen. Wenn Sie aussteigen und loslaufen, werden Sie erfrieren. Wenn Sie im Auto sitzen bleiben, haben Sie immerhin eine winzige Chance, die Nacht zu überstehen. Der nächste Tag wird nicht weniger kalt sein, auch nicht heller, denn Ihr Auto wird so eingeschneit sein, dass Sie das Tageslicht nicht einmal erahnen können. Mit etwas Glück kommt der Förster an Ihnen vorbei, aber er wird nicht wissen, dass Sie feststecken, denn er wird Ihr Auto unter der schweren Schneedecke nicht bemerken.« Er hielt inne. »Darf ich Ihnen einen gut gemeinten Ratschlag geben?«

Inna blinzelte.

»Bleiben Sie hier.« Er nickte knapp. »Morgen früh ist alles vorbei.«

Inna schloss ihre Augen.

Sie würde ihn nie überwältigen können, egal, ob sie ein Messer zu Hilfe nahm oder nicht, es würde ihre Situation nur verschlimmern.

Sie musste entkommen. Irgendwie.

»Sie werden meine Fragen beantworten.« Er beugte sich zu ihr herüber. »Haben Sie das verstanden?«, flüsterte er.

Inna öffnete ihre Augen. »Ja«, sagte sie heiser.

Igor schwitzte.

Inna nicht.

Inna saß steif auf dem Sofa. Sie kämpfte mit ihrem Puls. Er raste, flatterte, stolperte.

Dieses eine Mal. Dieses eine Mal hatte sie sich nicht getäuscht. Igor. Er tänzelte mit ihr durch die Nacht. Sie hatte ihr Leben lang darauf gewartet. Hatte darauf gewartet, dass jemand kam und Fragen stellte.

Warum erst jetzt?

Rote Flecken hatten sich auf Igors kaltschweißiger Haut gebildet. »Wo waren wir stehen geblieben?«

Inna benetzte ihre Lippen. Vergeblich. »Ich möchte etwas trinken.«

»Bitte.«

Sie nahm mehrere Schlucke, ließ Igor nicht aus den Augen.

»Wo genau ist die Höhle? Das Felsenmeer ist groß. Ich brauche eine genaue Wegbeschreibung. Koordinaten. Irgendetwas.«

Inna hörte den Sturm heulen, die Fenster knarrten bedrohlich. »Sagen Sie mir endlich, wer Sie sind«, erwiderte Inna. Sie wartete geduldig auf eine Antwort. Wartete auf das Filetstück einer abgelaufenen Lüge. »Wer, Igor?«

Den gesamten Morgen hatte sie zu Hause auf die Eskalation, das Ende, den Schluss gewartet. Sie war hingehalten worden, hatte ihr Leben lang glauben wollen, dass diese Angst rein hypothetisch gewesen war. Mit Igors Auftreten hatte sich der Tag gegen jede Wahrscheinlichkeit gerichtet. Mit Igors Auftreten hatte sich das unheilvolle Rascheln in tosende Gefahr gewandelt. Die Tüte. Das Mädchen. Inna hätte gern gelacht, aber dann hätte sich Henri erst recht für seine aberkannte Autorität gerächt.

»Trinken Sie einen Schluck Wasser«, befahl Igor. »Dann werden wir weitermachen.«

»Weitermachen«, wiederholte Inna. »Womit auch immer.«

»Mit unserer Unterhaltung.«

»Mit Ihrem Verhör.«

»Wir werden weitermachen, bis ich habe, was ich brauche.«

»Daran habe ich keinen Zweifel«, gab Inna zurück.

Sie würde lieber sterben. Sterben, bevor er die entscheidende Frage stellen konnte. Sie würde niemanden verraten.

Schon gar nicht Jenke.

»Ich bin's«, meldete er sich. »Ich halte es nicht mehr aus. Wir müssen zur Höhle.«

Inna wartete.

»Inna? Bist du noch dran?«

Sie nickte stumm, hielt das Telefon fest umklammert.

Zur Höhle.

Nach so vielen Jahren.

»Ich kann nicht«, flüsterte Inna. »Ich kann nicht dorthin zurück.«

»Wir haben einander geschworen, dass wir …«

»Vor mehr als 30 Jahren, Jenke. Es ist viel Zeit vergangen.«

Jenke legte auf.

Mit seinem Anruf brachte er die Gegenwart ins Wanken. Grub Erinnerungen aus, die sie längst verscharrt hatte. Mit seinem Anruf weckte er Vergangenes, setzte in Gang, was für immer hätte vergessen sein sollen.

Wie ferngesteuert wandelte sie in ihr Schlafzimmer, legte sich ins Bett, starrte an die Wand. Kalte Erinnerungen schli-

chen sich heran. Mühelos kroch der Nebel aus den Ecken und umzingelte sie.

»Schnell«, hörte sie Jenke flüstern. »Niemand kann uns hier finden!«

Die tiefschwarze Höhle hatte sie beide verschluckt. Eine ganze Kindheit lang.

Inna rollte sich zusammen, zog ihre Decke bis über den Kopf. Sie fror, zitterte. Die Matratze steinig, die Nässe der Erde kroch in ihre Gliedmaßen. Schürfwunden brannten und unbändige Angst schnitt ihr die Luft zum Atmen ab. Sie hielt es im Bett nicht mehr aus, sprang auf, verscheuchte die Erinnerungen, duschte heiß, dachte nach.

Was, wenn Jenke wahr machen wollte, was sie sich einst versprochen hatten?

Was dann?

Tränen mischten sich unter das fließende Wasser, drängelten sich zwischen den Schaum, der über Schultern und Bauch in die Tiefe rutschte.

Nach so vielen Jahren.

Sie drehte das Wasser ab, setzte sich mit einem Handtuch vor die Heizung.

Nach so vielen Jahren.

Sie trocknete sich ab, zog sich Trainingshose und Shirt an, setzte sich vor den Fernseher. Sie ließ sich in schwachsinnigen Quizsendungen vorführen, zappte von einer Kochsendung zur nächsten. Nach der zweiten Werbepause hielt sie es nicht mehr aus. Sie holte Mantel, Schal und Handschuhe aus dem Schrank und ging spazieren, viele Stunden durch die kalte Nacht, bis sie unbewusst den steilen Pfad zur Burg einschlug und sich mit einem Mal die schwarzen Mauern vor ihr auftaten.

Sie zögerte, blickte sich um.

Die Kameras.

Inna wollte nicht erfasst werden, lief zurück. Die Steinchen unter *ihren Schritten knirschten trocken. Noch hatte es dieses Jahr keinen richtigen Schnee gegeben, nur heute ein paar wenige Flocken. Diese Nacht. Diese Nacht sollte es schneien, der Winter würde Einzug halten, das hatte der Wetterbericht vorhin in den Nachrichten versprochen. Sogar von einem Schneesturm war die Rede gewesen, als sie so sinnlos zwischen den Programmen gewechselt hatte.*

Sie schlich ein Stück außerhalb der herrschaftlichen Allee entlang, gesäumt von schmalkronigen Bäumen. Die Dunkelheit spuckte allerlei Gestalten aus. Geister, die sich ihr näherten und sie begrapschten.

Sie huschte über den westlichen Flügel eine schmale Treppe hinab. Die kleine Tür am Fuße der letzten Stufe war einen Spalt geöffnet. Sie schob sich hindurch, wagte einen Blick durch das schmale Fenster. Es brannte Licht. Sie drückte die Türklinke, trat ein. »Ede?«, flüsterte sie. »Ich bin's, Inna.«

Ede wandte sich erschrocken um, schlug ihre Hände über dem Kopf zusammen. »Mein Kind!«, rief sie. »Mein Kind!« Die alte Frau eilte zu ihr und schloss sie in die Arme, drückte Innas kalte Wange an ihren Busen. »Was machst du denn hier? Zu so später Stunde?« Sie entließ Inna aus ihrer Umarmung und musterte sie. »Es ist doch alles in Ordnung?«

Inna ließ sich Mantel und Schal abnehmen.

»Ich mache dir einen Kakao. Und hole Kekse.«

»Nur einen Brandy.«

»Einen Brandy.« Ede strahlte.

Sie gingen ins Wohnzimmer, Inna setzte sich steif auf die großen Felle, umklammerte den Brandy mit beiden Händen. Wie Schraubzwingen spannten sich ihre Finger mit weiß hervorstechenden Knöcheln um das Glas.

»Wie geht es dir?«, fragte Ede nervös. Sie schaute erwartungsvoll auf das Sofa. »Hier hat sich etwas verändert, siehst du?« Sie strich mit der Hand über den Bezug. »Haben wir austauschen lassen.«

Inna nickte. »Schläft Henri schon?«

»Früher habe ich dir immer ein Bad eingelassen. Weißt du noch? Ihr wart viel unterwegs, draußen in der Kälte und im Nebel. Ganz durchgefroren seid ihr nach Hause gekommen und habt euch den Kakao schmecken lassen.« Ede räusperte sich unbehaglich, fummelte an einem Faden, der sich aus der Naht ihrer Schürze gelöst hatte. »Jenke war gestern hier«, sagte sie unglücklich. Sie zeigte zur Tür. »Da hat er gestanden und mit Henri gestritten. Über deine Mutter.« Sie holte tief Luft. »Und über die Höhle. Er hat gesagt, dass er ein Versprechen einhalten muss. Ein Versprechen, das ihr euch gegeben habt.«

In diesem Moment knackte es trocken. Das Glas in Innas Hand zersprang. Öliger Brandy ergoss sich bernsteinfarben über den Teppich.

Ede sprang auf. »Oh nein!«, rief sie erschrocken, tupfte betulich den Teppich mit ihrer Schürze ab.

»Wo ist Henri jetzt?«, fiepste Inna.

»Hier«, hörte sie. Henri wandelte zum Sessel, setzte seine Brille ab. »Hallo, Inna«, sagte er. Er schaute auf seine Uhr. »Es ist spät. Warum bist du nicht zu Hause und schläfst?«

»Ich weiß nicht. Vielleicht, weil Jenke mich angerufen hat?«

»Und was wollte er von dir?«

»Ein Versprechen einlösen.« Inna erhob sich. Sie ging zur Vitrine, holte sich ein neues Glas, inspizierte es, stellte es zurück. Sie strich über das alte Gemälde ihrer Mutter. Versteckt hinter schweren Büchern und halb hinter die Vitrine geschoben. Ihr wurde schwindelig. Sie hörte Henris Stimme. Von weit her schlängelte sie sich durch ihre porösen Erinnerungen, erreichte sie wie durch Watte. Das Haar ihrer Mutter glänzte auf dem Bild schwarz wie Ebenholz. Das zarte Gesicht, die schmalen Lippen, ihre katzenartigen Augen. Mutters Haar hatte mit strengem Scheitel zu beiden Seiten wie schwere Vorhänge über ihre Schultern gehangen. Ein blasser Teint und ein schlanker Körperbau. Alles an dem alten Gemälde wirkte zerbrechlich. Die durchsichtige Pergamenthaut schimmerte wie Perlmutt, neigte zu knittrigen Rissen. Schlangenartige Zungen eines keltischen Tribals wanden sich um den Hals ihrer Mutter. Mystisch, geheimnisvoll, verzaubert. Wie eine Märchenfigur. Inna hielt die Luft an. Es war ihr immer vorgekommen, als müsste ihre Mutter zu Staub zerfallen, sobald ein Windhauch ihre weiße Haut berührte. Vielleicht hatten sie das Bild deswegen versteckt.

»Deine Mutter«, sagte Henri. »Jahre über Jahre hat sie mir geschadet. Wenn sie von ihren Streifzügen zurückkam, ist das Leben aus ihr herausgesprudelt wie das Wasser aus einer Fontäne.« Henri lachte bitter. »Eine schwere Zeit. Sie hat mir viel Kummer bereitet. Ihr Wunsch nach Geltung, nach anderen Männern, nach …« Henri schaute das Gemälde an, als sei ihre Mutter eine ekelige Ratte. »Nach was auch immer.«

Inna schluckte.

»Ich bin Jenke dankbar.«

Inna öffnete ihren Mund, wollte ihn schließen, aber er gehorchte nicht. Ihr Herz begann zu rasen, ein kläglicher Rest Speichel kräuselte sich auf ihrer Zunge. »Nicht«, flüsterte Inna.

»Ich«, sagte Henri und berührte Innas Hand. »Ich habe es immer gut mit euch gemeint.«

Im Augenwinkel nahm Inna wahr, dass sich Ede mit einem Tuch die Augen abtupfte.

»Es ist spät«, sagte Henri. »Du solltest nach Hause gehen.«

»Jenke hat …«

»Still«, befahl er, formte seine Augen zu schmalen Schlitzen. »Sei still! Ich will nichts davon hören. Es ist zu lange her. Es ist vorbei.«

»Für dich vielleicht«, hauchte Inna.

Sie ließ sich ihren Mantel holen und verließ die Burg durch den Hinterausgang der Küche. Tränen rollten ihre Wangen hinab. Sie fühlten sich auf der Haut an wie feine Eisstäbchen.

»Inna«, sagte jemand.

Sie schaute erschrocken auf. Jenke stand vor ihr, als Weihnachtsmann verkleidet, mit rotem Samtanzug und schwerer Gürtelschnalle. Er war betrunken. Der Mond über ihm leuchtete unerschrocken auf ihn herab, ganz so, als hätte er ihn hierhergebracht.

»Was machst du hier, Jenke?«

»Ich kann nicht mehr«, lallte er. »Ich kann so nicht mehr weitermachen.« Er sank auf die Knie und kauerte sich vor ihre Füße. »Weißt du, warum ich hier bin, Inna?«

»Steh auf!« Inna beugte sich zu ihm herab, griff beherzt unter seine Achseln, aber Jenke ließ sich nicht aufrichten. »Ich bringe dich nach Hause«, bestimmte Inna. »Du schläfst deinen Rausch aus. Morgen sprechen wir darüber.«

»Nein!«, schrie Jenke. »Nein, nein, nein!« Er ballte seine Hände zu Fäusten. »Es muss heute sein. Ich halte es keinen Tag mehr aus.«

»Was muss heute sein?«, fragte Inna laut. »Was willst du denn tun? Du kannst doch niemanden mehr lebendig machen?«

»Aber töten!« Jenke nickte heftig, richtete sich auf. »Töten kann ich ihn.« Er strauchelte vorwärts, griff in seine Tasche.

»Bleib hier, Jenke!«, befahl Inna. Sie stieß mit ihrem Fuß gegen einen Gegenstand. Es schepperte laut durch die dunkle Allee. Inna hob eine blecherne Spendenbox auf. »Komm zurück, Jenke«, zischte sie, aber Jenke taumelte entschlossen weiter, stellte sich breitbeinig vor das hohe Eisentor. »Mach auf, Henri!«, brüllte er. Dabei hielt er ein Messer in seiner Hand, das er unkontrolliert hin und her schwenkte.

Erschrocken wich sie zurück.

»Dann eben nicht«, beschloss er.

Inna folgte Jenke durch den Westeingang die schmale Treppe hinab. »Jenke«, flüsterte sie. »Tu das nicht.«

»Wir haben es versprochen, Inna«, schluchzte er. »Oder hast du das vergessen?«

Die Tür zur Küche war verriegelt. Jenke bückte sich und tastete nach dem Schlüssel, der in einer winzigen Einbuchtung lag, versteckt hinter einem Stein der wuchtigen Mauer.

Jenke hantierte, fummelte den Schlüssel in das kleine Loch. Er wandte sich um. »Hilf mir«, flehte er. »Bitte.«

Inna legte ihren Zeigefinger auf die Lippen. »Schscht«, machte sie.

Jenke nahm seine Hand vor den Mund und nickte.

Sie schloss auf, lief vorbei an dem schmalen Fenster, das jetzt nicht mehr beleuchtet war, durch die dunkle Küche und den langen Korridor, vorbei an den Skulpturen ins Foyer, das zu beiden Seiten von einer breiten Treppe gesäumt war. Inna bedeutete Jenke, ihr zu folgen. Sie führte ihn auf die Schlafetage und schob ihn in ihr altes Kinderzimmer. »Hier«, sagte sie. »Setz dich hin.«

Jenke gehorchte und ließ sich auf das alte Bett plumpsen.

»Du bleibst hier. Du rührst dich nicht von der Stelle. Ich hole uns etwas zu trinken. Dann reden wir«, sprach sie laut und deutlich. Sie zeigte auf das Messer. »Leg es zur Seite!«

Jenke schaute an sich herab. »Wie ich aussehe.«

Sie warf ihm die Spendendose zu. Mit dem Messer schnitt er den Draht der Plombe durch und schüttete die Scheine auf das Bett. Er begann zu zählen.

»Warum tust du das? Warum sammelst du jedes Jahr Spenden?«

»Auf dem Weihnachtsmarkt«, erwiderte Jenke. »Da, wo wir nie gewesen sind. Immer nur in unseren Träumen, weißt du noch? Wir haben vor der Krippe gestanden, mit Zuckerwatte und Mandeln, wir sind Karussell gefahren und haben uns im Kreis gedreht. Wir waren so glückliche Kinder, in unseren Träumen. Wir beide, Inna, weißt du noch? Aber Henri hat alles zerstört.«

»Mama war auch vorher nicht da.«

»Aber immerhin nicht tot.«

»Warum bist du so betrunken?«

»Eierpunsch.«

»Ich hole uns Wasser und Espresso.« Inna nickte knapp.

Sie schloss die Tür zu ihrem Zimmer und tapste auf leisen Sohlen den Flur entlang. In der Küche besorgte sie Gläser und Wasser, der Kühlschrank gab ein leises Summen von sich. Es erinnerte sie an die Chloranlage in Pims Schwimmbad. In dem Schwimmbad wäre sie beinahe ertrunken. Für einen Moment setzte sie sich an den kleinen Küchentisch und vergrub erschöpft ihren Kopf.

»Wir fahren zweieinhalb Stunden«, hörte sie Henri sagen. »Du musst dein Kostüm ja nicht anziehen, aber vielleicht hast du doch Lust, wenn sich alle verkleidet haben und du der Einzige bist, der normal aussieht. Inna wird sich auch verkleiden. Als Cowgirl. Stimmt's, Inna?«

Inna hatte stumm aus dem Fenster gesehen.

»Beeke geht als Vampir. Wir verkleiden uns alle, Jenke. Nichts ist dabei.«

»Ich bleibe hier.«

»Kommt nicht infrage.«

Jenke hatte seinen Stuhl umgeworfen und so fest in seine Hand gebissen, dass sie zu bluten begann.

»Du kommst mit, egal, was du jetzt tust«, hatte Henri gesagt. »Deine Tante freut sich, dich zu sehen.«

Inna hatte auf dem Bett gesessen und Jenke dabei zugesehen, wie er seine Wäsche in die Tasche gestopft, seine Zahnbürste eingepackt hatte. »Ich will nicht zu Tante Pim. Sie hasst mich.«

»Weil du Mama erschlagen hast.«

Jenke hatte sie angefunkelt, war wutentbrannt aus dem Haus gestürzt.

Auf der Fahrt hatte Henri ihn nachdenklich von der Seite angeschaut. »Ach, Jenke«, hatte er das Gespräch begonnen. »Du musst schwimmen lernen.«

»Ich will aber nicht schwimmen«, hatte er gemotzt.

»Goethe hat einst gesagt, schwimmen helfe gegen Depressionen. Er hat sich das Schwimmen mit einem Gürtel aus Kork selbst beigebracht. Im Winter wie im Sommer ist er in Weimar in die Ilm gestiegen.«

Jenke hatte sich weggedreht, aus dem Fenster geschaut.

»Im Wasser bist du schwerelos. Ist es das, was dich so stört? Du tust ja gerade so, als wolltest du sterben.« Er hatte mit der Hand über seinen Kopf gestrichen. »Wir haben uns! Auch ohne Mama. Wir alle sind mit dem Tod konfrontiert worden. Nicht nur du. Wir sind Verbündete.« Er räusperte sich. »Du wirst doch durchhalten, Jenke? Du möchtest doch nicht, dass dir und deinen Schwestern etwas passiert?«

Inna hatte Bauchschmerzen bekommen.

»Goethe hatte fünf Geschwister. Die Betonung liegt auf ›hatte‹. Vier sind gestorben, nur seine Schwester Cornelia hat das Kindesalter überlebt.« Henri hatte traurig gelächelt. »Goethe konnte schwimmen, obwohl er mit dem Tod konfrontiert war. Mit dem Tod seiner Geschwister.« Er hatte geräuschvoll etwas Luft eingesogen. »Ihr wisst, was passiert, wenn wir nicht zusammenhalten?«

Sie hatten stumm genickt.

Er hatte sich Inna zugewandt. »Kannst du schwimmen, Inna?«

»Nein. Und ich will auch nicht schwimmen können«, hatte sie geflüstert.

»Und kannst du dir vorstellen, es zu lernen? Vielleicht gefällt es dir, wenn du es erst einmal ausprobierst?«

Inna hatte den Kopf geschüttelt.

»Ich werde es euch beibringen«, hatte Henri entschieden. »Tante Pim hat ein Schwimmbad. Nach der großen Faschingsfeier werden wir schwimmen üben.«

Sie waren am späten Nachmittag die breite Einfahrt von Tante Pims Haus hinaufgefahren.

Tante Pim hatte Henri zur Begrüßung rechts und links auf die Wange geküsst. »Du bist spät, Bruderherz.« Sie hatte in die Runde geschaut. »Warum seid ihr nicht verkleidet? Die Gäste kommen gleich.«

»Ich werde Vampir«, hatte Beeke stolz erklärt. »Und Inna Cowgirl.«

»Und Jenke?«

Jenke hatte den Kopf geschüttelt. »Ich habe kein Kostüm.«

»Das ist aber schade.« Sie hatte Henri einen vielsagenden Blick zugeworfen. »Vielleicht kann Jenke heute Abend etwas anderes machen. Er muss ja nicht teilnehmen.«

»Ich will kein Cowgirl sein«, hatte Inna gesagt.

»Du wirst doch wohl mitfeiern?«

»Aber nicht als Cowgirl.«

»Als was dann?« Pim hatte ihre Hände in die Hüften gestemmt. »Du meine Güte, was ist nur los mit euch? Wir haben Fasching, Kinder. Da ist man fröhlich und ausgelassen.«

»Mama ist tot.«

»Papperlapapp«, erwiderte Pim entrüstet. »Vielleicht habe ich ein anderes Kostüm für dich.« Sie hatte Inna durch die große Eingangshalle geschoben, vorbei an den überlebensgroßen Skulpturen.

»Warum hast du auch solche Steindinger? Warum lebt ihr so? Du und Henri?«

»Warum nicht?«

»Weil sie gruselig sind. Ich habe Angst vor ihnen.«

Sie waren im Ostflügel abgebogen. Vor einem großen Regal waren sie stehen geblieben. »Warte hier!«, hatte Pim befohlen.

Inna hatte sich gegen das Regal gedrückt. Etwas Hartes hatte sich in ihren Rücken gebohrt.

»Tadaaaaa.« Tante Pim hatte ein langes Gewand in die Höhe gehalten. »Feine Dame!«

Inna hatte teilnahmslos genickt, auf den Gegenstand im Regal geschielt.

»Weißt du, was das ist?« Tante Pim hatte die rechteckige Uhr herausgeholt. »Ein Pariser Reisewecker. Mehr als hundert Jahre alt.« Sie hatte den Wecker am Tragebügel vor Innas Nase gehalten und auf das Ziffernblatt geklopft. »Fünfseitig verglastes Messinggehäuse. Kann man sogar öffnen. Mit Emaille-Zifferblatt.« Pim hatte Inna mitleidig angeschaut. »Du vermisst deine Mutter, oder?«

Inna hatte versucht, das Ziffernblatt zu erkennen, aber die Tränen hatten alles verschleiert.

»Komm her.« Pim hatte Inna an sich gedrückt. »Weinen ist gut. Henri und ich haben auch geweint, als unsere Mutter verstorben ist. Sie hatte einen hämorrhagischen Schlaganfall, eine Blutung im Gehirn, da war sie noch ganz jung, gerade 45 Jahre alt.« Sie hatte Inna den Rücken getätschelt. »Magst du Disney-Filme? Disney hat seine Mutter auch früh verloren. Deswegen wachsen die meisten Figuren in seinen Filmen ohne Mutter auf. Man kann das Leben schaffen, Inna, man muss es nur wollen. Auch ohne eine Mutter.« Sie hatte prüfend Innas Kinn angehoben. »Und ihr nehmt euch doch in Acht vor Jenke? Jenke ist böse.«

Sie waren zurückgegangen.

»Wir werden morgen schwimmen gehen«, hatte Henri fröhlich verkündet. »Ich habe es auch erst spät gelernt, aber heute schwimme ich gerne. Schwimmen ist etwas Besonderes für den

Menschen. Wir fühlen uns vom Wasser angezogen, obwohl wir nicht darin atmen können.«

»Ich will immer noch nicht schwimmen. Ich mag das Wasser nicht.«

»Du magst es nicht, weil du nicht schwimmen kannst.«

»Nein, ich kann nicht schwimmen, weil ich das Wasser nicht mag.«

In der Nacht war Inna in den Keller geschlichen. Der Geruch des chlorhaltigen Wassers, das leise Geräusch der Filteranlage. Inna hatte zuerst mit der Hand, dann mit ihrem Bein die Temperatur des Wassers gefühlt. In Nachtwäsche war sie die Leiter hinunter ins Wasser gestiegen. Sie hatte an Mama gedacht. Sie hatte sich am Rand entlanggehangelt, die nasse Kleidung war schwer, hatte sich an ihrer Haut festgesogen. Sie hatte einen hektischen Zug gewagt, ihr Nachthemd aber hatte sie unvermittelt in die Tiefe gezogen. Sie hatte gestrampelt, in panischen Versuchen ihren Kopf an die Wasseroberfläche gestreckt, war immer tiefer gesunken, bis sie unter ihren Fußsohlen die Fliesen gespürt hatte. Inna hatte schnell entschieden. Hatte sich abgestoßen, mit aller Kraft, die sie mit dem kläglichen Rest Luft in ihrer Lunge aufbringen konnte. Das Wasser war seitlich an ihrem Kopf heruntergelaufen, sie hatte ihre Mutter lächeln sehen, nach Luft geschnappt, hatte durch milchigen Schleier den Rand des Beckens fixiert. Außer Atem hatte sie sich zur Leiter gekämpft, war hinaufgeklettert, ihre Muskeln hatten gebrannt. Die harten kleinen Mosaikfliesen hatten sie kalt empfangen, so, als ekelten sie sich vor ihr, vor Inna, die wie ein sterbender Fisch nach Luft geschnappt hatte.

Inna nahm einen Schluck Wasser. »Können Sie schwimmen?«, fragte sie Igor.

Igor nickte.

»Jenke und ich können es bis heute nicht.«

»Es ist nie zu spät.«

Inna lachte. »Die Frage nach dem Schwimmen ist immer auch eine Frage nach dem Leben, und die Antwort darauf immer eine Antwort auf eben dieses. Es sind die feinen Nuancen, mit der uns das Unterbewusstsein die Wahrheit über unseren eigenen Lebenswillen schickt.«

»Also können Sie nicht leben?«, grunzte er. »Diese philosophische Metapher ist albern.«

Sie zuckte mit den Schultern. »Der Tod«, sagte sie nachdenklich. Die lächerliche Schwärmerei für ihn hatte sie und Jenke in paradoxer Kontinuität am Leben gehalten. Eine hohle Kreatur, die ihnen beständig durch die Finger glitt.

Inna holte tief Luft, presste ihre Handflächen aneinander. »Der Wunsch zu sterben war Bestandteil unseres Glücks. Es war eine Banalität, den Tod herbeizusehnen, und alltäglich, ihn nicht zu bekommen.« Sie ließ ihre Fingergelenke knacken. »Jenke hat immerzu von ihm geträumt. In seinen Träumen hat er andere erwürgt. Immer am gleichen Ort.«

»In der Höhle?«

»Am Rostbahnhof.«

»Weil er dort Ihre Mutter umgebracht hat?«

Inna blinzelte. »Und das kleine Mädchen.«

28

Auf der Flucht. Sein ganzes Leben schon war er das.

Vor den Fragen und den Antworten.

Vor Henri.

Stumm waren er und Inna geworden, weil Henri jedes einzelne Wort filetiert hatte, Tag und Nacht.

Frage, Antwort. Ja, nein.

Schweigen.

Widerstand.

Täuschung.

Jenke hatte Albträume gehabt. In einem der Träume hatte Henri Jenkes Kleidung eingepackt. Der Koffer hatte bunt und fröhlich gewirkt. Jenke hatte im Türrahmen gelehnt und seine unbändige Angst war Gefahr gelaufen, von einem so kindlich unbeschwerten Bild verherrlicht zu werden. Er hatte zugesehen, schweigend, wie sein Vater nach und nach Kleidung gefaltet und hineingelegt hatte. Henri hatte gesummt.

»Muss ich weg?«, hatte Jenke gefragt.

Sein Vater hatte zu packen aufgehört und ihn fassungslos angeschaut. Er war aufgestanden, hatte sich vor ihn gekniet, sein Kinn mit den Fingern angehoben. »Ich werde euch nicht aufgeben, Jenke. Niemals.«

»Was dann?«

»Wir fahren in den Schnee.« Er hatte gelächelt. »Wir fahren in den Schnee.«

Ede hatte Jenke ein Brot mit Salami zubereitet, ein Glas kalte Milch hingestellt. Henri hatte ihm beim Essen zugesehen. Dann waren sie losgefahren. In den Schnee. In die Berge. Ans westliche Ende des Wettersteingebirges. Henri war mit ihm vom Zugspitzplatt aus auf den Schneefernerkopf gestiegen, von der Nordschulter auf Stufen und über einen mit Drahtseilen gesicherten Steig.

Für ein Verhör.

Unter schwersten Bedingungen.

Und ohne Inna.

»Weißt du, wozu wir hier sind?«, hatte Henri gefragt. »Weißt du es?« Henri hatte ihn gepackt und bis an den Rand des Abgrunds gerissen. Kopfüber. In 2.875 Metern Höhe, auf dem Gipfel im Zugspitzmassiv. Und dann hatte das Spiel begonnen.

Schweigen.

Widerstand.

Täuschung.

Heiße Tränen waren Jenkes kalte Wangen hinuntergerollt, irgendwann hatte er das Bewusstsein verloren. Vor Angst, vor Kälte, vor Erschöpfung. In seinem Delirium hatte er auf der untersten Stufe im Minato-Mirai-21-Gebäude in Yokohama gestanden, vor Aufregung gezittert.

War er allein gewesen? Hatten um ihn herum Menschentrauben gestanden und den Augenblick in Ehrfurcht und Würde getränkt?

Applaus. Jubel. Hektik umgab ihn. Ein monumentaler Akt. Zwischendurch hatte sich Henris Stimme in sein Bewusstsein gedrängt. Um sie zu ersticken, hatte er seinen Text heruntergerasselt. Seinen Text über Rolltreppen, eine Definition aus dem Lexikon, die er auswendig gelernt hatte. Wie gern wäre er mit einer solchen Rolltreppe damals in den Himmel gefahren. Stattdessen war er schweißgebadet aufgewacht.

Jenke schüttelte den Kopf. Wieso wusste er alles über Rolltreppen, über Jesse W. Reno, über George A. Wheeler, über Charles Seeberger, aber nichts mehr über die letzte Nacht?

Er schluckte. Ein Puzzleteil fehlte. Ein entscheidendes Puzzleteil. Jenke strengte sich an, kramte in seiner Erinnerung. Ganz plötzlich blitzte es auf, touchierte das schaurige Bühnenbild. Er wollte danach greifen, es fassen, aber bevor er es erwischen konnte, verschwand es wieder in der ewigen Dunkelheit. Jenke kniff seine Augen zusammen. »Wer bist du?«, flüsterte er. Eine Silhouette. Eine Person. Er war nicht allein gewesen. Wer? Wer hatte dort vor ihm gestanden?

Jenke hörte ein Geräusch. Er riss seine Augen auf. Um ihn herum nur Dunkelheit, es roch nach nassem Holz und Pilz. Er hielt den Atem an, Blut rauschte in seinen Ohren. Der Hochstand. Er hatte sich versteckt.

Hatte er für einen Moment geschlafen?

Jenke erstarrte.

Wo war das Mädchen?

29

»Jenke?«, fragte Igor mit weit aufgerissenen Augen. »Jenke hat das kleine Mädchen getötet?«

»Wer sonst? Oder glauben Sie, dass ich es war?«

»Warum hat er das getan?«

»Das müssen Sie ihn schon selbst fragen.«

Igor schüttelte den Kopf. »Was haben Sie nur für ein Leben hinter sich? Eine tote Mutter, ein totes Mädchen.« Er zögerte. »Sie nehmen mich doch nicht auf den Arm?«

»Nein.«

»Nein«, wiederholte Igor nachdenklich. »Was ist mit Jenke passiert, nachdem er Ihre Mutter getötet hat? Ist er in eine psychiatrische Klinik gekommen? Oder stand er unter Arrest oder Beobachtung? Irgendetwas dergleichen?«

»Nein.«

»Was dann?«

»Gar nichts. Er war strafunmündig. Ein Kind. Sechs Jahre alt.«

»Und man ist kein bisschen davon ausgegangen, dass er ein Wiederholungstäter wird? Es gab kein psychologisches Gutachten? Keine besondere Betreuung zur Vorbeugung weiterer Straftaten?«

»Nein.«

Igor gestikulierte wild mit seinen Händen. »Warum nicht?«, fragte er laut. »Er hat seine Mutter getötet, irgendein Mädchen und jetzt auch noch seinen Vater«, zählte er auf. »Er ist auf der Flucht! Vielleicht hätte man das alles verhindern können!«

»Bei einem Kind wird immer die Schuldunfähigkeit vermutet«, sagte Inna. »Und zwar unwiderruflich. Punkt!«

»Punkt!«, äffte Igor sie nach. »Das kann nicht Ihr Ernst sein?«

»Ich habe mir das doch nicht ausgedacht? Wenn feststeht, dass kein strafmündiger Dritter beteiligt ist, werden alle gesammelten Informationen der Staatsanwaltschaft übermittelt. Die muss das Verfahren ohne weitere Prüfung einstellen.«

»Ohne weitere Prüfung heißt auch, dass niemand vernommen wurde?«

»Solange es keine tatsächlichen Beweise dafür gibt, dass ein Erwachsener als Täter infrage kommt, nicht, nein.«

»Und die beiden Männer? Der Junge? Waren das nicht Zeugen genug?«

»Was sollen sie denn gesehen haben?« Inna schüttelte den Kopf. »Es war niemand dabei, Igor. Nur wir. Nur wir drei Kinder.«

»Und das glauben Sie?«

»Es ist die Wahrheit.«

Igor lehnte sich vor. »Ich bin nicht von der Staatsanwaltschaft und rolle einen alten Fall wieder auf.«

»Und wenn doch?«

»Dann wäre dieser Fall längst verjährt.« Er stöhnte. »Sagen Sie mir die Wahrheit. Kommen Sie!«

»Habe ich. Jenke ist …« Sie überlegte. »Sie erinnern sich, dass er in der Nacht ein Kreuz an das Fenster malte?«

Igor nickte vorsichtig.

»Mein Bruder ist ein Mörder, Igor. Ich war dabei, als er Henri vorgestern Nacht erstochen hat.«

Sie bereitete Espresso zu, rührte Zucker hinein. Viel Zucker. Vielleicht würde der Zucker Jenke wieder zur Vernunft bringen.

Sie lief zurück in ihr altes Zimmer, hoffte, dass er noch auf dem Bett saß, vielleicht eingeschlafen war. Sie öffnete die Tür, schrak zurück. Jenke stand mittig im Zimmer, das Messer hatte er weit von sich gestreckt.

»Was hast du vor, Jenke?«, fragte Inna. »Mit dem Messer?«

»Und du? Warum bist du heute hier?«

»Weil du mich angerufen hast.«

»Du willst dein Versprechen nicht einlösen.« Jenke strich seine rote Samthose glatt.

»Weil wir nicht können. Noch nicht«, flüsterte Inna. »Henri lebt. Noch lebt Henri. Wir haben uns geschworen, dass wir ...«

»Dann müssen wir ihn töten.«

Inna starrte ihn an.

»Wir töten ihn.« Jenke erhob sich mühsam vom Bett. »Jetzt!«

Inna öffnete ihren Mund, sie wollte lachen, weil ihr der Vorschlag so absurd vorkam, aber das Lachen wollte nicht über sie kommen.

»Zusammen. Wir beide.«

»Jenke, ich ...«

»Jenke, ich«, äffte er sie nach. »Immer Jenke, ich!« Er schubste sie gegen die Wand. Das Wasser und der Espresso schwappten über. »Was hatte ich denn von meinem Leben?«

»Nicht so laut«, bat Inna vorsichtig.

»Warum nicht? Soll er doch kommen. Dann bringen wir es hinter uns.« Er bäumte sich vor ihr auf. »Und dann lösen wir unser Versprechen ein.«

»Davon wird Mama auch nicht wieder lebendig.« Sie schlüpfte unter seinem Arm hindurch auf die andere Seite des Zimmers. »Was hat dir denn gefehlt? Du hast ein ganz normales Leben geführt, oder nicht?«

Jenke lachte höhnisch. »Natürlich!«, raunte er. »Was ihr immer alles wisst. Du und Henri und alle anderen.« Er riss die Zimmertür auf.

»Nein!«, rief Inna. »Bleib hier!« Sie stürmte hinterher und blieb abrupt stehen. Da stand er vor ihnen. Da stand der alte Henri, im Morgenmantel und mit aufgerissenen Augen.

»Ihr?«, fragte er erstaunt. »Was macht ihr denn hier?«

Inna wagte nicht zu antworten, sie nahm Jenkes Hand und zog ihn zurück.

»Lass mich«, hauchte Jenke. Er zeigte auf Henri. »Es ist vorbei, Vater.«

Henri lachte. »Du hast getrunken. Wie deine Mutter.« Er zog den Gürtel seines Bademantels zu. »Kommt mit.« Er schlurfte voran die breite Treppe hinunter ins Foyer, hielt sich mit einer Hand am Geländer fest.

Jenke versteckte das Messer, folgte Henri wie mechanisch die Treppe hinunter, durch die große Eingangshalle ins Wohnzimmer.

Henri ging in kleinen Schritten zur Vitrine, schüttete sich einen Schluck Whisky ein. »Und ihr?«, fragte er.

Inna nickte.

»Bald ist Weihnachten«, begann er. Er reichte Inna das Glas und ließ sich in seinen Sessel fallen. »Ohne eure Mutter ein harmonisches Fest.« Er trank einen großen Schluck. »Erinnert ihr euch? Wir hatten einen Weihnachtsbaum. Mit echten Kerzen.« Er zeigte zum Kamin. »Ede hat euch Socken aufgehängt mit Nüssen und Mandarinen.« Er lächelte. »Warum bloß wart ihr so traurige Kinder?«

»Warum bloß hast du mir die Höhle damals gezeigt, Vater?«, fragte Jenke. »Warum?«

Henri lehnte sich zurück, stellte das Glas auf die weiche Lehne seines Sessels. »Die alten Kamellen. Immer musst du damit anfangen.«

»Warum?«, wiederholte er.

»Ihr hättet die Höhle auch ohne mich gefunden.«

Jenke lächelte traurig. »Du wusstest, dass wir an jenem Tag wegrennen und uns verstecken würden.«

Henri drehte sein Glas mit den Fingern.

»Kinder machen das so, nicht wahr?«, sagte Jenke. »Wenn etwas sehr Schlimmes passiert. Sie rennen weg und verstecken sich.«

Henri verengte seine Augen. »Und?«

»Sie verstecken sich, um der Situation zu entgehen, weil sie zu jung sind, um anders darauf zu reagieren.« Jenke benetzte seine Lippen. »Sie suchen Schutz, und wo finden sie ihn besser als in einer Höhle?«

Inna hielt den Atem an.

»In einer Höhle, zu der sie bereits den Weg kennen.«

Henri wackelte unbehaglich mit seinen Zehen.

»Wir hätten uns auch ohne dich im Felsenmeer versteckt.« Jenke hielt inne. »Aber so wusstest du ganz genau, zu welcher der vielen Höhlen wir rennen würden. Zu der einzigen Höhle, die wir kannten.«

Henris rechter Mundwinkel zuckte.

»Aber noch viel entscheidender ist ...« Jenke holte sein Messer hervor. »Dass du genau gewusst hast, dass wir ohne Hilfe für immer da unten eingesperrt sein würden.«

»Ich weiß es jetzt«, hauchte Inna.

»Was? Was wissen Sie jetzt?«, fragte Igor irritiert.

»Ich weiß, wer Sie sind. Ich weiß, warum Sie hier sind.« Sie erhob sich. »Das hier ist gar kein einfaches Gespräch. Keine harmlose Unterhaltung, kein Verhör, keine Vernehmung. Ganz und gar nicht.«

Igor starrte sie an.

»Das hier ist ein Interview.«

»Ein Interview?« Er räusperte sich unbehaglich.

»Ein Interview.« Sie musterte ihn. »Sie sind Reporter. Sie sind einer von der widerlichen Sorte sensationsgeiler Journalisten, die sich nach dem Tod unserer Mutter wochenlang vor unserer Burg postiert haben.«

Igor blinzelte.

»Ich habe recht«, sagte Inna. »Und wie ich recht habe.«

30

Marga tapste von einem Fuß auf den anderen. Sie hatte sich an dem Mann vorbeischlängeln wollen, aber er lag genau vor dem Ausstieg. Einen großen Schritt über ihn hatte sie bisher nicht gewagt. Sie überlegte, lange würde sie nicht mehr einhalten können. Ob sie ihn einfach wecken sollte? Sie schaute sich um. Plötzlich bewegte sich der Mann, er drehte sich auf den Rücken, stellte stöhnend ein Bein an. Marga huschte zu seinen Füßen, drückte sich an ihm vorbei und machte sich hektisch an den Abstieg. Ihr Herz klopfte wild, sie hielt die Luft an, um keinen Laut von sich zu geben. Die Abstände zwischen den einzelnen Sprossen waren riesig.

Der Wald war still, Flocken fielen herab. Über Nacht hatte es mehrere Zentimeter Neuschnee gegeben. Sie suchte den Boden nach ihren Fußspuren ab, aber der neue Schnee hatte längst alles verschluckt. Welche Richtung sollte sie einschlagen? Würde sie es bis nach Hause schaffen? Sie musste sich beeilen. Sie kannte den Weg, sie war ihn schon einmal fast ganz allein gelaufen. Zusammen mit Anton. Aber durch den vielen Schnee wirkte die Gegend fremd.

»Da bist du«, hörte sie den Weihnachtsmann von oben rufen.

Marga erschrak.

»Stehen bleiben«, befahl er. »Keinen Schritt weiter.«

Marga gehorchte, beobachtete ängstlich, wie der Mann die Leiter herunterkletterte. Er stöhnte laut, immer wieder schaute er sich nach ihr um.

»Ich muss mal«, erklärte sie. »Und ich habe schlimm Hunger.«

»Wir gehen weiter«, verkündete er. »Los!«

Marga setzte einen Fuß vor den anderen, ihr wurde warm von dem anstrengenden Marsch. Papas feiner Geruch beruhigte sie. Der Mann machte viele Pausen, in denen er sich auf seine Beine stützte und vor Schmerzen sein Gesicht verzog.

»Woher hast du die Verletzung?«, fragte Marga.

»Von einem Messer«, antwortete er knapp.

Marga riss ihre Augen auf. »Von einem richtigen Messer?«

Der Mann brummte zustimmend.

»Und wie ist das passiert?«

»Weiß ich nicht«, raunte er in Papas Schal.

»Warst du nicht dabei?«, fragte sie ungläubig. »Kann ja nicht sein. Hast du das selbst gemacht? Oder jemand anderes?«

Der Mann blieb stehen. »Hör mal, Mädchen …«

»Marga«, unterbrach sie ihn.

»Wenn du deinen Mund hältst, wird dir nichts geschehen, das hast du doch verstanden?«

Sie nickte.

»Wir werden jetzt zu deiner Bushaltestelle gehen.«

»Fahren wir zu Oma?«, fragte sie erstaunt. »Woher weiß sie denn, dass wir ...«

»Nein, natürlich fahren wir nicht zu deiner Oma.« Er stützte sich auf ihrer Schulter ab. »Wir fahren einfach in diese Richtung.« Er zeigte in den Wald hinein. »Einfach ein Stück in diese Richtung.«

»Aber hier fährt doch gar kein Bus?« Sie runzelte ihre Stirn. »Hier ist Wald.« Sie breitete ihre Arme aus. »Hier ist nicht einmal eine Haltestelle.«

»Da entlang!« Er schubste sie, sodass Marga vorwärtsstolperte und in den Schnee fiel.

Sie stand auf. »Kannst du an deiner Verletzung sterben?«

»Weiter!«, bellte er. »Und sei still.«

Marga gehorchte, stapfte los, dabei musste sie ihre Knie mit jedem Schritt hoch anziehen, um es überhaupt durch den Tiefschnee zu schaffen. Sie liefen stumm nebeneinanderher, der Mann schwitzte, Schweißperlen tropften von seiner Stirn.

Endlich erreichten sie die Hauptstraße.

»Hat mein Onkel freigemacht«, erklärte Marga stolz. Tonnen von Schnee säumten die Straße. Sie mussten klettern und sich hochziehen, um den Wall zu überwinden und auf die andere Seite zu gelangen. Marga rutschte hinab und hielt Ausschau. Es war diesig, Nebel lag schwer über den verschneiten Feldern. Eisiger Wind fegte über die Straße. Ohne den Schutz der Bäume kam es Marga noch kälter vor. Ihre Wangen brannten. »Und jetzt?«, fragte sie.

»Jetzt«, keuchte der Mann. »Jetzt suchen wir die Bushaltestelle.«

Marga zuckte ratlos mit den Schultern, schaute nach links, schaute nach rechts. »Ist hier nirgendwo«, sagte sie. »Es gibt hier nur eine und die ist viel weiter da!« Sie zeigte in die Richtung, aus der sie ursprünglich gekommen waren. »Dort hinten ist Dietrichs Hof«, erklärte sie und deutete auf ein bebautes Stück Land mit einem Haupthaus und mehreren Nebengebäuden. »Dietrich geht bald mit mir in die Schule. Im Sommer darf ich ihn mit dem Fahrrad besuchen, weil ich immer nur geradeaus fahren muss. Der Feldweg hat ziemlich viele Schlaglöcher.« Sie hüpfte, damit sie warm blieb. »Auf jeden Fall kommt der Bus an Dietrichs Hof vorbei, wenn ich dienstags zu Oma fahre. Also müssen wir zurück.«

Das war gelogen.

In Wahrheit kam die Bushaltestelle erst später, und sie mussten kein bisschen zurücklaufen. Marga hoffte, dass der Weihnachtsmann das Haltestellenschild in der Ferne nicht erkennen konnte, und wenn doch, würde sie ihm erklären, dass es ein Warnschild war, weil hier Rehe die Straße kreuzten oder Vögel unter Naturschutz standen.

»Und was ist das?«, fragte er und zeigte auf den grauen Strich und das runde Schild in der Ferne. »Das ist doch ein Halteschild?« Er kniff seine Augen zusammen. »Das ist unsere Bushaltestelle, und du bist eine Scheißlügnerin.« Er packte Margas Jacke und schüttelte sie. »Willst du denn sterben?«, brüllte er.

»Nein!«, schrie sie. »Lass mich los, ich bin erst sechs!«

Der Weihnachtsmann lachte höhnisch. »Davon merkt man gar nichts.« Er entließ sie aus seinem Griff und umfasste ihr Handgelenk. »Dietrich«, schnaufte er. »Pass auf, dass du nicht gleich vor dem Bus landest.« Er humpelte los, trat mit dem verletzten Bein nur auf dem Fußballen auf. Der heftige Wind schob sie vorwärts, bis sie die Bushaltestelle erreicht hatten.

Sie warteten. Versteckt unter Mütze und Schal standen sie abseits der Straße und warteten auf den Bus. Nach über einer Stunde hörten sie aus der Ferne ein leises Brummen. Der Mann stürzte zur Straße und hielt Ausschau. »Der Bus!«, rief er. »Endlich.« Er kramte in seiner Tasche und zog eine Tüte hervor, aus der er einen Geldschein fischte. »Ein falscher Blick, ein klitzekleiner Hinweis, und dein Meerschweinchen ist tot!« Er zeigte auf sie. »Du und ich, wir sind jetzt Vater und Tochter.«

Marga schüttelte den Kopf. »Jeder hier kennt meinen Papa. Und mich«, fügte sie hinzu. »Du musst etwas anderes sein.«

»Dann bin ich eben irgendwer. Dann bin ich eben Besuch. Zu Weihnachten.«

Marga überlegte, welchen eindringlichen Blick sie Peter zuwerfen sollte. Vielleicht konnte sie das Eisbonbon ablehnen, das würde ihn auf jeden Fall stutzig machen.

Der Bus fuhr ein Stück an ihnen vorbei und bremste unentschlossen. Die Türen öffneten sich. Der Busfahrer streckte seinen Kopf heraus. »Eigentlich darf ich Sie nicht mitnehmen«, rief er. »Leerfahrt!«

Marga seufzte enttäuscht. Das war nicht Peter. Das war irgendein Busfahrer.

Er zeigte auf das Haltestellenschild. »Feiertags fahren hier keine Busse, aber ich kann Sie ja schlecht stehen lassen.« Er lächelte schief und zündete sich eine Zigarette an. »Wo wollen Sie überhaupt hin?«

»Einfach ein Stück weiter. Zu Oma Gretel«, antwortete der Mann. »Sie ist sonst so allein und das wäre doch traurig.«

Der Busfahrer nickte zufrieden. »Ich fahre auch heute zu meiner Mutter. Wer weiß, vielleicht ist dieses Weihnachten schon das letzte.« Er zog an seiner Zigarette. »Weiß man ja nicht.« Der Fahrer rubbelte über seinen Strickpulli. »Dann mal rein«, forderte er sie auf. »Und, hat Oma gekocht?«, fragte er Marga. »Sauerbraten und Knödel und Rotkohl?«

Marga nickte.

»Sie fährt sonst immer dienstags zu ihr.« Der Mann tätschelte Margas Kopf. »Schon ganz selbstständig unterwegs, nicht wahr?«

»Aber zurück kommen Sie nicht mehr, das wissen Sie?« Er lenkte den Bus und konzentrierte sich auf die Straße. »Heute fährt kein Bus mehr in Ihre Richtung.«

Sie hangelten sich durch das leere Fahrzeug und nahmen Platz. Mit verschränkten Armen schaute Marga unglücklich aus dem Fenster. Sie fuhren an vereinzelten Höfen vorbei, die heruntergekommen auf ihren Abriss warteten. Marga kannte die Strecke gut. Vielleicht wartete Oma ja doch an der Bushaltestelle. Mit ihrem beigen Ledermantel und dem pinken Lippenstift. Marga liebte Oma Gretel. Ihr dauergewelltes Haar, die dicken Ohrringe. Oma roch nach Haarspray und Parfüm. Marga schloss ihre Augen und lehnte den Kopf an die Scheibe. Der Hunger nagte an ihrem Bauch, ihr war schwindelig. Marga hatte sich noch nie in ihrem Leben so verloren gefühlt.

»Hier ist Ende!«, rief der Busfahrer. »Weiter kann ich Sie nicht mitnehmen.«

Hier ist Ende, dachte Marga und schluckte.

31

»Hören Sie …«, stammelte Igor.

»Journalist. Ein verdammter Journalist. Daran habe ich überhaupt nicht gedacht. Was für ein intelligenter Schachzug«, unterbrach sie ihn. »Wie nur konnte ich mich so an der Nase herumführen lassen?«

Igor schüttelte den Kopf. »Inna, ich …«

»Nach so vielen Jahren.« Sie setzte sich. »Wissen Sie eigentlich, was wir durchgemacht haben? Als Familie?«, fragte sie schroff. »Wochenlang? Davon, dass die Familie unter dem besonderen Schutz der staatlichen Ordnung steht, haben wir nichts gemerkt.«

»Ich habe …«

»Deswegen sind wir zu Tante Pim gefahren. Wir haben uns wochenlang bei ihr versteckt. Um den Geiern zu entkommen, den Hyänen, den Aasfressern. Ihnen! All denen, die sich ereifert haben an unserem Schicksal. Sie alle wollten Jenke sehen. Jenke, das Kind! Jenke, den Mörder!« Sie schlug mit der Faust auf den Tisch. »Die Klassenkameraden, die Eltern, alle haben sie uns nachgestellt, alle wollten sie mehr wissen. Alle wollten wissen, wie ein Mörder aussieht, ein Sechsjähriger, der seine Mutter getötet hat. Und der Vater dazu? Der Ehemann? Unrasiert und gebrochen? Was haben sie gelechzt nach Informationen, nach Bildern.«

»Was seht ihr da oben?«, fragte Henri.

»Sterne«, antwortete Jenke heiser.

»Sterne.« Henri wirkte zufrieden. »Als hätte sie jemand ein-

fach in den Himmel geworfen. Kreuz und quer, durcheinander, ohne besondere Anordnung, nicht wahr?«

Jenke und Inna nickten stumm.

»Manchmal betrachten wir Dinge, ohne wirklich zu sehen, was sich uns offenbaren soll. Erst wenn wir wissen, worauf wir unsere Aufmerksamkeit lenken sollen, können wir es auch erkennen.« Henri kniete sich nieder. »Wir können selbst der Himmel sein. Wir können selbst bestimmen, welche Bilder unser Gegenüber sehen soll. Durch Manipulation, also durch die gezielte und verdeckte Einflussnahme auf das Erleben und Wahrnehmen unseres Gesprächspartners.« Henri zeigte in den Himmel. »88 Sternbilder gibt es, festgelegt vor genau 96 Jahren von der Internationalen Astronomischen Union.« Henri holte die Sternenkarte hervor, zeigte ihnen am Himmel den Kleinen Hund, die Zwillinge, den Stier. Er brachte ihnen bei, den Kleinen und den Großen Wagen voneinander zu unterscheiden, und verriet ihnen sogar, dass es für Jenke und Inna ein eigenes Sternzeichen gab. »Der Skorpion ist sehr imposant«, beschrieb Henri ihn. »Mit einer Schere und hoch aufgerichtetem Stachel. Eine helle Sternkette bildet die Gestalt des Skorpions, seht ihr?« Er zeichnete das Sternbild aus Punkten in den Schnee und ließ sie die Punkte mit dem Finger verbinden. »Es gehört zu den Tierkreiszeichen. Die Sonne, der Mond und die Planeten wandern durch das Sternbild, weil es sich durch die Ekliptik zieht.«

Inna nickte, lauschte widerwillig Henris Beschreibungen, ahnend, dass er auf etwas Schauderhaftes hinauswollte.

»Wir können den Skorpion von Deutschland aus nur teilweise sehen, weil er sehr südlich liegt, in der Nähe des Zentrums der Milchstraße.« Henri legte seine Hand um Innas Nacken. »Wir müssen auf den Sommer warten, und bis dahin vergeht noch viel Zeit. In dieser Zeit werdet ihr ein paar Fragen beantworten müssen.« Er drückte zu. »Es ist wichtig, dass ihr die Fragen *richtig beantwortet. Dass ihr keine Fehler macht. Es ist wichtig, dass ihr selbst der Himmel seid. Dass ihr selbst bestimmt, welches Sternbild ihr dem Betrachter offenbart.« Inna wand sich unter Henris schmerzhaftem Griff. Er ließ sie los. »Bald schon wimmelt es nur so von Polizeibeamten und Reportern, die uns in der Luft zerreißen wollen. Ihr werdet befragt werden. Ihr werdet in sehr vielen Stunden sehr viele Fragen beantworten müssen. Wenn ihr die richtigen Antworten gebt, werden aus den Stunden nur ein paar Minuten. Dann ist der Spuk vorbei. Für uns alle. Für immer.« Er lächelte. »Aus diesem Grund werden wir jetzt üben. Wir werden üben, wie man seinen Gesprächspartner bei Laune hält, wie man ihn manipuliert, hinhält, täuscht. Ihr werdet erfahren, woran ihr ein Verhör erkennen könnt. Ihr werdet lernen, wie man einer Vernehmung standhält, egal, ob sie durch einen Polizeibeamten, einen Journalisten, durch Freunde oder Lehrer, durch andere Kinder, Klassenkameraden oder deren Eltern durchgeführt wird. Egal, wann euch diese Fragen gestellt werden, werdet ihr sie bestehen«, erklärte er. »In zehn Jahren, in 20, in hundert.«*

»Sie haben ja keine Ahnung, wie häufig wir Henris Verhöre geübt haben. Und mit welchen Mitteln.«

Igor schaute betroffen auf seine Teetasse.

»Kennen Sie sich ein wenig aus?«, fragte sie. »Mit den verschiedenen Methoden und Phasen einer Vernehmung?«

Igor schüttelte den Kopf. »Warum sollte ich?«

»Kann ich gar nicht glauben«, sagte sie abwertend. »Sie weichen kaum von den Methoden der Journalisten ab, und über die sollten Sie doch Bescheid wissen.« Inna lachte bitter. »Wie konnte ich nur darauf reinfallen?«

»Sind Sie ja nicht.« Er hob abwehrend seine Hände. »Ich bin kein Journalist.«

Sie presste ihre Lippen aufeinander. »Henri hat uns damals eher kindgerecht trainiert. Kindgerecht ist hier in Relation zu sehen.« Sie zögerte. »Vernehmungen von Erwachsenen funktionieren etwas anders als einfache Befragungen von Kindern.«

»Ich dachte, Kinder dürfen nicht verhört werden?«

»Zur Beschaffung erster Informationen zum Sachverhalt sehr wohl.« Sie zuckte mit den Schultern. »Aber Sie haben recht. Fragen zu stellen, hat immer etwas von einer Vernehmung, egal, wie man es nennt.«

»Und wie lange sind Sie von Reportern und Journalisten belästigt worden?«

»Viele Wochen. Sie standen vor unserer Tür, manche sogar über Nacht, um bloß keinen Moment zu verpassen. Einmal kam sogar ein Pizzaservice.«

»Um Pizza zu liefern?«, fragte Igor empört.

»Um so zu tun, als ob. Er hat bei uns geklingelt in der Hoffnung, dass wir aufmachen und er sich Zutritt verschaffen kann. Wir sind wochenlang nicht vor die Tür gegangen, bis Henri beschlossen hat, Tante Pim zu besuchen.«

»Sie müssen echt aussehen«, erklärte er. »Holt eure Sachen.«

Inna, Jenke und Beeke rannten los und kamen mit Schals und Mützen zurück.

»Zu den anderen Kleidungsstücken«, befahl er. »Legt sie auf den Haufen.«

Er holte Luftballons und pustete sie auf. »Das sind eure Köpfe«, verkündete er. »Wir brauchen kein Gesicht, nur die Mützen und den Schal.«

»Ich will Pink«, bestimmte Beeke.

Ede klemmte den Luftballon zwischen ihre Oberschenkel und stülpte ihm Beekes Mütze über.

»Warum kann ich kein Gesicht haben?«, fragte Beeke.

»Dann eben mit Gesicht.« Henri fischte einen Edding aus der Schublade. Er zeichnete zwei Augen und einen lachenden Mund. »So?«, fragte er.

Beeke nickte eifrig. »Guck mal«, lachte sie und hielt Inna den Luftballon entgegen. »Du sollst auch fröhlich sein«, bettelte sie. »Wir alle.«

Henri malte allen Luftballons heitere Gesichter auf. »Kommt mit«, forderte er sie auf.

Sie liefen die Treppe hinab ins Foyer und von dort aus über die Küche durch die schmale Tür nach draußen. Hintereinander stiegen sie die engen Stufen hinauf und von dort aus durch das Törchen zum Carport. Die Mauern rundherum schirmten sie ab wie ein hoher Schutzwall.

»Wer will wo sitzen?«, fragte er.

Sie befestigten ihre Köpfe an den Sitzen, Beeke ließ ihren hin und her wackeln. »Guckt mal, was ich kann«, staunte sie. »Ich bin ganz gelenkig.«

Sie holten Kissen und bekleideten sie mit ihren Jacken.

»Positioniert sie darunter«, leitete Henri an. »Das sind eure Körper.«

Die Kinder gehorchten, sodass am Ende die beiden hinteren Sitze und der Beifahrerplatz belegt waren. Mit Figuren aus Kissen und Luftballons. Jenkes Luftballon war goldfarben. Inna dachte an das Gold in der Höhle, das Jenke dort unten hatte finden wollen.

Ob die zwei Männer und der Junge wieder unterwegs waren, um alte Schätze zu bergen?

Der Junge hatte Inna erzählt, dass im Felsenmeer eine Schlacht stattgefunden hatte, vor Tausenden von Jahren, und dass man heute Pfeilspitzen und andere Gegenstände aus der damaligen Zeit finden würde, wenn man den richtigen Metalldetektor *dabei hatte. Vielleicht sogar eine Kiste mit Münzen, hatte er ihr auf der Fahrt ins Krankenhaus erzählt.*

»Bist du bereit, Ede?«, fragte Henri.

Ede nickte nervös. Sie schnallte sich an, startete den Motor. Im Schritttempo fuhr sie die lange Einfahrt entlang. Hinter den verdunkelten Scheiben sah Inna ihren Luftballonkopf, wie er sich stumm und ergeben durch das breite Tor fahren ließ.

Die Journalisten packten hektisch ihr Equipment ein. Mit ihren Mikrofonen, Videokameras und Kabeln stürmten sie in ihre Wagen und reihten sich hinter Ede in die Autoschlange ein, folgten ihr, mit aus den Fenstern gelehnten Kameramännern und zurechtgemachten Reporterinnen, die am Steuer in ihr Mikro sprachen.

Henri lächelte zufrieden.

»In einer Stunde werden wir abgeholt«, verkündete er.

Sie packten ihre Sachen, aßen Brote, saßen stumm an ihren Plätzen.

»Ein paar Tage Auszeit werden uns guttun«, erklärte er. »Bis zum Sommer ist alles vergessen.«

Bis zum Sommer ist alles vergessen.

Inna erhob sich. »Ich muss zur Toilette«, hauchte sie.

Inna schlich über den Korridor ins Ankleidezimmer ihrer Mutter.

Bis zum Sommer ist alles vergessen.

Inna wartete nicht nur auf den Sommer.

Sie schnupperte an Mamas Flakons, strich über das samtweiche Tuch, auf dem unterhalb des Spiegels etliche Pinsel aufgereiht und sortiert nach Größe und Form bereitlagen. Bereit, um Mamas weiche Haut zu liebkosen, vielleicht mit Rouge für die Wangen oder Lidschatten für die Augen. Inna nahm einen der Pinsel und ließ ihn über ihre Hand streichen. Die Haut glitzerte farblos. Ein Fleck blieb zurück wie der Schweif einer Stern-

schnuppe. Sie schaute in den Spiegel. Hier hatte Mama sich hübsch gemacht. Hier hatte sie sich frisiert und geschminkt, Lidschatten, Wimperntusche, Lippenstift. Am Rahmen des Spiegels glänzte klebriges Haarspray.

Inna ließ sich steif auf den Hocker sinken.

»Warum schläfst du nicht, Inna?«, hörte sie ihre Mama sagen. »Es ist schon spät. Müde Augen sind hässlich.«

Inna schaute sich um. Mama lag auf dem Sofa, nackt und betrunken, mit zerlaufender Schminke und zerzaustem Haar. »Weißt du, was ich gerne wäre?«, fragte sie. »Ich wäre gern ein Genie.« Mama lachte schallend. »So ein Genie mit Zahlen und Formeln. Ohne Schnick und Schnack.«

Inna lächelte.

»Aber was bin ich schon. Ich bin nur alt, Inna, und du bist jung.« Sie nahm einen Schluck aus ihrem Glas. »Werd' nie Schauspielerin, hörst du? Lern was Anständiges. Was Unerschütterliches. Was dir niemand kaputt reden kann.« Blut tropfte aus ihrem Haar. Inna sprang auf.

»Inna?«

Mama löste sich in Luft auf. In Nebel. Mama löste sich in Nebel auf und verschwand.

»Es geht los!«, sagte Henri. »Komm! Wir fahren zu Tante Pim. Dort wird alles gut werden.«

Dort wird alles gut werden.

»Sie sind keine Schauspielerin geworden«, stellte Igor fest.

»Nein.«

Er schaute auf die Uhr. »Wann haben Sie Jenke zuletzt gesehen?«

»Gestern«, flüsterte sie. »Und ich habe vergessen, Ihnen etwas zu sagen. Etwas wirklich Wichtiges.«

32

Der Bus verlangsamte sein Tempo, hielt. Marga öffnete ihre Augen.

»Aufstehen«, säuselte der Mann freundlich. »Wir müssen aussteigen.«

Sie erhob sich, schleppte sich zur Tür.

»Und raus!«, zischte er.

Marga stieg aus. Eine heftige Sturmbö schlug ihr ins Gesicht. Sie kniff die Augen zusammen und schützte sie vor der eisigen Luft. Es war früher Mittag, trotzdem war niemand unterwegs, nicht einmal Spaziergänger mit ihren Hunden. Marga und der Mann standen auf dem kleinen Marktplatz, von dem aus sich gestern noch der Weihnachtsmarkt durch den Ort geschlängelt hatte. Jetzt waren alle Häuschen mit Brettern verriegelt, dicke Kabelstränge zogen sich über den Pflasterstein, das Kinderkarussell war mit einer grünen Plane verkleidet.

Der Mann sah sich hektisch um. »Ich muss telefonieren«, sagte er, zeigte auf die Telefonzelle. Grob durchsuchte er die Taschen von Papas dicker Winterjacke und fand Münzen, die er erleichtert an sich nahm. »Du wartest hier. Wenn du wegrennst, sind deine Eltern tot«, drohte er.

Marga nickte schwach.

Der Weihnachtsmann steuerte auf die Telefonzelle zu. Er riss die Tür auf, sah sich nach ihr um. »Da stehen bleiben!«, brüllte er.

Marga vergrub ihr Gesicht noch tiefer in Papas Jacke. Tränen sickerten in das weiche Fell. Sie beobachtete, wie der Mann die Münzen in den Schlitz warf und die Tasten drückte. Er klopfte ungeduldig mit seinen Fingern auf den Hörer, bewegte seinen Mund, wartete, redete wieder, schüttelte den Kopf, gestikulierte. Dabei behielt er Marga im Auge. Sein durchdringender Blick bohrte sich durch ihre Angst. Marga schloss ihre Augen. Es schneite unaufhörlich, Kälte und Einsamkeit krochen in ihre Gliedmaßen, sie begann, leise zu schluchzen.

»Hör auf«, schnauzte der Mann, der die Telefonzelle verlassen hatte und zurückgekommen war. »Hör auf zu heulen.« Er nahm sie an die Hand, Marga spürte es kaum, so kalt war ihr. Sie bewegten sich vom Marktplatz, gingen abseits der schmalen Hauptstraße. Wann immer sie an eine Weggabelung kamen, entschied sich der Mann für Pfade mit Anstieg. Marga hatte so großen Hunger, dass sie sich kaum noch auf den Beinen halten konnte.

»Da ist das Trafohäuschen«, hörte sie ihn schnaufen. »Wir müssen hier entlang.«

Marga sah eine graue Silhouette hinter einem Vorhang aus dichtem Schnee, der vom Sturm durch die Luft gepeitscht wurde. Sie hatte Schwierigkeiten, gegen ihn anzukämpfen, der Weg war schmal, sie versanken in tiefem Weiß.

»Das hier ist ein übriggebliebener Transportweg aus dem Mittelalter«, erklärte er laut. Er schob sie den steilen Pfad hinauf, immer höher, neben ihnen die tiefe Schlucht, mit Schnee ausgekleidet wie mit Watte. Sie gelangten an eine enge Abzweigung, vorbei an einem Tiefbrunnen, überquerten den in Stein gehauenen Halsgraben. Der Mann schubste sie abseits des Felssporns auf einen weiteren, noch steileren Pfad. Marga ließ sich fallen. Sie hatte keine Kraft mehr. Ihre Wange drückte sich in den kalten Schnee. Der Sturm zerrte an ihrem Körper, sie ließ sich von ihm tragen, erschöpft und benommen. Die ruckartigen Bewegungen verursachten ihr Kopfschmerzen. Margas Gelenke, ihr Rücken, ihr Nacken steif und verkrampft. Der schier unendliche Schmerz in ihrem Bauch lauerte angriffslustig auf die Gelegenheit, bis in jede Zelle ihres Körpers zu schießen. Sie wackelte mit den Zehen, spürte sie nicht, Marga wollte ihre Beine anziehen, aber der harte Rücken des Mannes bohrte sich unerbittlich in ihre Muskulatur.

»Hier ist der Rostbahnhof!«, brüllte der Mann laut gegen den Sturm an. »Hier bleiben wir. Wir legen uns in einen der kleinen Förderwagen.«

Sie öffnete ihre Augen einen Spalt. Nebel hatte sich in das verfallene Gebäude gedrückt und schlich um die rostigen Karren wie säuselndes Gift.

»Mädchen?«, hörte sie.

Sie wollte antworten, aber es kam kein Laut heraus. Ihre Kehle wie zugeschnürt, eingefroren, betoniert.

Marga ließ sich in einen der Wagen legen, hörte, wie sich der Mann aufrichtete und dabei stöhnte. Heiße Tränen drückten sich durch ihre Wimpern und sammelten sich an ihrer Nase. Sie wollte nur noch schlafen, egal, wie kalt und hart es war.

Der Mann hatte ihr gestern von einem Weihnachtsmarkt, von Karussells und Zuckerwatte erzählt. Hier, am Rostbahnhof, war er in die Schule gegangen und Ski gefahren, hatte auf dem Jahrmarkt Kuscheltiere gewonnen und Brötchen gekauft. Sie verstand nicht, wie seine Erinnerungen an diesen Ort passten, und entschied, dass er verrückt war, und Verrückten sagte man lieber nicht die Wahrheit.

Marga schloss ihre Augen, kauerte sich eng zusammen, ihr Gesicht vergrub sie tief in Papas Fell und schützte ihren Kopf mit den Armen.

Sie ließ sich mitnehmen, der Sturm heulte wie ein wildes Tier durch die Schienen. Sie dachte an Anton, an Mama, an Papa und an Opa. Sie war sich plötzlich sicher, dass sie nie wieder in ihrem Leben in Mamas Arme rennen würde.

33

Wie lange würden sie hierbleiben können?

Immerhin bot der Rostbahnhof ein wenig Schutz vor dem Sturm und dem Schnee. Wenigstens eine Weile.

Jenke fror.

Und wenn er einschlief?

Wach bleiben. Um jeden Preis.

Wie damals.

In der Zeitung hatte gestanden, dass er groß war und schwer. Und ein Mörder.

Er versuchte, sich zu erinnern. Versuchte krampfhaft, die Abfolge der Geschehnisse in die richtige Reihenfolge zu bringen.

Vergeblich.

Er veränderte seine Position. Es war eng und unbequem. Er zitterte, so sehr pochte und brannte sein verletztes Bein.

Der stechende Schmerz pulsierte aus jedem Millimeter seiner Wunde, trotz der Eiseskälte.

Wie lange war er schon nicht mehr hier gewesen? Hier am Rostbahnhof?

Viele Jahre. Nein, Jahrzehnte.

Unvorstellbares hatte sich an jenem Nachmittag zugetragen.

Er strich mit seinen Fingerspitzen über die Außenkante der kleinen Güterkarre. Die Oberfläche rau wie Schmirgelpapier, rote Krümel splitterten ab, kleine und größere. Sie rieselten herab wie getrocknetes Blut.

Mutters Blut.

Er sah sie unter sich liegen, Haarsträhnen hatten ihr Gesicht verdeckt wie ein kaputter Fächer. Der Stein in seinen Händen rau und kalt. Schwer. Er hatte ihn hinterher abgelegt wie einen wertvollen Schatz.

Ob die Polizei den Stein damals mitgenommen hatte?

Lag er vergessen in einer Asservatenkammer, tief unten in einem Regal?

Das Mädchen hustete.

Er zuckte zusammen.

Es war so weit. Er holte die Tüte aus seiner Tasche. Sie raschelte laut, der Sturm ließ sie hin und her flattern, die Scheine darin waren klamm und feucht. Er ließ die Scheine los, der Sturm packte sie gierig, hetzte mit ihnen auf und davon.

Jenke kletterte aus dem Güterwagen, ein stechender Schmerz überkam ihn und schoss wie eine Zündschnur sein Bein herab. Er stöhnte auf. Der Sturm zischte undeutliche Botschaften durch die Ritzen.

Mit dem Mädchen im Schlepptau würde er es nicht bis zur Höhle schaffen. Er musste es tun. Es gab keinen Ausweg.

Er schleppte sich mit der Tüte zu Marga, holte tief Luft. Jenke begann, lautlos zu weinen.

34

»Sagen Sie mir, Igor, wie lange wohnen Sie schon in dieser Gegend? Ich frage mich das, weil …« Sie nahm einen Schluck Tee. »Weil es in der Zeitung gestanden hat.«

»Was hat in der Zeitung gestanden?«

»Alles.«

»Alles?«, fragte Igor irritiert. »Was meinen Sie damit?«

»Die Vergangenheit schwebt über uns wie ein Damoklesschwert. Mein Bruder Jenke ist ein Mörder. Mit sechs Jahren geht er als der jüngste Mörder in die Geschichte ein. Es hat Sendungen im Fernsehen darüber gegeben, Storys in Zeitschriften. Jeder wusste es. Jeder hier.«

Igor lächelte schief. »Ich nicht.« Er schluckte.

»Aber deswegen sind Sie doch hier?«

»Ich bin kein Journalist«, sagte er heiser.

»Was sind Sie dann?«

Igor schloss seine Augen. »Wo ist die Höhle, Inna?«

Sie fröstelte, das hatte sie nach dem Wachwerden schon getan.

»Eigentlich hat heute Morgen alles angefangen. Mit dem Rascheln der Tüte. Mit den Erinnerungen an das tote Mädchen.«

»Was hat damit angefangen?«

»Dass ich Zeiten durcheinanderbringe. Die vielen Albträume vermischen sich mit den diffusen Erinnerungen. Manchmal kommen Bilder hoch, ohne dass ich weiß, wie ich sie deuten oder wo ich sie einsortieren soll.« Sie dachte angestrengt nach. »Das tote Mädchen«, murmelte sie. »Vielleicht waren wir doch älter, als wir es gefunden haben. Vielleicht sogar Erwachsene.« Sie strich über den Tisch. »Vielleicht sogar war das gestern.«

»Was?«, hauchte Igor.

»Gestern«, wiederholte Inna. »Jenke hat mich gestern angerufen.« Sie blinzelte. »Er hat das Mädchen mit einer Tüte erstickt.«

Igor erhob sich. »Das ist nicht wahr.« Er tastete nach der Lehne, hielt sich fest. »Sagen Sie mir, dass das nicht wahr ist.«

»Wer sind Sie wirklich, Igor?«, fragte sie steif.

Er schloss seine Augen.

»Wer?«

Igor sackte auf den Boden und würgte. Er stützte sich mit beiden Händen ab. »Ich bin …« Seine Stimme versagte. »Ich bin Margas Vater«, krächzte er.

35

Am Rostbahnhof hatten er, Inna und Beeke ihre Nachmittage verbracht, waren in die kleinen Handwagen geklettert, die vor vielen Hundert Jahren per Manneskraft auf den Schienen bewegt worden waren.

Rosy. Er erinnerte sich. Rosy war das Kassenhäuschen für das Karussell gewesen, das sich mit geringer Geschwindigkeit im Kreis gedreht hatte, mit Pferden, die sich auf und ab bewegten, befestigt auf einer sich mitdrehenden Plattform. Für eine Runde Karussell hatte Inna drei weiße Steinchen verlangt.

»Möchtest du lieber Pizza oder Kuchen?«, fragte Jenke.

»Kann ich auch Zuckerwatte haben?«

»Dort anstellen.« Jenke zeigte auf eine markierte Stelle. »Hast du auch ausreichend Geld dabei?«

Inna nickte und streckte ihm ihre geöffnete Hand entgegen. Weiße Steine glänzten auf ihrer weichen Handfläche. »Siehst du?«

»Ich auch«, verkündete Beeke.

»Also, einmal Zuckerwatte.« Er nahm einen Stock und drehte ihn in seiner Hand, dabei imitierte er ein feines Summen und formte große Kreise. Er ließ sich Zeit, Beeke leckte über ihre Lippen und rieb ihre Handflächen aneinander. »So«, sagte er. »Macht zwei Steine.«

Inna reichte ihm zwei kleine Steinchen, die er sorgfältig in eine Blechbüchse legte. Sie stand vor seinen Füßen auf dem Boden. »Der Nächste bitte.«

»Ich auch!« Beeke hüpfte.

»Und anschließend fahren wir Karussell«, entschied Inna. Sie setzte sich mit ihrem Stock auf die Schienen und zupfte eine Portion ihrer Zuckerwatte ab, die sie sich genüsslich in den Mund steckte.

»Komm, wir schauen uns die Krippe an.« Jenke kletterte von seinem Wagen. Er wusste genau, wohin er welchen Fuß setzen musste, damit er sich ohne Abschürfungen an Bauch und Hüfte hinunterhangeln konnte. Jenke zeigte auf den Rungenwagen. »Wir haben auch ein Feuer, schaut!« Er hantierte mit Steinen und einem kleinen Stock vor dem spitz zulaufenden Sprengwerk. Er machte zischende Geräusche. Beeke und Inna rissen ihre Augen auf. Die Flammen tanzten und züngelten in die Höhe, Familien kamen und gingen, bestaunten Maria und Josef, die drei Könige, das Jesuskind. Er hörte den Aufruf zur nächsten Karussellrunde und stürzte mit seiner Zuckerwatte zu Rosy, dem Kassenhäuschen.

»Eine Fahrt, bitte!« Er bezahlte und setzte sich auf das hölzerne Pferd, brachte es in Bewegung. »Wann geht es endlich los?«, fragte er ungeduldig.

»Erst richtig festhalten«, verlangte Inna. »Und Beeke kommt auch noch.«

Beeke ließ sich von Inna auf einen weißen Schimmel setzen und schnappte sich die Zügel. Sie wippte auf und ab. »Los!«, rief sie.

Jenke lächelte. Auf ihrem Weihnachtsmarkt konnten die Besucher sogar Büchsen werfen und Äpfel mit Zuckerguss essen. Der Rostbahnhof war Jahrmarkt, Bäckerei, Urlaub am Strand, Schule und Schwimmbad zugleich. Der Rostbahnhof war alles.

Auch der Schauplatz eines grausamen Mordes.

Er sah das Mädchen unter sich liegen, die Tüte verdeckte das Gesicht.

Er ließ von ihr ab.

Es war vorbei.

36

Igor taumelte rückwärts, hielt sich an einem der Schreibtische fest. »Ihr Bruder hat sich in unserer Scheune versteckt.« Er setzte sich, strich mit seiner Hand über den Bart. »Er hat Marga gestern Abend mitgenommen, damit wir nicht die Polizei rufen.«

»Ich weiß«, flüsterte Inna. »Warum haben Sie denn nicht einfach gesagt, wer Sie sind? Ich hätte Ihnen doch geholfen.«

Igor starrte sie an. »Sie hätten mir doch geholfen?«, fragte er tonlos.

»Jenke wollte das nicht«, beteuerte sie. »Das wissen Sie.« Wie ferngesteuert schob sie sich zu ihrem Schreibtisch, zog die Schublade auf. Sie holte einen Stift heraus, einen Zettel, kritzelte etwas auf ein Stück Papier. »Das tote Mädchen …« Inna sank auf den Schreibtischstuhl. »Wir haben Marga gestern in die Höhle geworfen.«

Igors Hautfarbe tropfte aus den Poren wie Eiter aus einer Wunde. Das Leben rutschte aus seinen Augen hinab zur Erde. Versickerte im Boden. »Was?«, hauchte Igor.

»Jenke hat keinen anderen Ausweg gesehen.« Inna fächerte den Zettel in einer unsinnigen Geste auf und ab.

»Marga ist nicht tot.« Igor sah grau aus, schwitzte, seine Augen wirkten eingefallen. »Sagen Sie mir, dass Marga lebt.« Tränen rollten seine Wangen herab. Er wischte sie mit dem Handrücken weg.

»Jenke wollte das nicht, das müssen Sie mir glauben.« Inna schob eine Haarsträhne hinter die Ohren. »Die Tüte. Er hat dem Mädchen eine Tüte über…«

»Hören Sie auf!«, schrie Igor. »Das dürfen Sie nicht. Das dürfen Sie mir nicht sagen. Marga lebt. Sagen Sie mir, dass Marga lebt!«

»Ich weiß doch gar nicht, ob es Ihre Marga ist!«, schrie Inna zurück.

Igor sackte zu Boden.

»Vielleicht ist es auch irgendein Mädchen. Kann doch sein. Auf jeden Fall war es tot. Ganz steif. Ich glaube, es war gefroren und …«

Igor sprang auf und stürzte über den Schreibtisch. Er packte Inna, warf sie zu Boden, mit den Fäusten prügelte er auf sie ein. Inna hob schützend ihre Hände, krümmte sich. Fausthiebe und Tritte prasselten auf sie ein, ihr Magen verkrampfte sich, sie stieß mit ihrem Kopf gegen einen spitzen Gegenstand. Sie begann zu treten, befreite sich, robbte unter den Schreibtisch. Inna stemmte sich in den Stand. In gebeugter Haltung stolperte sie durch die Halle und riss die Tür auf. Eiseskälte schlug ihr entgegen, der Sturm zerrte an ihren Haaren und schleuderte sie vorwärts, sie torkelte durch unendliche Schneemassen auf schwarze

Tannen zu, in den Wald, immer tiefer hinein, bis sie die Orientierung verlor.

Sie hatte Angst.

Angst vor dem Moment, auf den sie ihr Leben lang gewartet hatten.

Sie blieb stehen. Horchte. Die Luft in ihrer Lunge hatte sich in kleine Kristalle verwandelt. Inna sank in den Schnee. Die Kristalle in ihrer Lunge knisterten. »Nicht liegen bleiben«, keuchte sie. Sie rappelte sich auf. Der Sturm schmetterte sie von einer Tanne zur nächsten, ihre Wangen drohten in der Kälte zu zerbersten.

Plötzlich blitzte in der Ferne etwas auf. Grelles Licht. Scheinwerfer blendeten sie. Sie riss ihren Arm hoch, schützte sich, blinzelte, versuchte, etwas zu erkennen. Weg hier, dachte sie plötzlich. Igor hatte die Verfolgung aufgenommen. Er würde sie töten. Er würde ihr eine Tüte über den Kopf ziehen. Ihre Beine versagten, sie sackte zusammen. Jemand packte ihren Arm und zog sie in den Stand. Inna wollte schreien, aber es kam nur kalter Atem aus ihren Lungen.

»Ich habe sie!«

Inna kam die Stimme vertraut vor.

Henri?

Sie versuchte, sich zu konzentrieren.

Henri war tot.

Igor?

Sie wurde mitgezogen. Kraftlos setzte sie einen Fuß vor den anderen.

Jenke.

Aber irgendetwas stimmte nicht mit ihm. Er trug eine dunkle Daunenjacke, Mütze und Schal verdeckten sein Gesicht. Sie erkannte schwere Boots mit roten Schnürsenkeln. Die roten Schnürsenkel kamen ihr bekannt vor. Sie lachte schrill, ließ sich ziehen, sie hatten schon fast die ersten Bänke vom Wanderparkplatz erreicht, als es ihr einfiel.

Die roten Schnürsenkel gehörten nicht Igor oder Jenke. Auch nicht Henri.

Sie gehörten Grunewald.

»Ich bringe sie dir«, keuchte ihr Chef.

Ich bringe sie dir, hallte es in ihrem Kopf.

Es war so kalt. So kalt und so dunkel.

Aber das kannte sie schon.

37

Igor lief im Wohnzimmer auf und ab, massierte sich seine Handgelenke. Es war Mitternacht, die Dunkelheit hatte jede Zuversicht verschlungen. »Ich halte das nicht aus!« Verzweifelt ballte er seine Hände zu Fäusten. »Ich halte das nicht aus!«

»Und wenn wir doch die Polizei rufen?«, fragte Annegret vorsichtig. »Bitte!« Sie saß regungslos auf dem Sofa und hielt Robert im Arm. »Dafür sind sie schließlich da? Das sind Profis, Igor.«

»Das geht nicht!«, schrie Igor. »Kapierst du denn gar nichts? Gar nichts?« Er warf hilflos ein neues Holzscheit in den Kamin. »Er wird sie töten, Anni! Sobald er merkt, dass die Polizei involviert ist, wird er ihr etwas antun.« Er bückte sich und hob die Zeitung auf, die Jenke Lies zuvor aus seiner Hosentasche gezogen und ihm vor die Füße geworfen hatte. In geisterhafter Stille faltete Igor die Seite auf und las. »Er hat jemanden umgebracht, Anni. Er ist ein Mörder«, sagte er heiser. Ihm wurde schwarz vor Augen, nur Robert schrie. Ohrenbetäubend. Igor stürzte zur Toilette und übergab sich. Er zog sich am Waschbecken hoch und schaute in den Spiegel. »Jenke Lies«, überlegte er krampfhaft. »Ich kenne den Namen. Irgendwoher kenne ich den Namen.« Er tigerte zurück ins Wohnzimmer. »Er hat von einer Höhle gesprochen«, sagte er. »Von einer Höhle, Anni. Und von einem Versprechen. Wir müssen herausfinden, wo die Höhle ist. Wenn wir sie finden, finden wir Marga.«

Anni schüttelte kaum merkbar den Kopf, ihre Augenlider flatterten nervös, Tränen rollten ihre Wangen hinab und tropften auf Roberts Köpfchen. »Wir müssen die Polizei rufen, Igor«, flüsterte sie. »Der Mann ist wahnsinnig.«

»Wo ist hier eine Höhle?«, wiederholte Igor. »Wo, in Gottes Namen?« Er hielt hilfesuchend nach einer Sitzmöglichkeit Ausschau. Sein Kreislauf würde jeden Moment versagen.

»Im Felsenmeer.« Sein Schwiegervater rutschte zur Seite, forderte ihn mit einer fröhlichen Geste auf, Platz zu nehmen. »Das Felsenmeer ist voll mit Höhlen und unterirdischen Gängen«, strahlte er. »Aber niemand geht dorthin. Jenke Lies hat sich in einer der Höhlen verschanzt und frisst Menschenfleisch.«

Igor starrte seinen Schwiegervater entgeistert an.

»Jenke Lies hat seine Mutter getötet. Mit sechs Jahren.« Er nickte. »Ein Psychopath. Jeder hier weiß das.«

Dann fiel es ihm endlich ein. Ihm fiel ein, woher er den Namen kannte. Jenke Lies. Er sprang auf und stürmte zum Telefon. Er wählte Grunewalds Nummer. »Wie heißt deine Statikerin?«, keuchte er. »Wie heißt sie?«

»Inna Lies. Hast du mal auf die Uhr geschaut? Wir haben Mitternacht«, gähnte Grunewald.

»Du musst herkommen!«, schrie Igor ins Telefon. »Du musst herkommen!«

Wie ein nervöses Tier stapfte er zwischen den zerschnittenen Kabelbindern durch das Wohnzimmer und schaute alle paar Minuten auf die Uhr. »Soll ich ihn nehmen?«, fragte er Anni und streckte seine Arme nach Robert aus. Robert machte drei schnelle Atemzüge, sein kleiner Körper zuckte. Ein langgezogenes Seufzen mischte sich unter das Schluchzen seiner Frau.

»Das Felsenmeer«, sagte Igor. »Das Felsenmeer ist riesig. Wie sollen wir Marga finden, wenn wir nicht wissen, welche Höhle genau …«

»Wärmebildkameras.« Seine Frau griff zum Telefon. »Die Polizei kann …«

»Er wird Marga umbringen, Anni. Wenn ein Hubschrauber oder Suchtrupps …« Er nahm ihr das Telefon aus der Hand. »Keine Polizei«, flehte er.

Sie erhob sich mühsam, gebeugt lief sie mit Robert in den Flur. »Das überlebe ich nicht«, wimmerte sie auf dem Weg ins Schlafzimmer.

Ich auch nicht, dachte Igor.

38

Jenke erwachte. Etwas fehlte. Dann fiel es ihm auf. Der Sturm, er hatte nachgegeben. Stille. Um ihn herum Stille.

Marga trat in sein Bewusstsein.

Was hatte er getan?

Er verscheuchte das Bild, rieb seine Augen, streckte sein Gesicht in die wärmende Sonne. Er hatte nicht mehr viel Zeit. Wo waren die Suchtrupps, die ihre Hunde auf ihn hetzten? Eine Treibjagd. Die Jagd nach dem jüngsten Mörder der Geschichte. Die Jagd nach dem Menschenfresser, der in einer der Höhlen und unterirdischen Gänge lebte und seine Opfer gierig unter die Erde zerrte.

Es war die Jagd nach ihm. Schon sein ganzes Leben lang.

Er raffte sich in den Stand, streckte sich. Die Sonne hatte über den Sturm gesiegt. Sie liebkoste die Erde, die erschöpft ruhte und sich erholte.

Er humpelte los, spürte sein Bein nicht, das Fieber übertünchte bei Weitem den Schmerz der Wunde, das Fieber übertünchte alles. Es sickerte in seine Zellen, in sein Bewusstsein, alles wie in stillem Vakuum verpackt, als könnte er als Schutzbefohlener unverwundbar durch das raue Felsenmeer schweben.

Ob Inna schon unterwegs war zu ihm?

Oberhalb des Plateaus gab es einen Zugang mit Parkplatz, von dem aus eine schmale Baumallee erst zu den Steinresten, dann zu den neu errichteten Gemäuern des riesigen Burgareals führte, abgeschirmt und mit einem großen Tor verriegelt. Dort waren sie aufgewachsen. Er, Inna und Beeke. Ohne

Mutter. In einem Gefängnis aus Stein, das Henri für wenig Geld erworben und teils neu errichtet hatte. Inna wollte mit ihrem Auto zum Parkplatz kommen und oberhalb des Halsgrabens auf ihn warten.

Er stapfte durch den tiefen Schnee. Solange er nur geradeaus laufen musste, ließ er die Erinnerungen kommen. Die Erinnerungen an die Nacht vor drei Tagen.

Hatte er Henri gegenübergesessen?

Jemand war bei ihm gewesen.

Er wanderte gedanklich den Raum ab. Von Möbel zu Möbel, am Kamin vorbei hin zum Sessel, auf dem Henri Platz genommen hatte. Henri hatte einen Bademantel aus Frottee getragen, mit beigen und braunen Streifen, darunter seinen Pyjama. Das zerzauste Haar hatte er in regelmäßigen Abständen mit den bloßen Händen plattgestrichen, ganz so, als wollte er sich noch zurechtmachen, bevor man ihn in den Sarg legte.

Henri wackelte mit den Zehen, räusperte sich unbehaglich. Jenke sah sich gegenüber Platz nehmen, das Messer versteckt hinter seinem Rücken.

»Du wusstest, dass wir an jenem Tag wegrennen und uns verstecken würden«, hörte er sich sagen.

Vater drehte sein Glas mit den Fingern.

Was, wenn er es ihm entriss?

Jenke griff gedanklich danach, schüttete den Inhalt mit einer schnellen Bewegung in Henris Gesicht. Der Whisky tropfte herab, entlang seiner Augenbrauen, die buschig zu allen Seiten herausragten. Er tropfte von der Lippe und vom Kinn in seinen Schoß.

Henri verzog keine Miene, reagierte nicht.

»Kinder machen das so, nicht wahr?«, hörte er seine Stimme. »Wenn etwas sehr Schlimmes passiert. Sie rennen weg und verstecken sich.«

Jenke wandelte durch das Wohnzimmer, das einer Bühne gleich beleuchtet war, schlängelte sich vorsichtig an Inna vorbei. Er registrierte eine Bewegung, schaute sich hektisch um. Hier war noch jemand, das spürte er.

Ein Geist?

Er stellte sich dicht vor seinen Vater. Schaute ihn an. Hasserfüllt. Wie gern hätte er ihm ins Gesicht geschlagen.

Henri verengte unbeirrt seine Augen, als wäre er gar nicht da. Als wäre er Luft, als wäre er selbst der Geist. »Und?«, fragte sein Vater.

Jenke spuckte ihn an.

»Sie verstecken sich, um der Situation zu entgehen, weil sie zu jung sind, um anders darauf zu reagieren. Sie suchen Schutz, und wo finden sie ihn besser als in einer Höhle. In einer Höhle, zu der sie den Weg bereits kennen.«

Henri wackelte erneut mit seinen Zehen.

Jenke ekelte sich vor ihm.

»Wir hätten uns auch ohne dich im Felsenmeer versteckt, aber so wusstest du ganz genau, zu welcher der vielen Höhlen wir rennen würden. War es doch die einzige Höhle, die wir kannten. Aber noch viel entscheidender ist …« Er sah sich, wie er das Messer hervorholte. »Dass du genau wusstest, dass wir für immer da unten eingesperrt sein würden.«

Und dann?

Das Bild verschwamm, Jenke blinzelte, um es sich zurückzuholen. Es schlitterte auf die Bühne, positionierte sich mittig, der Vorhang zu allen Seiten schwer und samtig. Er setzte sich auf einen der bordeauxfarbenen Sessel zwischen das Publikum, lehnte sich an, überschlug seine Beine.

Hatte er seinen Vater erstochen?

Davon hatte er sein Leben lang geträumt. Seinen Vater

umbringen. Ihn erstechen, erwürgen, vergiften. Hatte er es in jener Nacht endlich getan?

Jenke überlegte krampfhaft, starrte auf die Bühne. Los, dachte er. Spielt!

Keiner der Protagonisten rührte sich. Nicht er, nicht Inna. Nicht einmal Henri. Nicht einmal Henri strich sein ungehorsames Haar glatt oder wackelte mit den Zehen.

Nichts.

Er schnaufte, machte eine Pause, setzte sich an den Wegesrand in den Schnee. Sein Kopf hämmerte im Takt des Pulses, das Fieber schwelte wie Glut durch seinen Körper und verbrannte Knochen und Muskeln. Seine Haut warf Blasen.

Er verscheuchte den Gedanken, streckte seine Hände in den kalten Schnee, rieb damit sein heißes Gesicht ab, das nun umso mehr glühte.

Wenn er seinen Vater erstochen hatte, wie hatte er sich dann die Verletzung am Bein zugezogen? Hatte es einen Kampf gegeben? Hatte Henri sich gewehrt? Oder war Inna auf ihn losgegangen, um zu verhindern, dass er einen weiteren Mord beging?

Das Publikum applaudierte. Es wurde still im Saal.

»Was tust du da?«, flüsterte Inna. »Leg es weg. Leg das Messer weg, Jenke.«

»Wie lange waren wir dort unten eingeschlossen?«, fragte Jenke laut. »Wie lange?«

Henri zuckte mit den Schultern.

»Ein paar Stunden? Einen Tag? Schon das hätte gereicht, um aus uns seelische Krüppel zu machen.«

»Ihr habt doch gar keine Erinnerungen mehr daran. Kinder vergessen so etwas«, schnaubte Henri. »Es war der beste Ort, an dem ihr hättet sein können.«

»Der beste Ort, an dem wir hätten sein können?« Jenke

erhob sich. »Weißt du, welcher der beste Ort ist, an dem wir Kinder hätten sein können?«

»Du wirst es mir gleich sagen.« Henri nahm einen Schluck Whisky. Seine Hand zitterte.

»Auf einer Sommerwiese mit Sonnenblumen, Malven, Zinnien und Seidenmohn. Mit Picknickdecke und einer Mutter in luftigem Kleid, das sich vom warmen Wind bespielen lässt. Es gibt Melonen und Rhabarberkuchen.«

»So eine Mutter hattet ihr nie«, raunte Henri. »Eure Mutter hat gesoffen und mich gehörnt. Sie hat euch nie geliebt, selbstsüchtig und berechnend, wie sie war.« Er verengte seine Augen. »Ich wollte euch nie, trotzdem habe ich euch geliebt.«

»Warum habt ihr uns dann bekommen?«, fragte Inna. »Geheiratet? Warum das alles?«

»Weil eure Mutter behauptet hat, dass sie 18 ist.« Seine Lippen formten einen schmalen Strich. »Ich hätte es besser wissen sollen.« Er streckte wütend seinen Daumen in die Luft. »Eine Nacht hatten wir zusammen. Eine einzige!«

»Sie war minderjährig«, bemerkte Jenke nachdenklich. »Deswegen?«

»Sie hat sechs Wochen später vor meiner Tür gestanden. Mit ihren Eltern und einem positiven Schwangerschaftstest.« Er lachte schallend und tippte sich an die Stirn. »Ein Techtelmechtel mit einer 15-Jährigen, die behauptet hat, volljährig zu sein.« Er beugte sich nach vorn. »Mein Gott, ich war 35 Jahre alt. Eure Mutter sah aus wie 20, sonst hätte ich sie doch nicht angefasst.« Er machte eine ausladende Geste in den Raum. »Sie hat alles von mir bekommen und musste nie etwas dafür tun.« Er lehnte sich zurück und nahm einen großen Schluck. »Ich stand mit einem Fuß im Knast, an jedem verdammten Tag meines Lebens.«

»Bis zu ihrem Tod«, flüsterte Jenke.

Ein Raunen ging durch das Publikum. Jemand rief: »Kinderschänder!«

Henri stand auf und wandte sich dem Publikum zu. Er zeigte auf die Frau, die ihn beschuldigt hatte. »Kinderschänder?«, hakte er nach. »Sie wollte es. Sie hat mich verführt. Ich habe sie nicht genötigt. Sie sah aus wie 20 und weiß Gott, sie hat sich auch so verhalten.« Er lachte bitter. »Sie hat mir mein Leben versaut!«, rief er. »Was hätte ich denn tun sollen? Sie zur Abtreibung zwingen?«

Das Publikum buhte. Einige pfiffen.

»Geheiratet habe ich sie!« Er senkte seinen Kopf. »Sonst wären doch alle über mich hergefallen.«

»Zurecht!«, rief ein Mann. »Wenn das meine Tochter gewesen wäre, ich hätte dich angezeigt!«

»In den Knast mit dir!«, brüllte jemand.

»Ich habe es doch wiedergutgemacht«, erwiderte Henri. »Ich habe sie zur Frau genommen, ich habe eine Haushälterin angestellt, die sich um alles gekümmert hat.«

»Das dicke Edchen«, flüsterte Jenke.

»Das dicke Edchen!«, rief Henri.

Die Frau, die neben ihm saß, musterte ihn irritiert.

»Hat sich um alles gekümmert, auch um die Zwillinge.« Er breitete seine Arme aus. »Meine Frau war viel zu jung. Unreif. Ein Kind, das neun Monate später Zwillinge bekommen hat.« Er schüttelte den Kopf. »Sie hat mich trotzdem gehörnt. Fast jede Nacht war sie unterwegs, und wenn ich mich beschwert habe, hat sie mir gedroht.« Er nahm wieder auf seinem Sessel Platz. Seine Haut fahl, er sah eingefallen und alt aus. »Sie hat meine Situation schamlos ausgenutzt«, sagte er heiser.

»Richtig so!«, schrie eine Frau und warf eine Packung Taschentücher auf die Bühne. »In den Knast mit dir!«

Und dann kam Beeke, dachte Jenke.

Henri sah zu ihm auf, als hätte er seine Gedanken gelesen. »Und dann kam Beeke«, nickte er. »Ganz genau. Eure Mutter war 17, als eure Schwester auf die Welt kam. Nicht einmal volljährig. Nicht einmal volljährig und schon drei Kinder in die Welt gesetzt.« Er rieb seine Stirn. »Dabei habe ich sie nie wieder angefasst. Beeke ist von sonst wem, aber sicher nicht von mir, und von keinem einzigen Kind wollte sie etwas wissen. Hat nur gefeiert, gesoffen, gekokst. Sie hat mein Geld ausgegeben, hat mich zum Narren gehalten, mich ausgenutzt. Sechs ganze Jahre lang.«

»Bis Jenke sie getötet hat!«, brüllte jemand aus der hintersten Reihe. »Mörder! Mörder! Mörder!«

Plötzlich starrten ihn alle an. Erwartungsvoll, gierig, bedrohlich.

Henri gackerte. Wie ein Huhn. Er rannte auf der Bühne im Kreis und gackerte laut.

Jenke sprang auf.

Sein Kopf dröhnte, er sah an sich herunter, klopfte den Schnee ab. Wie lange hatte er hier gesessen? In der Kälte?

Er humpelte los, orientierte sich. Er kam sich albern vor. Ein Theaterstück. Er schüttelte den Kopf.

Und dann traf es ihn mit unbändiger Wucht. Das Bild einer Bestie, die mit inbrünstigem Schrei auf seinen Vater losging. Mit beiden Händen stach sie auf ihn ein, bis er selbst dazwischenging und ein stechender Schmerz seinen Oberschenkel in tausend Stücke riss.

Jenke schnappte nach Luft. »Wer bist du?«, flüsterte er.

39

Es klingelte an der Tür. Grunewald begrüßte Igor mit sorgenvollem Gesichtsausdruck. »Warum sollte ich kommen? Ist was mit Anni?«

Igor reichte ihm wortlos den Zeitungsartikel. »Er heißt Jenke Lies. Er hat jemanden erstochen und sich hier in unserer Scheune versteckt. Er war hier, Grunewald, hier in unserem Wohnzimmer.« Igor holte tief Luft. »Er hat uns überwältigt und mit Kabelbindern gefesselt. Er hat etwas von einem Versprechen gefaselt und dass er mit seiner Schwester zu einer Höhle muss, um es einzulösen. Er ist der Mörder, Grunewald. Er hat mit sechs Jahren seine Mutter getötet und jetzt seinen Vater.«

Grunewald starrte mit offenem Mund auf den Artikel.

»Er hat Marga mitgenommen, damit wir nicht die Polizei rufen.« Igor setzte sich auf die unterste Treppenstufe. »Er ist mit Marga auf dem Weg zu einer Höhle. Wir müssen … Wir müssen herausfinden, wo sich die Höhle befindet.«

»Ihr müsst gar nichts!«, rief Grunewald entgeistert. »Die Polizei einschalten, das müsst ihr. Jede Minute zählt!«

Igor schüttelte den Kopf. »Auf keinen Fall.«

»Igor, die Polizei! Die können das!«

»Nein!« Igor sprang auf. »Du kannst das! Du kannst uns helfen.«

Grunewald glotzte ihn verständnislos an.

»Deine Statikerin Inna Lies und Jenke sind Geschwister. Er ist ihr Bruder, Grunewald. Wir müssen sie befragen. Wir müssen herausfinden, wo die Höhle ist, verstehst du?«

»Die Polizei muss Inna befragen, nicht du, Igor. Bist du verrückt geworden?«

»Sie ist seine Schwester! Sie wird von ihrem Zeugnisverweigerungsrecht Gebrauch machen. Wenn sie das tut, gibt es keine zweite Chance.« Igor zog Grunewald ins Wohnzimmer und versicherte sich, dass niemand zuhörte. »Inna darf nichts davon wissen, verstehst du das?«

»Das ist alles? Das ist dein Plan, Igor?«

»Du wirst sie herlocken.«

»Hierhin?«

»Sie soll sich die Scheune ansehen.« Er machte eine lapidare Handbewegung Richtung Hof. »Wir kommen ins Gespräch, du weißt schon.«

»Ich weiß schon? Gar nichts weiß ich, Igor. Du setzt das Leben deiner Tochter aufs Spiel.« Er presste seine Hände auf die Augen. »Nach der Höhle fragen! Nach der Höhle fragen! Ich sag dir, was passiert, wenn du Inna Lies nach der Höhle fragst. Sie schlägt dir ins Gesicht. Das passiert!« Er packte Igors Schultern. »Und wenn sie schon weiß, dass Jenke Lies gesucht wird? Wenn sie vorbereitet ist? Wenn sie ihn decken will?«

Igor befreite sich aus Grunewalds Griff.

»Das ist Wahnsinn.«

»Ruf sie an, Grunewald. Bitte.«

Grunewald schaute auf die Uhr, ließ sich auf das Sofa fallen. »Igor …« Er rieb seine Stirn. »Wie soll ich dir das bloß sagen? Inna ist …«

Igor versuchte zuzuhören, Grunewalds Lippen bewegten sich, formten Worte.

»Inna Lies spricht nicht.«

»Spricht nicht?« Er hielt die Luft an.

»Nein. Sie spricht nicht.«

Igor zupfte an einem Kissen, strich es wieder glatt. »Das heißt?«, fragte er heiser.

»Mit Inna stimmt etwas nicht, Igor. Du solltest die Finger von ihr lassen.« Er sah ihn eindringlich an. »Lass es die Profis machen.«

Igor schüttelte den Kopf. »Das kann ich nicht, Grunewald.«

Um 7 Uhr wählten sie gemeinsam Innas Durchwahl in Grunewalds Firma. Grunewald schaltete die Lautsprecher ein, holte tief Luft. »Ich bin's.« Grunewald räusperte sich unbehaglich. »Ich habe etwas vergessen, etwas wirklich Wichtiges.«

»Ja«, hörten sie Inna sagen.

»Ein Freund von mir besitzt eine alte Halle. Er möchte sie umbauen lassen. Ich hätte gestern vorbeischauen und sie mir ansehen sollen.«

»Ja.«

Grunewald rollte mit den Augen. »Ja? Heißt das, du fährst vorbei?«

»Nein.«

»Nein?« Grunewald stöhnte ungeduldig. »Du musst. Es ist wichtig. Ich habe es ihm versprochen. Fahr hin, wirf einen kurzen Blick drauf.«

Inna schwieg.

»Inna, ich muss meinem Freund …« Er blickte hilfesuchend zu Igor.

»Ich fahre vorbei.«

Grunewald seufzte erleichtert. »Und rufst mich anschließend an.«

»Nein.«

»Nein?«

»Es braucht keinen weiteren Anruf.«

»Also wirst du nicht vorbeifahren?«

»Die Adresse per E-Mail.«

»Ich habe nur die Koordinaten.«

»Dann eben die.«

Grunewald schnippte mit den Fingern, ließ sich das Tablet von Igor reichen. »Es ist dringend. Heute noch. Du musst heute noch hinfahren. Jetzt. Für den späten Nachmittag ist ein Schneesturm angekündigt, besser, du machst dich sofort …«

Inna legte auf.

»Ein Schneesturm?«, fragte Igor.

»Ein ziemlich heftiger.« Grunewald legte seinen Kopf hilflos auf den Tisch. »Jetzt müssen wir warten.«

Warten.

Um 12 Uhr hielt Igor es nicht mehr aus und beschloss, dass sie nicht länger warten konnten.

»Inna ist sehr zuverlässig«, wehrte Grunewald ab. »Sie wird kommen!«

»Sie wird einen Teufel tun.«

»Igor, ich habe alles versucht. Wir können Inna nicht …«

»Nein?« Igor ballte seine Hände zu Fäusten. »Wann gedenkt deine Inna denn, sich auf den Weg zu machen?« Er zeigte aus dem Fenster. »Wir haben Minusgrade. Es stürmt bereits. Marga ist seit 18 Stunden in seiner Gewalt.«

»Igor.« Grunewald legte seine Hand vorsichtig auf Igors Schulter. »Verlier jetzt nicht die Nerven.«

»Doch!«, schrie Igor. »Ich verliere alles! Alles, was ich habe!« Er packte Grunewalds Shirt. »Wenn Marga nicht mehr zurückkommt, werde ich mich umbringen, Grunewald, ich werde mich umbringen!«

»Wirst du nicht!«, brüllte Grunewald. »Verdammt, reiß dich zusammen! Ich kann das hier schneller wieder abblasen, als du ›Marga‹ sagen kannst.«

Igor holte aus und schlug zu. Grunewald taumelte, Blut tropfte auf den Boden. Igor holte ein weiteres Mal aus.

»Igor, nein!«, schrie Annegret. »Damit hilfst du Marga am wenigsten!«

»Ich kann nicht mehr«, schluchzte Igor. »Ich kann nicht mehr.« Speichel rann in zähen Bahnen aus seinem Mund, Annegret wischte mit bloßen Händen das Blut vom Boden auf, während Grunewald vornübergebeugt zur Toilette lief.

»Ich rufe jetzt die Polizei«, verkündete sie. »Die Polizei.«

»Wir fahren hin«, näselte Grunewald, der mit einem Waschlappen vor dem Gesicht zurückkam und sich an den Türrahmen lehnte. Er schaute Igor zornig an. »Wir fahren hin, wenn sie bis 16 Uhr nicht aufgetaucht ist.« Grunewald kehrte Igor den Rücken zu. »Wieso spreche ich überhaupt mit dir.«

Während sich Annegret um Robert kümmerte, lief Igor die Gegend ab und suchte nach Marga. Der Sturm hatte zugenommen, es schneite heftig. Igor schwanden die Kräfte, gegen 14 Uhr stolperte er erschöpft ins Haus und baute sich vor Grunewald auf. »Wo ist Inna Lies?«, bellte er. »Der Sturm nimmt zu, sie wird nicht kommen. Wenn wir noch länger warten, ist es vorbei!« Igor holte tief Luft. »Grunewald, bitte. Inna Lies ist die Einzige, die uns helfen kann. Mein Bruder Victor hat die Straßen freigeräumt. Noch können wir es schaffen. Ich werde …«

Grunewald schob ihn zur Seite. »Beeilen wir uns.« Er stapfte aus dem Haus. »Ich muss Schneeketten holen!«, brüllte er.

Anni und Igor suchten hektisch Decken und Thermosflaschen zusammen, kochten Tee und Brühe.

»Da draußen gibt's kein Netz, wenn es schneit«, erklärte Grunewald.

Sie holten die Funkgeräte aus dem Unimog.

»Was muss ich wissen?«, fragte Igor unterwegs. »Über Inna Lies?«

»Sie ist …« Grunewald dachte angestrengt nach. »Sie ist eine Maschine.«

»Eine Maschine …«, wiederholte Igor. »Und das heißt?«

»Sie kann mit Fakten und Koordinaten und Zahlen umgehen, aber nicht mit Menschen.« Grunewald konzentrierte sich auf die Straße. Die Schneemassen waren gewaltig. Sie brauchten über eine Stunde. »Das hier ist der Wanderparkplatz«, erklärte Grunewald. »Ein paar Minuten Fußweg durch den Wald zur Firma. Ich bringe dich hin und laufe anschließend wieder hierher. Während du bei Inna bist, warte ich hier im Auto.« Er hielt das Funkgerät in die Luft. »Allzeit bereit!«

Igor öffnete die Tür. »Tut mir leid.« Er zeigte auf Grunewalds Nase.

»Deine Handgelenke. Du solltest sie verstecken.«

Ein dunkler Ring hatte sich gebildet. Igor zog an den Ärmeln seiner Jacke.

»Wie habt ihr euch befreien können?«, fragte Grunewald.

»Mein Schwiegervater hat geschlafen. Irgendwann ist er wach geworden und ins Wohnzimmer gekommen.«

Grunewald nickte. »Frag Inna in vollständigen Sätzen, sonst erhältst du keine Antwort. Sie kann nicht …« Er gestikulierte komisch. »Sie kann nichts autodidaktisch vervollständigen. Sie versteht nur das, was man wirklich sagt. Wortwörtlich.«

»Was noch?«

Grunewald zögerte. »Ich weiß, dass du nur eine einzige Frage hast und dass die Antwort darauf nur Inna Lies kennt.«

»Aber?«

Grunewald sah ihn eindringlich an. »Frag Inna niemals nach der Höhle.«

40

Kinder lebend in Höhle gefunden

Zwei Kinder im Alter von 6 Jahren wurden lebend aus einer Höhle im Felsenmeer geborgen

Zwei Männer hatten die Kinder um Hilfe rufen hören. Die Männer waren mit Metalldetektoren im circa 45 Hektar großen Felsenmeer unterwegs gewesen, um nach Schätzen aus vergangener Zeit zu suchen. Eher zufällig hatte einer der Männer Kinderstimmen gehört und war seinem Verdacht nachgegangen. Mit einer Taschenlampe hatten sie die Kinder in dem Schacht entdeckt und ein Seil heruntergelassen. Die Kinder wurden daraufhin erfolgreich aus der engen Höhle geborgen und in ein Krankenhaus gebracht.

Die Männer hatten die Kinder eine Woche zuvor mit der Mutter und einem weiteren Kind gesehen und anschließend die Polizei alarmiert, weil zwei der drei Kinder »panisch und blutüberströmt« Richtung Felsenmeer gelaufen seien. Die groß angelegte Suche nach den beiden Kindern blieb erfolglos, jedoch fanden Suchtrupps die Mutter der Kinder tot am alten Bahnhof. Laut polizeilichen Angaben gab der Junge zu, seine Mutter mit einem Stein getötet zu haben. Angaben zum Motiv gibt es keine. Damit geht der Sechsjährige als jüngster Mörder in die Geschichte ein.

Wie die Kinder eine Woche bei Minusgraden in der Höhle ohne Wasser und Nahrung überleben konnten, ist nicht bekannt.

41

Sie kämpften sich durch den tiefen Schnee. In Sichtweite duckten sie sich. »Da sitzt sie.« Grunewald zeigte auf eines der Fenster.

Inna Lies trug einen Dutt und eine silberne Brille mit dünnem Rand. Sie wirkte konzentriert.

»Es ist noch zu früh«, entschied Grunewald. »Wir müssen warten, bis euch der Schneesturm hat. Bis ihr wirklich nicht mehr weg könnt. Dann hast du eine ganze Nacht Zeit.« Er schaute auf seine Armbanduhr. »Versteck dich hier, ich gehe zurück.« Er schüttelte unglücklich den Kopf. »Ich bin immer noch dagegen!«

Sie verabschiedeten sich. Igor hatte Schwierigkeiten, sich auf den Beinen zu halten. Er setzte sich in den Schnee, die Augen geschlossen.

Warten.

Warten, bis ihn der unerbittliche Sturm in die Knie zwang, dann würde er an die große Tür hämmern und um Einlass bitten. Geduldig würde er unwichtige Fragen stellen, geduldig würde er sich von einem zum nächsten Thema hangeln, geduldig würde er belanglose Informationen parken, um sich an ihnen vorbeizuschlängeln zu den wichtigen.

Tetris.

Igor würde Tetris spielen.

Igor würde seine Fragen und Innas Antworten drehen und verschieben, bis er eine lückenlose Reihe zusammenhatte.

Bausteine.

Tetrominos.

Von ihrer Form hing Margas Leben ab.

Inna wusste die Antwort auf seine Frage. Eine Frage, die er nicht stellen durfte.

Igor wartete. Der Sturm hatte an Stärke gewonnen, es schneite unaufhörlich. Er fror, hatte Angst, Inna würde die Fabrik verlassen und wegfahren.

Er dachte pausenlos an Marga.

Hatte sie es warm und trocken?

Hatte sie Angst?

Seine Hände und Füße schmerzten, er hielt es irgendwann nicht mehr aus und trotzte den tosenden Böen auf seinem Weg zum Eingang. Igor holte tief Luft, hielt seine Augen geschlossen. »Ich werde es gut machen«, ermutigte er sich. Dann hämmerte er gegen die schwere Tür.

Nichts.

Er versuchte es ein weiteres Mal.

Keine Reaktion.

Der Sturm schleuderte die Tannen hin und her, es dämmerte bereits. Panisch schaute er sich um, und da stand sie. Ratlos in viel zu dünner Kleidung.

Inna Lies.

Die Einzige, die Margas Leben retten konnte.

Er duckte sich blitzschnell, versteckte sich hinter den Tannen. Dann fiel ihm ein, dass er ein Kunde war, dass er sich nicht verstecken durfte, dass er ein Kunde war, der Schutz suchte und sie ansprechen musste. In einem geeigneten Moment. Panik stieg in ihm auf. Was, wenn sie schon im Auto saß? Wegfuhr? Er kämpfte sich vorwärts, hielt Ausschau, aber Inna Lies war verschwunden, nur ihr Auto stand dort, zugeschneit, mit laufendem Motor. »Scheiße«, flüsterte Igor. Seine Gedanken überschlugen sich. Ihr Wagen. Sie würde wegfahren. Sie würde mit dem Wagen vom Parkplatz fahren. Sie würde Igor stehen lassen, sie würde … Er brach den Gedanken ab, überquerte zügig den Parkplatz. Das Auto war leer. Rasch versteckte er sich hinter den Gemäuern. Vorerst. Er würde … Er würde es gut machen. Für Marga. Er würde alles geben. Am Ende dieser Nacht würde er wissen, wo sich die verdammte Höhle befand.

Bausteine. Tetrominos.

Ein Knall. Die Autotür. Igor zuckte zusammen, sprang auf. Verschaffte sich einen Überblick. Er rannte zum Wagen, in dem Moment stieg sie aus und glotzte ihn an. Mit weit aufgerissenen Augen.

»Ich …«, hatte er sagen wollen, aber sie war blitzschnell zurück in ihr Auto gestürmt und hatte sich eingeschlossen.

»Machen Sie auf!«, schrie er und hämmerte an die Scheibe. Panik. Er schlug so lange auf die Scheibe ein, bis er seine Fäuste nicht mehr spürte. Er konnte sich kaum auf den Beinen halten, so stark zerrte der Sturm an ihm. Die Frau schrie etwas, aber er verstand sie nicht. Er kämpfte sich durch die Schneemassen zur Beifahrertür, riss sie auf, schob sich mühsam auf den Sitz. Jetzt. Jetzt gilt es, ermahnte er sich. Er schlug die Tür heftig zu. Der Knall wirkte bedrohlich, endgültig.

Kein Zurück mehr.

Stille.

Stille, nur der Sturm heulte in der Eiseskälte wie ein wildes Tier um sein Opfer. Igor schluckte, in seinem Mund gab es keinen Speichel mehr. Er dachte an den Schnee. An Schnee, der in seinem Mund schmelzen und ihn zurückholen würde. »Danke«, stöhnte er. »Das ist sehr freundlich von Ihnen.« Ruhig. Ruhig bleiben. »Wo ist die Höhle?«, hatte er schreien wollen. Wo ist Marga?

»Wir könnten die Fußmatten unter die Räder legen.« Nein, können wir nicht. Können wir ganz und gar nicht. Vergessen Sie die Fußmatten. Vergessen Sie alles. Sagen Sie mir nur, wo die Höhle ist. Die Frau sagte etwas, aber er hörte nicht zu. Nickte trotzdem. Ablenken. Er musste defensiv bleiben. Freundlich um Hilfe bitten. »Ich hatte überlegt zurückzulaufen, aber dann wäre ich drei Stunden unterwegs gewesen, wahrscheinlich länger. Der Sturm ist gewaltig, und es wird schon dunkel. Ein Glück, dass Sie mir geöffnet haben.« Ihm war schwindelig geworden, er verschränkte seine Arme, versteckte seine Handgelenke. Das Armaturenbrett schwankte, er schloss seine Augen. Einen kurzen Moment nur, ermahnte er sich.

Einen kurzen Moment nur.

Bis Marga wieder da war.

Und dann folgten unendliche Stunden. Unendliche Stunden der Geduld. Unendliche Stunden der Fragen.

»Ich weiß doch gar nicht, ob es Ihre Marga ist!«, schrie Inna. Nein, das weißt du nicht, bettelte er still. Er sah Marga, die in der Badewanne saß und den Schaum durch ihre Finger gleiten ließ. Er roch ihr feines Haar, ballte seine Hände zu Fäusten. Marga lebt. Inna musste ihm versprechen, dass Marga lebt.

»Vielleicht ist es auch irgendein Mädchen. Kann doch sein. Auf jeden Fall war es tot. Ganz steif. Ich glaube, es war gefroren und …«

Igor sprang auf und stürzte über den Schreibtisch. Er packte Inna und warf sie zu Boden, mit den Fäusten prügelte er auf sie ein. Sie hob schützend ihre Hände in die Luft, krümmte sich. Er würde nie wieder damit aufhören. Nie wieder. Er würde so lange auf sie einschlagen, bis nichts mehr übrig war. Nichts mehr von ihrem Leben, nichts mehr von seinem.

Weil sie ihm alles genommen hatte.

Aber sie wehrte sich, er bekam heftige Tritte ab, verlor den Überblick. Er verlor das Gleichgewicht, schnappte nach Luft. Sie hatte ihn getroffen. Igor taumelte, versuchte, nicht zu fallen, aber der Schmerz reichte bis zu seinen Eingeweiden. Er wollte schreien, um ihn herum war es dumpf geworden, grau, seine Lippen kräuselten sich. Er ließ sich fallen, wollte sich wieder aufrichten, aber seine Arme gehorchten nicht.

Es war vorbei.

Und Anni?

Anni hatte noch Hoffnung.

Er hatte nichts mehr.

42

Henri saß am Schreibtisch und diktierte. Es dämmerte bereits.

Jemand klopfte zaghaft.

Henri schaute auf, nahm seine Brille ab. »Was ist denn?«, fragte er ungehalten.

»Es schneit«, sagte Ede weinerlich. »Wo? Wo sind die Kinder?«

Henri rieb müde seine Augen. Er schaute auf die Uhr. »Dass Sie immer gleich heulen müssen. Das bringt doch nichts?«

»Ich mache mir furchtbare Sorgen.«

»Machen Sie sich dauernd.« Henri stand auf. »Egal, ob es Tag oder Nacht ist.«

»Dieses Mal mache ich mir wirklich Sorgen.« Unter ihrem Haushaltskittel schimmerte ein langer Rock mit schrillen Chrysanthemen und buschigen Celosia. »Sie hätten Ihre Frau nicht mit ihnen alleine lassen dürfen. Nicht in diesem Zustand.« Sie hängte ihre Schürze über die Lehne und setzte sich vorsichtig. »Sie war betrunken. Das haben Sie doch gemerkt? Wieso sind Sie zurückgekommen? Sie wollten einen Spaziergang machen. Als Familie. Sie können die Kinder doch nicht zurücklassen. Bei dem Wetter. Mit einer Betrunkenen.« Sie strich ihren Rock zurecht, legte die Brüche der Kellerfalten sorgfältig aneinander. »Ich verstehe das nicht.«

»Die Kinder kennen sich aus. Alles ist gut, Ede, Sie brauchen sich keine Sorgen zu machen.«

»Ich liebe die Kinder.« Sie senkte ihren Blick.

»Das weiß ich.«

»Als wären es meine eigenen.«

Henri lächelte.

»Es ist kalt. Es schneit. Und es wird bald dunkel. Die Kinder sind seit heute Morgen unterwegs. Das ist zu lang. Sie müssen essen und ein heißes Bad nehmen. Und sie müssen ins Bett.« Sie zeigte aus dem Fenster. »Das geht doch nicht, dass Sie sich keine Sorgen machen!«

»Na schön«, seufzte Henri. »Was dann? Was soll ich tun?«

»Nach ihnen suchen«, flehte Ede.

Er zog sich Jacke und Schal an, holte die Schlüssel. »Sie bleiben hier, falls die Kinder zurückkommen.

Wenig später setzte er sich in den Geländewagen und startete den Motor.

»Moment!«, schrie Ede und rannte auf ihn zu. Sie klopfte an die Scheibe.

»Was ist?« Henri ließ die Fensterscheibe herunterfahren. »Was, Ede? Was ist denn nun schon wieder?«

»Die Polizei. Sie steht vor dem Tor und möchte mit Ihnen sprechen«, schluchzte Ede.

Henri stieg aus. Er ließ den Streifenwagen hereinfahren und winkte ihn auf einen der Parkplätze. Ede stand neben ihm und wimmerte mit gefalteten Händen.

»Hören Sie auf damit, Ede. Gehen Sie lieber rein.« Er nickte den Beamten zu. »Guten Abend«, begrüßte er sie. »Was kann ich für Sie tun?«

»Wir haben vorhin einen Anruf erhalten. Ein Junge und ein Mädchen seien Richtung Felsenmeer gerannt.« Der Polizeibeamte kratzte sich am Kopf. »Das Mädchen ist schwer verletzt, haben sie gesagt. Voller Blut.«

Henri schluckte. »Und?«, fragte er heiser.

»Der Beschreibung nach könnte es sich um Ihre Kinder handeln. Um die Zwillinge. Da dachten wir, fragen wir mal nach.« Er schaute zu seinem Kollegen. »Deswegen sind wir hier.«

»Und wo sind die Kinder jetzt?«, fragte Henri.

»Das ist ja das Problem. Wir können sie nicht finden«, entgegnete der Beamte. »Und niemand hat seine Kinder bisher als vermisst gemeldet.«

Henri öffnete seinen Mund, schloss ihn wieder.

»Sind Ihre Kinder denn zu Hause?«

»Jenke, Inna und Beeke sind mit ihrer Mutter unterwegs.«

»Und sind noch nicht wieder zurück«, stellte der Beamte fest. »Richtig?«

Henri nickte schwach. »Hören Sie, mich hat vorhin schon einmal jemand angerufen und mich gefragt, ob es meinen Kindern gut geht«, erklärte er. »Der alte Jungels hat die zwei gesehen. Ein Mädchen und ein Junge. Aber nicht hier oben am Felsenmeer, sondern Richtung der alten Höfe. Auf der Landstraße.«

Die Beamten hoben ihre Augenbrauen. »Was Sie nicht sagen?«

»Meine Kinder sind das sicher nicht. Wenn, dann wären sie zu dritt unterwegs. Oder zusammen mit ihrer Mutter.«

»Es müssen ja nicht Ihre Kinder sein«, bestätigte der Mann. »Aber trotzdem würden wir uns gern versichern, ob es da draußen jemanden gibt, der unsere Hilfe braucht.«

»Jenke und Inna würden Beeke niemals zurücklassen. Und meine Frau würde die drei nicht unbeaufsichtigt ...« Er winkte ab. »Das ist absurd. Es muss sich dabei um andere Kinder handeln.« Er runzelte sorgenvoll seine Stirn. »Was es nicht weniger dramatisch macht«, fügte er hinzu.

»Mh«, brummte der Beamte.

»Ich kann Sie ja anrufen, wenn die drei zurück sind.«

»Die vier.«

»Wie bitte?«

»Es sind doch vier. Ihre drei Kinder und Ihre Frau.«

»Natürlich. Die vier«, bestätigte Henri. »Und was werden Sie jetzt unternehmen?«

»Wir werden einen Aufruf starten. Übers Radio und über die Zeitung. Vielleicht entdeckt jemand die Kinder irgendwo.« Er schaute zu seinem Kollegen. »Und wir werden ein paar Runden drehen und Ausschau halten.«

»Wenn jemand seine Kinder vermisst, wird er sich schon bei uns melden. Bis dahin fahren wir die Landstraße auf und ab«, stimmte der andere Mann zu.

Während der Streifenwagen durch das Tor rollte, lehnte sich einer der Beamten aus dem Fenster. »Und vergessen Sie nicht, uns anzurufen, wenn Ihre Familie wieder zurück ist!«

Henri nickte.

»Warum tun Sie das?«, flüsterte Ede. »Was, wenn es doch Jenke und Inna sind? Was dann?«

»Dann haben wir ein Problem.« Er schaute Ede eindringlich an. »Und das wollen wir doch nicht?«

43

Igor blinzelte. Die Koordinaten. Er richtete sich auf. Der Zettel. Wo war er? Igor suchte den Boden ab, auf allen vieren kroch er unter den Schreibtisch, wühlte im Mülleimer. Die Koordinaten, er musste sie der Polizei geben, vielleicht konnten sie Marga doch finden, vielleicht lebte sie, vielleicht hatte Inna sich vertan.

Er stand auf. Er musste zu Grunewald. Musste Grunewald warnen. Musste Grunewald Bescheid geben. Inna war weg, er musste sie aufhalten, die Höhle, nur Inna konnte ihn zur Höhle führen, denn dort war Marga, und Marga würde ihm entgegenlaufen, das hatte er Anni versprochen.

Igor steckte den Zettel in seine Tasche, rannte hinaus, stolperte über den Parkplatz in den Wald hinein. »Grunewald!«, brüllte er ins Funkgerät. »Inna ist weg, du musst sie aufhalten.« Er rannte weiter, keuchte, die eisige Luft zerschnitt seine Lungen. »Grunewald, du musst Inna festhalten, sie muss uns zur Höhle führen.«

Grunewald meldete sich nicht.

Igor rannte weiter, seine Beine fühlten sich schwer an, er japste nach Luft. »Hast du sie?«, versuchte er es ein weiteres Mal über das Funkgerät.

»Sie ist hier«, hörte er.

Igor lachte. Das Lachen donnerte durch den schwarzen Wald, er ließ sich fallen, hustete, sein Herz überschlug sich. Inna würde ihn zur Höhle führen. Er musste weiter, taumelte los. »Ich habe die Koordinaten von der Höhle!«, schrie er ins Funkgerät.

Stille.

Rauschen. Knacken.

»Wir kommen hier nicht weg. Wir müssen bis morgen warten. Mein Saab …«

»Das geht nicht«, weinte Igor. »Ich bin schon unterwegs. Zum Wanderparkplatz. Zu dir.«

Er lief weiter, dann meldete sich Grunewald erneut. Es rauschte.

»Sie ist weg«, hörte er Grunewald keuchen. »Sie ist mir entwischt.«

Nein.

Igor rannte schneller, hielt Ausschau. Dunkelheit, Schnee, Kälte. Der Sturm hatte sich getrollt.

Inna.

Wo hast du dich versteckt?

Er brauchte sie. Sie musste ihn zur Höhle führen. Zu Jenke. Zu Marga. Er lief weiter, seine Augen weit aufgerissen. Keine Inna. Nirgendwo.

»Wir müssen sofort los!«, schrie er Grunewald entgegen. »Wir können nicht mehr warten!«

»Es ist nach Mitternacht. Wir haben 3 Uhr.« Grunewald hielt ihn auf. »Wir kommen hier nicht weg. Schnee. Überall Schnee. Das musst du doch einsehen!«

Igor holte sein Telefon heraus, wählte den Notruf. Die Verbindung war schlecht. »Ich habe die Koordinaten. Von der Höhle. Wir müssen dorthin. Egal wie, Marga ist dort.« Er kauerte sich in den Schnee. »Er hat sie dorthin gebracht!«, schrie er.

»Nennen Sie Ihren Namen und von wo aus Sie anrufen«, sagte eine Stimme am anderen Ende der Leitung.

»Ich habe es geschafft! Inna hat mir die Koordinaten gegeben!«, brüllte Igor viel zu laut in das Telefon. »Von der Höhle. Jenke hat sich dort versteckt. Mit Marga.«

Ein Rauschen in der Leitung. »Sie müssen sich beruhigen. Nennen Sie mir erst Ihren Namen und sagen Sie mir, aus welchem Grund Sie anrufen.«

Igor würgte. Er beugte sich vornüber und erbrach, das Telefon ließ er in den Schnee fallen. Dann entdeckte er Fußspuren. Große und kleine. Grunewalds und Innas. Er schaute auf. »Wo ist sie?«

Grunewald sah sich demonstrativ um. »Wer?«

»Inna Lies. Wo ist sie?«

»Sie ist mir entwischt, sagte ich doch. Dort hinten.« Er zeigte in den dunklen Wald hinein. »Ich habe sie etwa 500 Meter von hier aufgegriffen, aber sie ist entkommen. Sie ist noch tiefer in den Wald hineingelaufen. Ich hatte keine Chance.«

»Sie war hier.« Igor zeigte auf die Fußspuren. »Ihr habt euch gegenübergestanden. Genau hier.« Er stemmte sich kraftlos in den Stand. »Was in Gottes Namen hast du getan?«, raunte er.

Grunewald schüttelte den Kopf. »Igor, ich …«

Igor stolperte rückwärts, suchte Halt an einer Parkbank. »Du hast Inna laufen lassen«, flüsterte er entsetzt.

44

Grunewalds Worte hallten durch den schwarzen Wald. Schwarz, während der Schnee leuchtete wie fluoreszierender Puder. Die Tannen umzingelten sie erschöpft und regungslos.

Inna schleppte sich vorwärts. Allein. Schon wieder. Allein, während Jenke in der Höhle auf sie wartete.

Und Igor?

Igor würde sie finden. Er brauchte nur ihren Fußspuren zu folgen.

Und dann?

Sie ließ sich in den Schnee fallen, zitterte, kauerte sich eng zusammen. Es war still um sie herum. Still und dunkel. Wie damals.

Inna presste ihre Lippen aufeinander.

Und Grunewald?

Grunewald hatte sie hinter sich hergezogen, der Sturm hatte aufgegeben, etwas dagegen zu unternehmen.

»Komm, weiter, Inna!«

Grunewald.

Inna hatte Schwierigkeiten gehabt, sich zu orientieren. Sie hatte in der Ferne Umrisse erkannt. Ein verschneites Schild, eine unförmige Parkbank. Ein Auto. Die Scheinwerfer hatten den Wanderparkplatz beleuchtet.

Inna hatte nicht verstehen können, wie Grunewald mit seinem alten Saab durch die Schneemassen gelangt war.

Und dann hatte sie begriffen, dass etwas nicht stimmte.

Die Reifenspuren hatten gefehlt.

Sie hatte ungläubig durch die Kälte gestarrt. Der Saab über und über mit Schnee bedeckt.

Dann endlich fiel es ihr ein.

Grunewald hatte sich nicht durch die Schneemassen kämpfen müssen. Er war vor ihnen hier gewesen. Seit gestern Mittag. Seit gestern Mittag hatte Grunewald hier gestanden und nur darauf gewartet, sie einzufangen.

»Du mieser Freund«, hatte sie gelacht.

»Tut mir leid, Inna«, hatte er bedauert. »Das war nicht meine Idee.« Er hatte sie losgelassen, seine Jacke ausgezogen. »Dir muss kalt sein.« Er hatte ihr hineingeholfen. »Das war Igors Plan. Ich sollte nur vermitteln. Es ist schiefgegangen, oder?«

»Was? Was ist schiefgegangen?«

»Ach, Inna. Hast du es denn noch nicht gehört?« Er hatte sie mitleidig angeschaut. »Jenke Lies ist flüchtig. Dein Bruder. Er hat jemanden ermordet. Und er hat ein kleines Mädchen entführt. Er ist zur Fahndung ausgeschrieben.«

»Ich kann Igor nicht helfen, Grunewald. Kann ich nicht.«

Grunewald hatte genickt, das Funkgerät zum Mund geführt. »Sie ist weg«, hatte er in den Apparat gekeucht. »Sie ist mir entwischt.«

Rauschen. Knacken. Inna hatte Igors Stimme erkannt. Er hatte geschluchzt. »Ich habe die Koordinaten von der Höhle.«

Grunewald hatte seine Hand sinken lassen, sie eindringlich angeschaut. »Stimmt das?«, hatte er leise gefragt. »Sind das die richtigen Koordinaten?«

Inna hatte nicht reagiert.

Erneutes Rauschen. Knacken. »Wir kommen hier nicht weg. Wir müssen bis morgen warten. Mein Saab …«

»Das geht nicht«, hatte sie Igor weinen hören. »Ich bin schon unterwegs. Zum Wanderparkplatz. Zu dir.«

Grunewald hatte das Funkgerät wieder verstaut. »Du musst hier weg, Inna. Geh zurück in die Firma, niemand wird dich dort vermuten.« Er hatte tief Luft geholt. »Werden wir die Höhle finden?«

Inna hatte geblinzelt. »Zu spät.«

»Zu spät?«

»Zu spät. Das Mädchen ist doch schon tot.«

45

»Du kannst hier nicht allein weitermachen, Igor!«, schrie Grunewald. »Du handelst kopflos. Du musst die Polizei verständigen, verstehst du das endlich?«

Igor richtete sich auf. »Wenn wir die Höhle finden, finden wir Marga. Steinmanderl. Wir können den Steinmanderln folgen.«

»Marga ist …« Grunewald brach ab. Er öffnete die Beifahrertür. »Steig ein«, forderte er ihn auf. »Ich bringe dich jetzt nach Hause.«

Grunewald konzentrierte sich, rutschte mit seinem Auto durch die Schneemassen. Der Saab schaffte nur wenige Meter, bis er erneut feststeckte.

»Wir kommen hier nicht weg. Aussichtslos. Das ist aussichtslos!«

»Du hast Inna laufen lassen«, weinte Igor. »Wie konntest du das tun?«

»Laufen lassen? Was denn sonst? Sie festzuhalten ist Freiheitsberaubung und Erpressung. Ich habe dafür gesorgt, dass wir nicht ins Gefängnis kommen, Igor.«

»Einen Scheiß hast du. Ich dachte, du wärst mein Freund.«

»Ich bin dein Freund!«

»Nicht mehr.«

»Du weißt nicht, was du tust. Wir verlieren nur Zeit, Igor. Die Polizei wird mit einem Hubschrauber und einer Wärmebildkamera über das Felsenmeer fliegen und mit einer Hundestaffel nach Marga suchen. Wir werden die Höhle auch ohne Inna finden.«

»Er wird sie töten! Wenn er einen Hubschrauber kreisen hört, wird er sie töten!«

»Deine Marga ist längst tot!«, schrie Grunewald und hämmerte auf das Lenkrad. »Tot! Kapierst du das denn nicht?« Grunewald schluchzte laut in die Kälte hinein. »Wenn du nicht die Polizei rufst, werde ich es tun!«

Igor zwängte sich aus dem Auto, rannte los, rannte durch den tiefen Schnee. Um sein Leben. Um Margas Leben. Die Enge in seiner Brust schnürte ihm die Luft ab, er taumelte durch den Wald, irgendwann so langsam, dass er kaum noch vorwärtskam.

Wo war er?

Wie viele Stunden waren vergangen?

Er holte sein Telefon heraus. Kein Empfang. Er ließ sich hoffnungslos in den Schnee sinken.

Stille.

Stillstand.

Verzweiflung.

Igor würde es zu Fuß nicht nach Hause schaffen.

Nicht nach Hause, nicht zu der Höhle. Nicht zu Marga. Nirgendwohin.

Es war vorbei.

Er schloss seine Augen, legte sich hin. Der kalte Schnee an seiner Wange kräuselte seine Haut zu einem schmerzhaften Knäuel. Seine Lunge brannte. Seine Hände zitterten. Seine Zuversicht sickerte in den Schnee.

Vorbei.

Es war vorbei.

Für immer.

Er hatte Marga verloren.

Igor raffte sich hoch, Schnee knirschte zwischen seinen Zähnen. Und da stand sie. Im Badeanzug. Der Schnee verbrannte ihre Fußsohlen, sie hüpfte von einem auf das andere Bein. »Du lässt ihn hier, Marga«, erklärte er.

»Er hat heiße Füße.«

»Natürlich. Er kann trotzdem nicht mit ins Meer.« Er streckte seine Hände nach ihm aus. »Du hättest ihn im Wohnmobil lassen sollen.«

»Er hat Angst ohne mich.«

»Hat er nicht.«

»Ich habe seine Ohren eingecremt.«

»Das sieht man.« Igor seufzte. »Marga, Anton möchte ganz sicher nicht mit ins Meer.«

»Möchte er wohl.«

Anni kam und rückte Margas Sonnenhut zurecht. »Was ist hier los?«

»Sie hat Anton mitgenommen.«

»Er hat Angst ohne mich«, verteidigte sich Marga. »Und er kann sterben, wenn er allein ist.«

»Er wird noch erfrieren«, warnte Igor.

»Deswegen soll er mit ins Meer.«

»Anton möchte nicht mit ins Meer.«

»Möchte er wohl.«

Igor hörte in der Ferne ein Geräusch. Er schaute zum Horizont. Weit und breit nur kreischende Möwen. »Wir werden Anton jetzt zurück zum Campingplatz bringen.«

»Werden wir nicht.« Marga stapfte entschlossen los.

»Oh Gott«, stöhnte Igor.

»Gott gibt es nicht!«, rief sein Schwiegervater.

»Das ist doch kein Urlaub. Das ist Alltag unter erschwerten Bedingungen. Niemand, der klar …«

Das Geräusch kam näher, wurde lauter.

»Niemand, der klar denken kann, nimmt ein Meerschweinchen mit ins Meer«, lamentierte Igor. »Außerdem liegt hier Schnee. Alles ist voller Schnee.«

Die Sonne blendete ihn, er verlor Marga aus den Augen. »Marga?«, rief er. Seine Wange brannte. Er fror. Woher kam das Geräusch? Tief und gleichmäßig. Es war ganz nah, er versuchte, etwas zu erkennen, hielt seine Hände schützend gegen die Sonne. Der heiße Sand baute sich vor ihm auf wie eine Fata Morgana. Weißer, eiskalter Wüstensand. Er sah Margas Fußspuren, daneben Antons, folgte ihnen. Sie schwammen im Schnee und winkten ihm zu. Igor winkte zurück, winkte mit beiden Händen, versuchte, das Geräusch zu stoppen, es dröhnte, Sandkörner fielen von den Wänden, jemand rief seinen Namen, tätschelte seine Wange.

»Igor!«

Er erkannte die Stimme sofort.

Sein Bruder.

Sein Bruder Victor packte ihn und schrie. Schrie so laut, dass Igor den vielen Sand nicht mehr spürte, nur noch den

Schnee, der hart und kalt auf seiner Haut brannte. Anton würde erfrieren. Und Marga? Marga war schon tot. Marga trieb im Schnee, allein und verloren. Igor rannte los, rannte ins Meer, in die tosenden Wellen, stürzte sich zu ihr, aber Marga verschwand, ehe er sie zu fassen bekam, sie mischte sich unter den heißen Schnee, sank immer tiefer, Igor tauchte vergeblich, bis seine Lungen aufgaben. Er kämpfte sich hoch. Eine Ohrfeige. Igor schnappte nach Luft.

»Igor!«

Er öffnete seine Augen.

Victor.

Sein Bruder.

»Was machst du hier?«, schrie Victor. »Steh auf!«

Igor wurde auf die Beine gestellt. Er hatte Schwierigkeiten, sich aufrecht zu halten.

»Bist du betrunken? Was machst du hier draußen?«

Igor schüttelte den Kopf. »Ich weiß auch nicht. Marga. Ich suche Marga.«

»Ich hätte dich beinahe überfahren.«

»Marga ist weg«, stammelte Igor.

»Du bist ja ganz durcheinander. Ich bringe dich jetzt nach Hause.«

Igor kletterte in den Unimog. Ergeben. Taub. Alles fühlte sich taub an. Victor. Wieso war sein Bruder Victor hier? »Du hast Räumdienst«, fiel ihm ein. »Räumdienst«, wiederholte er dankbar. Igor lachte. Das Lachen glitt seine Kehle hinab und verstummte.

Der Unimog vibrierte, Victor lenkte ihn den breiten Waldweg entlang. »Was hast du hier verloren, Igor? Was ist los? Es ist halb sechs in der Früh.«

»Marga«, sagte Igor betroffen. »Marga ist tot.«

Den Rest der Fahrt weinte er verzweifelt, während Victor hilflos seine Hand drückte und beruhigend auf ihn einredete. Schweigend fuhren sie auf den Hof, Igor ließ sich vom Sitz in den Schnee fallen, taumelte los, wurde schneller. Er wollte schreien, aber es kam kein Ton heraus, stattdessen rannte er. Schon wieder. Er würde niemals mehr damit aufhören. Er rannte um Margas Leben. Um Margas Leben und um sein eigenes. Um Annegrets. Um Roberts. Er rannte, bis er stolperte. Wahllos griff er in den Schnee und schlug mit den Fäusten hinein.

»Igor?«, hörte er. »Igor, steh auf!«

Er erhob sich mühsam.

»Wo ist Marga?«, kreischte Annegret.

»Sie haben …« Er brach ab, sackte auf die Knie. »Anni«, schluchzte er.

»Was ist mit Marga?« Annegret packte Igors Schultern. »Sag es mir!«

Tränen rollten die Wangen hinab, Speichel lief über sein Kinn. Um ihn herum wankte es, er schloss seine Augen. »Sie haben Marga …«, fiepste er. »Sie haben Marga in einen Schacht geworfen. Sie ist …«

Annegret schlug ihm ins Gesicht.

Dann schrie sie.

46

Die Sonne hatte den Schnee in ein Meer aus glitzernden Diamanten verwandelt. Es war still, die Erde erschöpft und entkräftet nach den vielen Stunden, in denen der Sturm an ihr gezerrt und gerissen hatte. Ganze Äste lagen verteilt auf dem Parkplatz, einige der großen Fichten standen schief, zwei waren entwurzelt. Eine Schneise und große Reifenspuren säumten die Zufahrt bis zu ihrem Auto.

Inna stapfte um die alte Fabrikhalle herum und inspizierte den Schaden. Teile des Dachs vom Westflügel waren heruntergerutscht und hingen schlaff über dem Boden, die Regenrinne hatte unter dem Gewicht aufgegeben.

Inna fingerte mit steifen Händen nach dem Autoschlüssel. Müde schleppte sie sich über den Parkplatz und setzte sich in ihren Wagen.

Kalte Stille. Sie zitterte.

Hier hatte gestern Nachmittag alles begonnen. Hier hatte der Sturm an ihre Scheibe geklopft, hatte sich Zutritt verschafft, war eingedrungen.

Igor.

Er hatte seine Hände aneinandergerieben, sich dankbar in den Sitz fallen lassen. »Das ist sehr nett von Ihnen.« Inna hatte Angst gehabt, an Grunewald gedacht. Grunewald hatte sie zurückgeholt. Kein Verhör. Kein Henri. Es war vorbei. Henri war tot.

»Was machen Sie hier draußen?«

»Ich war spazieren. Der Schneesturm hat mich überrascht.«

»Haben Sie den Wetterbericht nicht gehört?« Konversation.

»Sie auch nicht«, hatte Igor gelacht.

Igor.

Er hatte gut gespielt. »Seien Sie nicht albern. Die Schlüssel. Ich möchte nicht erfrieren. Ich gehe jetzt da rein.«

Und dann hatten die Stunden begonnen. Die Stunden der Inquisition. Die Stunden des Verhörs. Ein Verhör, das keins hätte sein dürfen.

Inna starrte über den Parkplatz. Plötzlich vermisste sie Igor.

Sie schüttelte den Kopf.

Wo er jetzt wohl war?

Nachdem Grunewald sie auf dem Wanderparkplatz hatte gehen lassen, war sie seiner Empfehlung folgend zurück zur Fabrikhalle gelaufen. Immer in Bewegung bleiben, hatte sie sich ermahnt. Aus Angst, Igor zu begegnen, war sie einen Umweg gegangen. In der Halle hatte sie sich erschöpft auf das Sofa gelegt und war augenblicklich eingeschlafen. Sie hatte geträumt. Von Steinmanderln am Wegesrand und unwegsamen Pfaden, die sich einem Labyrinth gleich durch das Felsenmeer geschlängelt hatten. Aufgewacht war sie mit hämmerndem Kopf. Mit Herzklopfen. Mit Hunger. Ein Geräusch. Ein Brummen. Ein lautes Dröhnen. Hektisch hatte sie sich gesammelt.

Wo war sie?

Woher kam der Krach?

Sie war aufgesprungen, hatte sich nervös umgeschaut, dann hatte sie verstanden, woher das laute Geräusch kam. Ein Unimog, der die breiten Forstwege freiräumte. Für die Bauern. Die Milch von den umliegenden Höfen musste abgeholt werden. Alles musste seinen Lauf nehmen. Alles. Jeden Tag. Komme, was wolle.

Sie hatte sich Kaffee gekocht, war nervös in der Halle

auf und ab gegangen, hatte zugesehen, wie der Unimog den Schnee vor sich hergeschoben hatte wie Badeschaum.

Und jetzt war alles vorbei. Die Nacht. Die Unterhaltung. Der Schneesturm. Jetzt war der Himmel nicht mehr schwarz, sondern blau. Sonne. Die Sonne schien. Nur nicht mehr für Henri.

Sie startete den Motor.

Der Schnee glitzerte. Kristalle. Sie funkelten in alle Richtungen. Inna fuhr vom Parkplatz. Im Schritttempo rollte sie den Weg entlang zur Hauptstraße. Berge von Schnee türmten sich rechts und links, kaum jemand war unterwegs, nur hier und da Spaziergänger mit ihren Hunden.

Sie bog in eine enge Gasse ein. Schnee. Überall Schnee. Auf der Straße, auf den Dächern. Massen von Schnee. Ihre Reifen drehten durch. Zwei Männer waren beschäftigt, ihre Dächer zu befreien, nickten ihr zu.

Ihr Magen knurrte. Erleichtert fühlte sie ihr Portemonnaie in der Innentasche ihrer Jacke.

Vielleicht sollte sie nach Hause fahren und heiß duschen. Vielleicht sollte sie in die Küche tänzeln, lautlos, leichtfüßig, wendig. Die Kaffeedose öffnen, den feinen Geruch gemahlener Bohnen genießen, ihre Handgriffe wären sicher, geübt, routiniert. Trotz der Gänsehaut, trotz des beständigen Fröstelns. Wie ein hauchfeiner Überzug, der sie begleiten, warnen, zurückhalten würde. Der an ihr kleben würde wie getrocknetes Blut. Wie Mamas getrocknetes Blut. Sie würde warten, bis die Maschine das Röcheln aufgegeben hatte, keinen Laut mehr von sich gab, sie würde den heißen Kaffee in ihre Tasse gießen, der Dampf würde sich an ihrer Nase vorbeidrängeln, im Irgendwo und Nirgendwo verschwinden.

Jemand rief.

Inna starrte auf eine Frau und zwei Männer, die sich erwartungsvoll gegen ihr Auto warfen. Sie wurde rückwärts aus der Gasse geschoben. »Danke«, winkte sie.

Danke. Danke, Henri. Danke, dass du tot bist.

Beim Bäcker bestellte sie eine Rosinenschnecke und einen Kaffee.

»Schon wieder unterwegs?«, fragte die Verkäuferin.

Schon wieder unterwegs.

»Hast du denn niemals frei?«

Inna räusperte sich. »Wie bitte?«

»Du kommst jeden Tag her und kaufst Kaffee und eine Rosinenschnecke. Dann fährst du zur Arbeit.« Sie schaute auf die Uhr. »Ist doch so?«

»Ist doch so?«, wiederholte Inna.

»Du weißt gar nicht, wer ich bin.« Die junge Frau spitzte ihren Mund. »Und das, obwohl wir uns jeden Tag sehen.« Sie runzelte enttäuscht ihre Augenbrauen. »Ich bin Rudna. Wir waren in derselben Grundschulklasse, bis du und Jenke … na ja. Bis alles aufgehört hat.« Sie wartete nervös, dann holte sie tief Luft. »Es stand in der Zeitung.« Rudna schob die Papiertüte mit der Rosinenschnecke über die Theke. »Das mit deinem Vater.«

»Und Kaffee, bitte.«

»Stimmt es denn wirklich?« Die Frau drehte ihr den Rücken zu, hantierte an der Kaffeemaschine. »Umgebracht. Das ist doch absurd. Hier! Ausgerechnet hier? Als ob irgendein wahnsinniger Weihnachtsmann deinen Vater …« Rudna wischte sich Schweiß von der Stirn, zeigte entschuldigend auf den Backofen. »Als ob irgendein Wahnsinniger deinen Vater erstochen hätte.« Sie wirbelte herum. »Oder doch? Becki hat gesagt, dass es stimmt. Also das mit dem Mord. Und dem Wahnsinnigen.« Sie verzog das Gesicht. »Wir machen uns wirklich Sorgen.«

Inna starrte Rudna an.

»Man muss doch den Täter finden.« Rudna reichte ihr den Kaffee. »Er läuft noch frei herum. Ein richtiger Mörder. So was gibt es sonst nur im Fernsehen.« Sie benetzte ihre Lippen. »Ich kann mir das gar nicht vorstellen. Wer hat deinen Vater gefunden? Du? Auf dem Boden oder im Bett? Oder im Sessel?« Sie ließ ihre Hände flattern. »Und überall Blut? Hat Becki gestern auch gemeint. Also, dass es krass ist. Erst deine Mutter, dann …« Sie machte eine abwehrende Handbewegung. »Na ja, und dann dein Vater. Aber sie hat auch gesagt, dass es eigentlich besser für euch ist. Also für dich und Jenke.« Rudna hielt eine Tageszeitung in die Höhe. »Steht hier drin.«

»Dass es besser für uns ist?«

»Dass sie nach dem Mörder suchen.« Rudna kicherte komisch. »Also, was heißt ›Mörder‹. Sie suchen nach dem, der … Also nach dem, der deinen Vater erstochen hat.« Sie verschränkte ihre Arme. »Ich habe Becki gesagt, dass es vielleicht auch jemand gewesen sein kann, den wir kennen. Jemand, der zur Familie gehört. Einfach weil …« Rudna schluckte. »Einfach weil … Aber eigentlich ist niemand mehr übrig. Nur noch du und Jenke.« Sie dachte nach, dabei sog sie ihre Unterlippe ein. »Nur noch du und Jenke.« Sie musterte Inna. »Werdet ihr wieder in das Schloss ziehen? Ich frage nur, weil …«

»Bis dann«, sagte Inna. Sie steuerte auf die Tür zu.

»Deine Rosinenschnecke! Und dein Kaffee!«, rief Rudna. »Außerdem blutest du!«

Inna streckte ihre Hand aus und riss die Tür mit einer heftigen Bewegung auf.

»So warst du immer schon!«, hörte sie Rudna schreien. »Du und Jenke, ihr seid irre! Geistesgestört! Kein Wunder, dass jetzt alle tot sind! Wär' ich auch an eurer Stelle!«

Inna steuerte den Wagen die Landstraße entlang, hielt Ausschau nach einer Tankstelle.

»Kein Wunder, dass jetzt alle tot sind!«, hallte es in ihrem Kopf.

Während sich die Zahlen an der Zapfsäule unermüdlich drehten, überlegte Inna, wie viel Zeit ihnen noch blieb. Hatten sie Jenkes Fährte aufgenommen? Waren sie ihm bis zum Felsenmeer gefolgt? Bis zur Höhle?

Der Kassierer musterte sie mitleidig.

Ob er schon wusste, dass Henri tot war? Vielleicht hatte er auch die Zeitung gelesen. So wie Rudna.

Inna zeigte auf die Kühltheke. »Haben Sie Rosinenschnecken? Und einen Kaffee?«

»Laugenbrezel. Alles andere ist schon weg.«

»Dann nur Kaffee.«

Auf dem Namensschild standen Buchstaben, aber Inna hatte Schwierigkeiten, sie zu entziffern.

Der Kassierer reichte ihr einen Pappbecher mit schwarzem Kaffee. »So?«, fragte er. »Oder mit Milch?«

»Mein Vater ist tot.«

Der Mann schluckte hörbar. »Dann ist es wahr?« Er faltete seine Hände. »Tut mir sehr leid. Dass hier so was passiert, hätte sich niemand vorstellen können. Nicht nach so vielen Jahren.« Er zögerte. »Schon ein bisschen krass. Hat Jenke …« Er schüttelte sich. »Sie suchen nach ihm. Nach dem Mörder. Gut, dass ich keine Nachtschicht habe. Im Dunkeln so ganz allein.« Er zögerte. »Sie haben da …« Er deutete vorsichtig auf ihren Kragen. »Blut. Sie haben da Blut.«

»Blut«, wiederholte sie. »Ich habe mir den Kopf gestoßen.« Sie fasste sich an die schmerzende Wunde. Eine Kruste hatte sich gebildet. Eigentlich war Igor schuld, aber das behielt sie besser für sich.

Sie stieg in ihren Wagen, startete, fuhr weiter die Landstraße entlang.

Ob Jenke schon auf sie wartete?

Sie hatte Angst. Angst davor, dass Erinnerungen wieder an ihren rechtmäßigen Platz rückten. Trotzdem musste sie zurück. Zurück zu der Höhle, zurück in die Vergangenheit, zurück zu jenem Tag.

Weil sie es sich einst versprochen hatten.

Vor mehr als 30 Jahren.

47

Schrilles Läuten riss ihn aus seinen Gedanken. Igor suchte hektisch nach dem Telefon. »Ja?«, hauchte er.

»Hast du etwas gehört?« Grunewald räusperte sich. »Ich habe die Polizei angerufen. Du hättest viel früher … Marga könnte noch leben, Igor. Du hast einen großen Fehler begangen, du hättest … Igor, ich …«

Igor schleuderte sein Telefon gegen die Wand, es zerfiel in seine Einzelteile. Er rutschte von der Stufe hinab auf den kalten Boden, kauerte sich zusammen.

Er würde sterben.

Er würde sterben, weil er sich geirrt hatte. Weil er sich selbst auf den Weg gemacht und versagt hatte.

Igor hievte sich in den Stand, schleppte sich ins Wohnzimmer. Benommen lag Annegret auf dem Sofa, die Augen geschlossen. Sie atmete hektisch. Er wollte sie küssen, ihr eine Decke über den schmalen Körper legen, aber sie trat heftig mit den Beinen, schlug um sich. »Mach, dass du wegkommst!«, schrie sie. »Hau ab!«

»Anni, ich …«

»Hau ab!«, kreischte sie.

Er taumelte rückwärts, fing sich, stützte sich an der Wand ab.

Wieso war niemand hier? Irgendjemand, der sich um seine Frau kümmerte?

Diese vielen Stunden. Stunden, in denen er sich mit Inna unterhalten hatte. Eine Gratwanderung. Ein Wort zu viel, ein Wort zu wenig. Ein falscher Blick. Ein richtiger. Nervosität, Hoffnung. »Wo sind Marga und Jenke?«, hätte er sie am liebsten angeschrien. Stattdessen war er durch jämmerliche Fragen und deren Antworten mäandriert, war balanciert bis zur Selbstaufgabe von einer Minute zur nächsten. Eine ganze Nacht lang, hatte irgendwann verstanden, dass er nicht weiterkommen würde, dass er auf Grunewald hätte hören müssen. »Die Polizei, Igor. Die wissen, was zu tun ist.«

Ja, die hätten gewusst, was zu tun gewesen wäre. Eine Geiselnahme. Dafür gab es Profis. Wo hätten sie mit der Suche begonnen? Wo? Ohne Anhaltspunkt? Er musste der Polizei die Koordinaten geben. Die hatte er Inna zu seiner großen Überraschung entlockt.

Igor stutzte.

Hatte er?

»Igor …« Grunewald hatte im gestrigen Gespräch seine Stirn gerieben. »Inna ist nicht so, wie andere sind. Inna Lies spricht nicht.«

»Spricht nicht?« Igor hatte die Luft angehalten.

»Nein. Sie spricht nicht. Nicht so wie andere. Es wird sehr schwer sein, sich mit ihr zu unterhalten.«

Igor blinzelte.

Inna Lies hatte gesprochen.

Mit ihm.

Die ganze Nacht lang.

Etwas stimmte nicht. Etwas daran kam ihm komisch vor.

Es klingelte an der Tür. Igor zuckte zusammen. Vielleicht stand Marga … Er stürmte los, riss die Tür auf. Grunewald. Grunewald stand vor der Tür und schaute ihn eindringlich an. »Ich habe das Richtige getan«, sagte er. »Das hättest du auch, wenn es um meine Tochter gegangen wäre.«

Igor nickte. »Ich bin …«

»Schon gut.« Grunewald klopfte ihm auf die Schulter. »Sie werden sich melden. Die Koordinaten, Igor. Die müssen wissen, wo die Höhle ist. Wo ist der Zettel?«

»Weil Inna Lies nicht spricht«, hallte es in Igors Kopf.

Und wenn doch?

Wenn Inna Lies doch gesprochen hatte?

Eine ganze Nacht lang?

»Wo ist Annegret?«, hörte Igor wie durch Watte.

»Liegt auf dem Sofa.«

Grunewald folgte Igor ins Wohnzimmer. »Wie geht es ihr?«

Igor schüttelte den Kopf. »Sie schläft.«

»Die Polizei wird gleich hier sein. Sie haben dich telefonisch nicht erreicht.« Grunewald gestikulierte ungeduldig. »Du musst jetzt mit ihnen zusammenarbeiten. Sie wissen, was zu tun ist.«

»Ja«, hauchte Igor.

»Sie brauchen alle Informationen, die du ihnen geben

kannst. Alles über die Höhle, über Jenke, über Inna. Alles, was dir einfällt.«

»Die Höhle«, sagte Igor heiser.

Die Höhle, die Innas und Jenkes Kindheit verbarg. Er kramte in seiner Tasche nach dem Zettel mit den Koordinaten.

»Die Polizei braucht etwas von Marga. Am besten einen Kopfkissenbezug oder ein getragenes Kleidungsstück. Oder einfach beides.« Grunewald zögerte. »Solange sie Marga nicht finden, werden wir daran glauben, dass sie lebt, einverstanden?«

Igor nickte. Er faltete den Zettel auseinander.

Mit offenem Mund starrte er darauf.

Ihm wurde schwindelig.

Er erstarrte, seine Beine versagten. Igor sackte zu Boden, die Buchstaben vor seinen Augen verschwammen.

Da standen keine Zahlen. Keine Koordinaten. Keine Wegbeschreibung. Nur drei Wörter. Wörter, die er schon einmal gehört hatte:

Schweigen, Widerstand, Täuschung.

48

Jenke umklammerte seinen Oberschenkel. Er traute sich nicht, sein Hosenbein hochzuschieben, sich die Wunde anzusehen. Er hatte Angst, dass sich dunkle Adern wie ein Netz um elfenbeinfarbene Maden kräuselten. Schon seit vorgestern klebten Taschentücher auf der Wunde, unbeholfen verbunden mit einem Gaffer Tape. Wahrscheinlich hatte sich längst eine Sepsis gebildet und er litt deswegen an Fieber.

Wer? Wer hatte seinen Vater erstochen, wenn nicht er?

»Jenke?«, fragte jemand.

Jenke erschrak, schaute auf.

Inna. Sie stand da und starrte ihn ungläubig an. »Mein Gott, Jenke. Du hast Fieber.« Sie ging langsam auf ihn zu, streckte die Hand nach ihm aus. »Komm, ich stütze dich.«

Inna.

Er wich zurück. »Hallo, Inna«, sagte er heiser. »Du bist gekommen.«

»Lösen wir unser Versprechen ein«, nickte sie.

49

Henri lief mit hoch aufgestelltem Kragen. Er lief schnell. Verbissen hatte er seine Hände in die Taschen gesteckt. Er eilte zum Rostbahnhof, blickte sich um. Da lag sie. Blutüberströmt, die Haare kaum noch als solche zu erkennen. Wie eine Puppe. Eine Porzellanpuppe, deren Kopf man in Rage zertrümmert hatte. Henri schaute sie an, ihn überkam Erleichterung. Tot. Seine Frau war wirklich tot.

Er hörte es rascheln. Nur für einen kurzen Moment. Vielleicht eine Maus. Oder ein Kind.

Sein Kind.

»Beeke?« Er suchte hektisch den Rostbahnhof nach ihr ab, schaute in die einzelnen Güterwagen. Es dämmerte bereits. »Beeke?«, rief er erneut. Er kletterte über den Schienenstapel in den hinteren Teil der Baracke. Endlich fand er sie. Sie hatte sich hinter die alten Tanks gekauert, mit angezogenen Beinen, das Gesicht tief vergraben. »Hier bist du. Ich habe dich überall gesucht.« Er wollte sie hochheben, aber sie strampelte, schlug um sich, ließ einen gellenden Schrei los. »Schschscht«, beschwichtigte Henri sie. »Ist ja gut.« Er versuchte es erneut, packte beherzt unter ihre Kniekehlen und die Arme und hob sie zu sich. »Ist ja gut«, beteuerte er. »Ich bringe dich jetzt zu Edchen. Sie lässt dir ein warmes Bad ein.« Er trug sie aus der Baracke, vom Rostbahnhof die schmale Allee entlang zum Tor. »Manchmal sehen wir ganz schlimme Dinge und trotzdem dürfen wir sie niemandem verraten.« Er ließ sich von Ede das Tor öffnen, setzte Beeke ab. Er kniete sich vor sie und legte seinen Zeigefinger an die Lippen. »Kein Wort zu

niemandem«, beschwor er sie. »Sonst passiert etwas sehr, sehr Schlimmes.«

Ede lief auf sie zu, sie hatte ihre Hände hoch über dem Kopf zusammengeschlagen. »Beeke, mein Kind!« Sie riss sie an sich und drückte sie an ihren Busen. »Meine Beeke«, schluchzte sie.

»Stell ihr keine Fragen«, flüsterte Henri. Er warf Ede einen vielsagenden Blick zu. »Etwas sehr Schlimmes hat sich ereignet, meine Frau ...« Er brach ab. »Ich denke, sie steht unter Schock.« Er lehnte sich zu ihr herüber. »Ich suche Inna und Jenke.«

»Sollten wir nicht besser die Polizei alarmieren? Was ist mit Ihrer Frau? Wo sind Inna und Jenke?« Ede sprach schnell, sie strich Beeke hektisch über den Rücken. »Was ist hier los?«

»Alles der Reihe nach. Sie kümmern sich nur um Beeke. Ich kümmere mich um Jenke und Inna.«

»Wie Sie es sagen«, nickte Ede demütig. Sie schüttelte den Kopf. »Jesus, Maria. Lass Jenke und Inna nichts passiert sein«, betete sie. »Lass sie zurückkehren, unversehrt.«

Henri stellte sicher, dass Ede in der Burg verschwand, und machte sich erneut auf den Weg. Zielstrebig, entschlossen, wachsam. Er stieg über die rostigen Schienen, immer tiefer in den Wald hinein, bis er am Fuße des Felsenmeeres das erste Steinmanderl fand. Er kletterte los, in der Finsternis musste er aufmerksam einen Fuß vor den anderen setzen, um nicht zu stürzen. Durch die enge Felsspalte würde er nicht passen, aber es gab einen kleinen Umweg, einen schmalen und steilen Pfad, der direkt auf das Plateau führte. Er hangelte sich weiter, der Weg kam ihm ungeheuer weit vor. Vielleicht, weil er nervös war, vielleicht, weil es so kalt, so dunkel, so nebelig war. Endlich gelangte er über den kleinen Sporn auf das Plateau, von dem man in die tiefe Schlucht blicken konnte. Er ließ sich auf den Füßen herabrutschen, hielt sich *am Efeu fest. Er hockte sich auf alle viere und beugte sich über den Eingang. »Inna? Jenke?«, rief er. »Könnt ihr mich hören?« Er wartete.*

»Ja«, hörte er Inna piepsen.

Henri nickte zufrieden. »Ist Jenke auch da unten?«

Stille.

»Jenke?«

»Ja!«, rief Jenke aus der Tiefe.

Henri lächelte.

Erleichtert machte er sich auf den Rückweg.

50

Igor wartete vor der Haustür, starrte gedankenverloren auf die weiße Landschaft. Die Kälte spürte er nicht. Er spürte nur den Schmerz.

Der Streifenwagen rollte auf den Hof, Igor stieg ein.

»Wie lange fahren wir?«, fragte er.

»Eine halbe Stunde.«

»Eine halbe Stunde.« Igor schloss seine Augen.

Eine halbe Stunde.

Es würde die längste halbe Stunde seines Lebens werden.

Er umklammerte Margas kleines Kopfkissen und saugte den Duft ihres getragenen Pullovers auf.

»Machen Sie sich bitte keine falschen Vorstellungen von dem, was jetzt passiert. Sie werden gar nicht so viel mitbekommen und die meiste Zeit im Auto sitzen bleiben. Wir werden Sie nicht vollständig einbeziehen, und wir können Sie auch nicht umfänglich über unsere Strategie aufklären. Das hat einfach … Es dient der Sicherheit Ihrer Tochter. Normalerweise bleiben Sie als Angehörige zu Hause, einfach, weil es …« Der Mann zuckte mit den Schultern. »Einfach, weil es besser für Sie ist.«

Igor nickte schwach.

»Wir möchten Sie dennoch vor Ort haben. Die Fallanalytikerin hatte nicht viel Zeit. Wenn Sie vor Ort sind, kann sie sich mit Ihnen besprechen. Sicher hat sie einige Fragen, und wir erhoffen uns Informationen von Ihnen, die uns schnell weiterbringen und den Erfolg maßgeblich beeinflussen.« Er musterte Igor von der Seite. »Das schaffen Sie doch?«

»Ja«, sagte Igor heiser.

»Man betrachtet nicht immer nur den Fall selbst und seine Umstände, sondern den Täter. Wer ist er, welche Motive könnte er haben? Welche Vergangenheit begleitet ihn? Wir versuchen, mit diesen Informationen Rückschlüsse zu ziehen, was er als Nächstes vorhat, wie er handeln wird. Dabei können Sie uns helfen.«

Er räusperte sich. »Wo fahren wir hin?«

»Wir haben uns abseits des Felsenmeers postiert. Er soll uns gar nicht erst bemerken. Es gibt seit Tagen ein Observationsteam, das den Eingang zum Burgareal beschattet. Bisher hat er sich aber nicht gezeigt.«

»Und wozu Margas Kleidung?«

»Falls er auftaucht und Ihre Tochter nicht bei ihm ist.«

»Was heißt das?« Igor presste seine Lippen aufeinander.

»Vielleicht verrät er uns, wo er Marga hingebracht hat. Wenn nicht, schicken wir die Teams mit den Spürhunden los.«

Igor holte tief Luft. »Okay«, fiepste er.

»Wir sind da.« Der Mann lenkte den Wagen über einen schmalen Weg und hielt. »Folgen Sie mir.«

Igor stieg aus, wackelte über den glitzernden Schnee.

»Hier entlang.«

Er hatte Schwierigkeiten hinterherzukommen. Marga. Er dachte an Marga. Es schnürte ihm die Luft ab.

»Wir versuchen, uns so unauffällig wie möglich zu verhalten, falls er hierher zurückkommt. Wir wollen nicht, dass er in Panik gerät.«

Eine Frau lief ihnen geschäftig entgegen, streckte den Arm aus. »Sie sind der Vater? Wir brauchen das Kleidungsstück«, sagte sie knapp.

Igor reichte ihr widerwillig Margas Kopfkissenbezug und den Pullover.

»Gut. Warten Sie hier.« Sie rannte los, ließ Igor stehen. Seine Kräfte schwanden, in seinem Kopf geriet alles durcheinander.

Wo war Marga?

Warum lief sie ihm nicht endlich entgegen?

Der Mann berührte seinen Arm. »Alles in Ordnung?«

Igor schüttelte den Kopf.

Er atmete. Immerhin.

»Haben Sie geschlafen? Etwas gegessen?«

Igor wehrte ab, lehnte sich an das Auto.

Die Frau kehrte zurück. »Sie müssen wieder einsteigen«, verkündete sie. Sie reichte ihm eine Schutzweste. »Nur zur

Sicherheit. Wir glauben nicht, dass er eine Schusswaffe bei sich hat. Trotzdem: Ziehen Sie die an und setzen Sie sich da rein.«

Igor gehorchte. Er ließ sich auf die Rückbank sinken, starrte auf die Kopfstütze.

Die Beifahrertür öffnete sich. Die Frau stieg ein, drehte sich zu ihm um. Sie räusperte sich. »Ich bin die Fallanalytikerin. Wahrscheinlich können Sie mehr mit mir anfangen, wenn ich mich Profilerin nenne. Ich habe Sie hierherbringen lassen, damit wir uns unterhalten können.« Die Frau sprach schnell. »Hat Inna Lies bestätigt, dass sich Jenke mit Ihrer Tochter in der Höhle versteckt hat?« Die Frau blickte unglücklich auf den kleinen Zettel. »Oder vermuten Sie das nur?«

Igor schloss verzweifelt seine Augen.

»Wir sind mit unserer Suche nicht weit gekommen. Auch nicht per Hubschrauber. Der Schneesturm hat uns gezwungen abzubrechen. Außerdem hatten wir keine Anhaltspunkte. Jenke Lies hätte überall sein können.« Sie schaute auf den kleinen Zettel. »Nun sagen Sie, er wollte mit Ihrer Tochter zu einer Höhle.«

Igor nickte kraftlos.

»Ich habe mir die alte Ermittlungsakte angesehen. Jenke Lies und seine Schwester waren infolge eines Tötungsdelikts in einer Höhle eingesperrt, aus der man sie nach über einer Woche befreit hat. Ich gehe stark davon aus, dass er mit Marga zu genau dieser Höhle zurückkehren möchte. Wir haben Luftaufnahmen.« Sie malte ein Kreuz in die Höhe. »Mit einer dicken roten Markierung.« Sie zeigte auf den Karton in ihrem Schoß. »Ich weiß gar nicht, wie ich es formulieren soll. Hat Frau Lies …« Sie fischte einen Zeitungsartikel heraus, hielt ihn hoch. »Die gesamte Kiste ist voll damit.«

Igor starrte auf den Artikel. Er versuchte, die Überschrift zu entziffern, die Buchstaben sprangen hin und her. »Ich kann nicht«, sagte er heiser. »Ich kann es nicht lesen.«

»Er ist über 30 Jahre alt.«

»Er? Wer ist über 30 Jahre alt?«

»Der Zeitungsartikel.«

»Hören Sie, ich …«

»Es ist, als hätte jemand über etwas geschrieben …« Sie rieb ihre Stirn. »Es ist, als hätte jemand über ein Ereignis geschrieben, das erst 30 Jahre später stattfinden sollte.«

Igor schluckte. Eine Träne rollte seine Wangen hinab, es fröstelte ihn. »Was?«, hauchte er trocken. »Ich verstehe nicht, was Sie meinen …«

»Marga. Es ist, als hätte es Marga schon vor 30 Jahren gegeben.« Die Frau reichte ihm den vergilbten Artikel. »Lesen Sie das«, forderte sie ihn auf.

Igor las. Las immer schneller. Gänsehaut legte sich über seinen gesamten Körper, kroch den Nacken hinauf. Er las den Artikel ein weiteres Mal, ein drittes, ein viertes Mal. Dann sah er auf. Die Frau blinzelte. Ein kaum merkliches Zucken hatte sich in ihrem Mundwinkel verkrochen.

Igor öffnete den Mund, schloss ihn wieder.

Dann las er den Artikel ein fünftes Mal.

6-jähriges Mädchen verschwunden

Suche bisher ohne Erfolg

Seit mehreren Tagen ist ein 6-jähriges Mädchen spurlos verschwunden. Die Polizei leitete eine umfangreiche Suche ein. Mit Hunden und einem Hubschrauber wurde die Gegend durchkämmt. Mit Unterstützung der Feuerwehr wurde das Gebiet weiträumig durchsucht. Die Kriminalpolizei fuhr gemeinsam mit dem Vater die bekannten Anlaufstellen des Mädchens an, jedoch blieben alle Suchmaßnahmen bisher erfolglos. Wie die Polizei am Sonntagmorgen bestätigte, dauert die Suche aktuell weiter an und soll verstärkt werden.

»Im Winter vor 30 Jahren.« Die junge Frau zeigte auf den Karton. »Alles voll damit. Lauter gesammelte Zeitungsartikel.« Sie griff hinein und ließ kleine Zettel herabrieseln. Auf den Zetteln standen in Großbuchstaben drei Wörter. Drei Wörter akkurat nebeneinander geschrieben:

Schweigen, Widerstand, Täuschung.

Igor versuchte zu atmen. Sein Herz raste, er hatte Schwierigkeiten hinterherzukommen.

»Man hat das Mädchen nie gefunden.«

»Ich …« Igor nahm die Hände vor den Mund. »Ich bin kurz davor durchzudrehen. Ich …«

»Inna hat ganz genau gewusst, was sie tut.«

»Ganz genau gewusst, was sie tut? Was meinen Sie damit?«

»Inna hat von Anfang an gewusst, dass sie sich in einem Verhör befindet.«

»In einem Verhör …«, murmelte Igor wie ferngesteuert.

»Die Stunden in dieser Nacht mit Ihnen in der Fabrikhalle waren nur ein Ablenkungsmanöver. Ein Ablenkungsmanöver, um Jenke etwas Zeit zu verschaffen.«

»Zeit wofür?«, hauchte Igor.

»Das wissen wir noch nicht.«

In Igors Ohren rauschte es, der Boden schwankte, dann verlor sich Igor ergeben in der ewigen Stille, in der Dunkelheit, im Nichts.

Igor verschwand.

Ohne Marga.

51

»Wir sind gleich da«, keuchte Inna. »Nur noch ein Stück.« Sie half Jenke die Felsen hinauf.

»Woher habe ich die Verletzung?«, fragte er. »Am Bein?«

»Von deinem Messer.«

Jenke schnaufte. »Das habe ich mir wohl kaum selber in meinen Oberschenkel gesteckt.«

Inna nickte ernst. »Weißt du denn gar nichts mehr?«

»Nur noch Fetzen.«

»Weil du betrunken warst.« Sie zeigte auf ein Steinmanderl. »Hier entlang.«

»Nach mir wird gefahndet, Inna.«

»Das weiß ich doch.«

»Ich werde mich nicht ewig verstecken können. Irgendwann wird es vorbei sein. Und dann?«

Inna blieb stehen. »Du wolltest es so. Du wolltest, dass wir unser Versprechen einlösen.«

»Wir haben einander geschworen, dass wir …«

»Wir hätten warten können, bis Henri von allein stirbt«, unterbrach sie ihn.

»Ich hätte es keinen Tag mehr länger ausgehalten«, flüsterte Jenke.

»Irgendwann, Jenke, wäre dieser Teufel verreckt. Irgendwann.«

Jenke schüttelte den Kopf. »Aber Gott hat noch nie über den Teufel gesiegt.«

Henri nahm einen Schluck Whisky.

»Wie konntest du?«, hauchte Jenke. »Wie konntest du uns das antun? Uns eine ganze Woche in dieser Höhle verrecken lassen?«

»Was habe ich euch denn angetan?«, fragte Henri ungehalten. »Es gibt Dinge, die verstehen Kinder nicht.«

»Dinge?«, fragte Jenke. »Dinge? In der Höhle verhungern und erfrieren sind Dinge für dich?«

»Ihr seid weder verhungert noch erfroren.«

»Weil du dich um uns gekümmert hast, nicht wahr? Du hast uns gerade so leben lassen. Eine ganze Woche lang. Wie Tiere in einem Loch. Kamst heimlich zu uns und hast uns versorgt, statt uns herauszuholen.«

»Und das ist der Dank dafür«, schnaubte er.

»Für was hätten wir uns denn bedanken sollen?«

»Ich habe euch ausreichend zu trinken gebracht. Und heiße Brühe.«

»Was haben Sie?«, hauchte jemand.

Sie schauten sich um. Ede stand im Türrahmen, ihre zu kurzen Arme hingen an den Seiten herunter, als würden sie einen dicken Ballon umrahmen. Sie trug ein hellgelbes Nachthemd mit bunten Schmetterlingen, das ihr bis zu den Knien reichte. Ihre nackten Füße steckten in zu kleinen Sandalen.

»Was haben Sie?«, wiederholte sie.

Jenke versteckte sein Messer hinter dem Rücken. »Er hat uns mit Brühe versorgt. In der Höhle. Eine Woche lang. Eine ganze verdammte Woche lang. Er ist jeden Tag vorbeigekommen und hat uns aus der Höhle gezogen. Und dann haben wir hart gearbeitet, nicht wahr, Henri? An der Wahrheit. In der Kälte, auf gefrorenem Boden.«

»Sie haben damals gewusst, wo die Kinder sind?«, fragte Ede tonlos. »Und die Polizei absichtlich woanders suchen lassen?«

Henri stieß geräuschvoll Luft aus.

»Hat er«, bestätigte Jenke. »Und damit hatte er eine ganze Woche Zeit, mich zum Mörder zu machen.«

Ede schlurfte mit schweren Schritten näher. »Das kann nicht sein«, wisperte sie. Sie hielt sich an der Sofalehne fest, stützte sich ab. »Sagen Sie mir, dass das nicht wahr ist.«

Henri schüttelte den Kopf. »Ich habe …«

»Er hat Gott gespielt«, unterbrach Jenke.

»Es war gut so. Irgendwann werdet ihr es verstehen.«

Ede rann eine Schweißperle die Schläfe herab. Sie wischte sich mit dem Arm die Stirn trocken.

»Wenn auch nur ein einziges falsches Wort über unsere Lippen gekommen wäre, hätte er uns zurück in dieses Loch gebracht. Stimmt's, Henri?«

Henris Mundwinkel zuckten.

»Für immer und ewig hätte er uns darin eingesperrt. Aber er hätte sich gut um uns gekümmert. Gerade so gut, dass es zum Leben nicht gereicht hätte, zum Sterben aber noch viel weniger. Die Hölle. Für die Ewigkeit.« Jenke trat einen Schritt näher. »Und wenn du dann irgendwann verreckt wärst, Henri, wenn du dann endlich verreckt wärst, hätte niemand gewusst, dass wir da unten hocken.« Er holte das Messer hervor, wandte sich Ede zu. »Niemand bringt mit sechs Jahren seine Mutter um«, sagte Jenke. »Es sei denn, Gott hat es so entschieden.«

»Nicht Gott«, hauchte Ede entgeistert. »Der Teufel. Euer Vater ist der Teufel.«

52

»Igor!«, hörte er aus der Ferne. »Kommen Sie zu sich.«

Igor versuchte, sich zu orientieren.

Wo war er?

Wer rief nach ihm?

Er öffnete seine Augen einen Spalt. Die unfreundliche Frau hatte sich über ihn gebeugt und tätschelte sein Gesicht.

»Haben Sie Marga gefunden?«, fragte er benommen.

»Kommen Sie zu sich!«, befahl sie streng.

»Aber wir müssen doch nur zur Höhle«, erwiderte Igor irritiert. »Warum können wir nicht einfach zur Höhle?«

»Das machen wir ja. Hören Sie, Igor, wir suchen nicht nach einem Mann, der seinen Vater getötet hat.«

»Sondern?«, fragte Igor ungläubig.

»Wir suchen nach einem Mann, der Ihre Tochter entführt hat.« Sie nickte ernst. »Verstehen Sie den Unterschied?«

Igor schloss seine Augen.

»Wir gehen davon aus, dass er ein Motiv hatte, seinen Vater zu töten, also wird er nicht wahllos weitere Menschen umbringen. Das Opfer ist tot. Die Leiche kann warten«, erklärte die Frau. »Aber Ihre Tochter nicht.« Sie reichte ihm eine Flasche Wasser. »Wir glauben, dass die Geiselnahme Ihrer Tochter ungeplant war.«

»Ist das gut?«

»Das kann ich nicht sagen.«

»Marga ist tot«, hauchte Igor. »Inna und Jenke haben sie in die Höhle geworfen.« Igor schluchzte. »Es ist zu spät.«

53

»Und warum? Warum machen wir so was nicht?«, schrie Beeke zurück.

Jenke sprang von seinem Güterwagen und stapfte zu den Schienen. »Weil Mama tot ist.« Er setzte sich und vergrub sein Gesicht.

»Und warum dürfen wir deswegen nicht auf den Weihnachtsmarkt?« Sie breitete ihre Arme aus. »Oder Freunde haben?«

»Weil Henri es verbietet.«

»Aber ich will das machen. Und ich will auch Geburtstag haben. Mama wird doch sowieso nicht wieder lebendig.«

»Geht aber nicht«, schnauzte Jenke. »Henri hat Angst, dass wir ihn verpetzen.«

»Und wenn wir es einfach machen?«, fragte Beeke trotzig. »Können wir dann Geburtstag feiern? Und Freunde haben?«

»Was einfach machen?«, fragte Henri.

Inna erschrak, wirbelte herum.

Henri stand am Fuße des Rostbahnhofs mit verschränkten Armen, seine Augen blitzten. »Was einfach machen?« Er packte Beekes Handgelenk. »Kommt mit!«, befahl er.

Inna riss ihre Augen auf, stolperte rückwärts über die Schienen.

»Sofort!«, brüllte Henri.

»Nicht«, wimmerte Inna. »Wir …«

»Halt deinen Mund.« Henri riss an Beekes Arm und stapfte mit großen Schritten auf Inna zu. Er packte sie am Schopf und zog sie mit sich. Inna schrie. »Und du auch, Jenke, sonst wirst du deines Lebens nicht mehr froh«, zischte er.

»Ich …«, stammelte Jenke. Er kniff in seinen Bauch, seine Hosenbeine färbten sich dunkel.

Henri schubste Inna vorwärts, packte Jenkes Hals und drückte zu. »Oder willst du gleich hier sterben?«, drohte er.

Er führte alle drei zum Felsenmeer, dabei ging er so schnell, dass Inna kaum hinterherkam. Jenke beugte sich irgendwann vornüber und übergab sich. Sein Erbrochenes schoss aus der Nase, Inna schlang ihre Arme um seinen hageren Körper. »Weiter, Jenke!«, ermahnte sie ihn.

Nach schier endlosem Kampf über die Felsen erreichten sie die Felsspalte. »Hier entlang«, sagte Henri. Sie gelangten über einen Umweg von oben auf das Plateau. »Und ab mit euch in die Höhle.«

»Nein!«, kreischte Inna.

Henri packte sie und drückte sie mit dem Kopf voran in das Loch. »Rein mit dir!«, schrie er. Inna schlug um sich, strampelte mit den Beinen, sah, wie Jenke auf Henri zustürzte und an seinem Mantel zog, in seine Hand biss, gegen seine Beine trat, in seine Genitalien. Mit einem einzigen Faustschlag ging Jenke zu Boden, und Inna rutschte in den Schacht hinab, der sie kalt und dunkel empfing. Inna bekam keine Luft mehr, sosehr sie es auch versuchte. Sie rang vergeblich nach Atem. Sie verschwand in der ewigen Finsternis, in der Kälte, um sie herum wurde es still.

»Inna«, flüsterte jemand.

Jenke stand über ihr und streichelte ihre Wange. »Henri ist weg«, hauchte er mit weit aufgerissenen Augen. »Er ist gegangen.« Er begann zu schluchzen.

Inna schaute sich um. »Wo ist Beeke?«, flüsterte sie.

Jenke zeigte auf ein Häufchen Elend, das in der Ecke kauerte und keinen Laut von sich gab.

In diesem Moment hörten sie von oben eine Stimme. Henris Stimme. »Hört ihr mich?«

Jenke nickte.

»Antwortet mir!«

»Ja«, fiepste Inna.

»Mamas Tod ist jetzt zwei Jahre her.« Stille. »Zwei Jahre.« Er machte eine bedeutungsvolle Pause. »Irgendwann werdet ihr euch nicht mehr an sie erinnern. Erinnerungen werden verblassen, in ein paar Jahren fühlt es sich so an, als habe es Mama nie gegeben.« Henri schnalzte mit der Zunge. »Aber die Höhle … Die Höhle dürft ihr nie vergessen.«

Inna presste ihre Handflächen aneinander.

»Zur Erinnerung habe ich euch hierhergebracht. Ich hole euch wieder raus, aber erst, wenn ich ganz sicher sein kann, dass ihr verstanden habt, was es bedeutet, ein Versprechen einzuhalten.«

Jenke sackte still zu Boden.

»Wenn auch nur einem von euch etwas Falsches über die Lippen kommt, werdet ihr alle drei bis an euer Lebensende hier unten bleiben.« Er zählte auf. »Ihr werdet hungern, ihr werdet in euren eigenen Exkrementen liegen, ihr werdet kein Tageslicht mehr sehen, ihr werdet im Winter halb erfrieren und im Sommer fast ersticken. Und niemand …«, hauchte er. »Niemand wird euch hören, egal, wie laut ihr ruft.«

Inna drückte ihre Handballen vor die Augen.

»Mir ist egal, wer von euch plappert. Alle für einen, einer für alle. Wenn einer von euch dreien redet, schmeiß ich die anderen mit in das Loch.« Henri steckte seinen Kopf von oben in den Schlund der Hölle. »Ist das klar?«

Er ließ ein Seil herab, das sich Jenke, Inna und Beeke um den Bauch banden, zog sie einzeln herauf. Er streichelte Inna über den Kopf. »Und jetzt ab nach Hause.« Er erhob sich und klopfte seine Hose sauber. »Ede hat bestimmt schon ein heißes Bad eingelassen«, flüsterte er.

Auf dem Weg zurück folgten sie Henri schweigend. Beeke wimmerte.

»Ich habe euch doch verboten, ins Felsenmeer zu gehen«, tadelte Henri sie, als sie zur Tür hereinkamen.

Ede riss ihre Augen auf. »Im Felsenmeer wart ihr?«

»Da habe ich sie wieder aufgelesen. Schau sie dir an!«, sagte Henri erbost. »Schau sie dir an.«

»Ihr bekommt heißen Kakao.« Ede lief hektisch in die Küche, hantierte mit Topf und Tassen.

Inna schleppte sich die breite Treppe hoch.

Baden half gegen die Angst, solange das Wasser warm war.

Innas Beine waren eingeschlafen, ihr Rücken schmerzte. Seit einigen Minuten saßen sie hier, Inna hielt ihren Bruder im Arm, wiegte ihn. Jenkes heiße Haut glühte sich durch die Kleidung. Er hechelte.

Sie hatten es bis hierher geschafft. Hatten beide in die Schlucht geblickt, der Schnee hatte sie ausgekleidet wie Watte.

»Wir müssen den Schnee beiseiteschaffen«, hatte Inna gesagt, aber Jenke war einfach zusammengesackt.

Inna wusste nicht, wie sie den Eingang zur Höhle von dem vielen Schnee befreien sollte. Und sie hatte Angst, dass sie Jenke verlieren könnte. Sie starrte ratlos in die Schlucht, Tränen rollten ihre Wangen hinab.

Inna schloss ihre Augen.

»Zugriff!«, brüllte jemand. Ohrenbetäubender Krach kräuselte sich um die Schlucht, vier Männer in Helmen und Schutzanzügen stürmten mit Maschinenpistolen auf sie zu, packten Jenke und entrissen ihn ihrem Schoß. Inna wurde unsanft auf den Bauch gedreht, die Arme verschränkt, sie japste nach Luft, der Schnee drückte sich in ihre Ohren.

»Wo ist das Mädchen?«, schrie jemand.

Wo ist das Mädchen, dachte Inna. »Das Mädchen ist in der Höhle«, antwortete sie. »Aber es ist schon tot.«

54

Igor hatte es nicht mehr ausgehalten. Er war ausgestiegen, hatte sich hilflos umgeschaut. Mehrere Männer standen in kleinen Gruppen verteilt, besprachen etwas, schauten auf Monitore oder stiegen in größere Wagen, machten Notizen, gaben Befehle. Unter ihnen Männer in Zivil, Polizeibeamte, Beamte des Sondereinsatzkommandos mit Sturmhauben und Maschinenpistolen.

Igor wurde ein Kaffee gereicht. »Gibt es schon Informationen?«, fragte er. »Ist er aufgetaucht?«

Der Polizeibeamte nickte. »Wir dürfen Ihnen nichts sagen, das wissen Sie ja.« Er rührte seinen Kaffee. »Der Zugriff ist vorhin erfolgt«, sagte er leise.

»Und meine Tochter?« Igor riss seine Augen auf. »Was ist mit Marga?«

Der Beamte verzog sein Gesicht. »Mehr weiß ich auch nicht. Ich bin zum ersten Mal dabei«, entschuldigte er sich. »Ich bin heute auch nur Zuschauer, so wie Sie.«

»Ich bin kein Zuschauer.«

»Ich weiß. Sie sind der Vater von dem Mädchen.« Er blickte ihn mitfühlend an. »Tut mir übrigens leid.«

Igor schluckte.

»Wir brauchen mehr Leute!«, rief jemand. »Und einen Krankenwagen.«

Igor hockte sich auf den Boden und presste seine Lippen aufeinander.

»Verzeihen Sie?«, entschuldigte sich jemand.

Igor schaute auf.

»Hier ist heute alles anders«, lächelte der Mann. »Ich gehöre zu der Verhandlungsgruppe der Polizei.« Er setzte sich neben Igor in den Schnee. »Das hier ist sehr spontan. Keine klassische Geiselnahme, bei der Lösegeld gefordert wird. Es ist eher eine …« Er zögerte. »Eher eine Entführung.«

»Wo stehen wir?«, fragte Igor heiser. »Wo ist Marga?«

»Das ist noch nicht klar.« Er zögerte. »Wir haben Jenke und Inna Lies festgenommen, aber wir wissen aktuell noch nicht, wo sich Ihre Tochter befindet. Sie war nicht dabei.«

Igor verdeckte sein Gesicht und schluchzte. »Meiner Frau geht es nicht gut.«

»Jemand ist bei ihr«, beruhigte ihn der Mann.

»Tut mir leid, dass ich hier …« Er schüttelte den Kopf. »Ich weiß nicht, wie ich das schaffen soll. Wie oft schon habe ich mir in den letzten Stunden den Moment ausgemalt, in dem Marga auf mich zurennt. Meine Marga. Die Flusenhaare, die zu allen Seiten abstehen, ihre Zahnlücke. Wenn Marga tanzt, sieht sie mit ihrem pinken Anzug aus wie ein Hubba Bubba auf Stöckchen.« Igor weinte laut. »Wie oft!« Er zog seine Nase hoch. »Meine Frau liegt nur da und schläft. Sie hat aufgegeben. Sie hat Marga aufgegeben!«

»Das hat sie nicht. Ganz sicher hat sie das nicht. In einer solchen Situation können sich Phasen der Apathie, Lethargie und Panik ablösen. Ihre Frau geht anders mit der Situation um. Was Sie durchmachen, lässt sich nur schwer ertragen.« Er berührte Igors Arm. »Sie machen das großartig. Alle beide!«

Igor ließ seinen Kaffee sinken. »Ich habe einen Fehler gemacht«, jammerte er. »Einen riesigen Fehler. Ich habe … Ich habe mich selbst auf den Weg gemacht und …«

»Das ist jetzt nicht mehr wichtig«, beschwichtigte ihn der Mann. »Wir alle machen Fehler. Mit der Dauer der Entführung reduziert sich die Fähigkeit zur rationalen Bewältigung. Es ist ganz normal, dass Sie Angst um das Leben Ihrer Tochter haben, dass Sie zunächst daran glaubten, Marga so weniger in Gefahr zu bringen. Sie haben doch nur das Leben Ihrer Tochter beschützen wollen.«

Igor nickte schwach.

»Jetzt sind Sie hier. Auch wenn wir Sie nicht aktiv mit einbeziehen, so helfen Sie uns schon, wenn Sie uns einfach vertrauen.«

Eine Gruppe von SEK-Beamten startete Richtung Burg. Es wurden Befehle erteilt.

Igor hörte einen Hubschrauber.

»Was passiert hier?«, fragte er.

Der Mann erhob sich.

»Wir brauchen eine Kamera!«, rief jemand. »Wir müssen runter in die Höhle. Hubschrauber und Notarzt sind gleich hier. Vielleicht lebt Ihre Tochter noch.«

Igor kauerte sich mit angezogenen Beinen auf den Boden und vergrub sein Gesicht. Er hatte das Gefühl, innerlich zu zerbersten. Sein Magen rebellierte, aber er war nicht einmal mehr in der Lage, sich zu übergeben.

55

Inna schaute zu, wie drei SEK-Beamte den Schnee abwechselnd und in einstudierten Bewegungsabfolgen wegschaufelten, wie der Schnee allmählich weniger wurde und den Schlund der Hölle offenbarte.

»Kamera!«, brüllte einer der Männer. »Wir brauchen die Sanitäter hier! Wo ist der Notarzt? Schneller, schneller, schneller!«

Ein dicklicher Mann mit schwarzem Gestänge und einer winzigen Kamera schlitterte hektisch die Schlucht herunter, die Kamera und die langen Stangen hielt er hoch über seinem Kopf in Sicherheit. In kleinen Schritten watschelte er über den Schnee und ließ sich vor dem Eingang auf den Boden sinken. Inna konnte seinen nackten Rücken sehen. Die viel zu kurze Jacke war hochgerutscht und gab den Blick frei auf kalkweiße Haut und dunkle Haare. Er hantierte mit seinem Material, navigierte sich durch das Drücken von Tasten durch ein Menü, richtete den winzigen Monitor aus. Rechts von ihm hatte sich ein SEK-Beamte postiert, zusammen mit einer burschikosen Frau, die mit ernster Miene auf das Display blickte. Sie schüttelte unglücklich den Kopf. »Nichts«, beschwerte sie sich. »Alles dunkel.«

»Jetzt?«, fragte der Techniker.

»Immer noch nicht!«

»So besser?«

Die Frau nickte endlich. »Und runter!«, befahl sie.

Inna schloss ihre Augen. Wenn doch Jenke bei ihr wäre.

»Halte durch«, wisperte sie. Ob er schon im Krankenhaus war?

»Weiter hinab«, sagte die Frau. »Und mehr Licht.«

Der dicke Mann gehorchte.

»Nein«, hörte sie die Frau sagen. »Weiter links«, bat sie. »Und noch weiter. Stopp! Stopp, zurück.«

Inna öffnete ihre Augen, zuckte zusammen.

Die Frau schaute sie unvermittelt an. Ihr Blick irritiert, angewidert, entsetzt. Ihr Mund stand offen, das Rouge ihrer Wange löste sich auf, zerfiel in tausend rote Splitter, wie die Güterwagen am Rostbahnhof, die sich nach Jahrhunderten der Korrosion aufgegeben hatten.

Inna schüttelte den Kopf. »Nicht doch«, flüsterte sie.

»Der Größe des Schädels nach zu urteilen ein Kind«, sagte einer der Männer.

Die Frau starrte mit weit aufgerissenen Augen auf den Monitor.

»Wir haben das Mädchen in die Höhle gebracht. Aber sie war schon tot«, sagte Inna. »Sie war schon tot.«

56

Jemand streichelte ihn. »Kommen Sie«, sagte eine Frau. Sie hatte eine Decke dabei, legte sie Igor über die Schultern. »Wir bringen Sie nach Hause.«

Igor ließ sich in den Stand helfen. Er schleppte sich zum Wagen, kletterte auf die Rücksitzbank. »Gibt es neue Informationen?«

Sie schaute ihn mitleidig an.

Igor lehnte sich mit dem Kopf ans Fenster. Die Decke zog er hoch bis zum Kinn. Er fror, hatte keine Kraft mehr. Er hatte gar nichts mehr. Keinen Durst, keinen Hunger, keinen Geruchssinn, kein Bewusstsein, keine Kapazität mehr für weitreichende Gedanken. Er schloss seine Augen, ließ sich über den Schnee fahren, es ruckelte. Wie lange die Fahrt dauerte, konnte er nicht einschätzen, vielleicht hatte er sich zwischenzeitlich in Luft aufgelöst, seinen Lebenswillen aufgegeben.

Der Wagen hielt. Jemand öffnete seine Tür. »Wir sind da«, sagte ein Beamter.

Igor schleppte sich zum Haus, die Decke ließ er auf halber Strecke in den Schnee fallen. Er fischte seinen Schlüssel aus der Hosentasche, schaffte es nicht, die Haustür zu öffnen.

»Komm«, sagte Grunewald aus der Ferne. Igor wurde in den Flur geschoben, auf das Sofa gesetzt, schemenhaft nahm er seine Frau wahr, die kerzengerade im Sessel saß und mit beiden Händen eine Tasse hielt.

»Anni«, flüsterte Igor.

Annegrets Augen waren verweint, rote Flecken hatten sich am Hals und im Gesicht gebildet. Sie reagierte nicht.

»Wo ist Robert?«, fragte er.

»Er schläft.« Grunewald zeigte auf den Laufstall.

Igor erhob sich, wie ferngesteuert verließ er das Wohnzimmer, auf allen vieren kroch er die Treppe hinauf in Margas Zimmer, hob Anton aus seinem Stall und kauerte sich mit eng angezogenen Beinen und mitsamt seinen Schuhen in Margas Bett.

»Und wir beobachten nur?«, fragte Marga vorsichtig.

»Jawohl.« Sein Schwiegervater wippte vor und zurück. »Nur beobachten.«

»Wir schießen nicht?«

Er schüttelte den Kopf. »Die Nacht wird sternenklar. Vielleicht zeigen sich ein paar Sternschnuppen.«

»Dann kann ich mir etwas wünschen.« Marga nickte zufrieden. »Wir können los«, sagte sie bestimmt. Sie kraulte Anton hinter den Ohren. »Du kommst mit«, flüsterte sie.

»Anton bleibt hier«, widersprach Igor. »Das ist nichts für ihn.«

»Wir haben Sommer.«

»Es ist trotzdem zu kalt für ihn. In der Nacht kühlt es ab.«

»Er kommt mit in meinen Schlafsack. Dort ist es warm.«

»Entweder ohne Anton oder gar nicht.«

Marga schob ihre Unterlippe vor. »Nie darf ich ihn mitnehmen.« Sie zeigte auf den Hof. »Und Gisela?«

»Bleibt auch hier.«

»Weil sie stinkt«, nickte Marga. »Das würde die Rehe verscheuchen.«

»Ganz genau«, bestätigte Margas Opa. »Hast du dein Schnitzzeug?«

Marga klopfte auf ihren Rucksack. »Und eine Taschenlampe.«

Igor winkte. »Morgen früh komme ich vorbei. Mit frischen Brötchen!«, rief er.

Er schaute den beiden hinterher. Vollbepackt mit Rucksäcken und Schlafsack zogen sie von dannen.

»Und kann ich nicht den gesamten Sommer dort schlafen?«, hörte er Marga fragen. »Ist doch groß genug. Und wir haben einen Gaskocher.«

»Mh«, brummte sein Schwiegervater.

»Wir könnten Pilze sammeln und eine Suppe kochen. Mit Brennnesseln.« Sie hüpfte. »Die Brennnesseln könnten wir frittieren, oder?« Sie nahm Opas Hand. »Aber dann muss Anton mitkommen. Robert nicht. Der kann ruhig bei Mama und Papa bleiben.«

Igor stand auf dem Hof und schaute den beiden hinterher. Schaute so lange hinterher, bis er Margas Stimme nicht mehr hörte. Anni schlich sich von hinten an ihn heran und schlang ihre Arme um seinen Bauch. Sie drückte sich fest an seinen Rücken. »Er wird gut auf sie aufpassen.«

Igor nickte.

»Ob du sie morgen früh wieder mit nach Hause bringst?«, lachte sie. »Wenn Marga eines Tages verschwunden ist, wissen wir, wo sie steckt. Dann ist sie mit Sack und Pack in den Hochstand gezogen.«

»Dann ist sie mit Sack und Pack in den Hochstand gezogen«, hallte es in Igors Kopf. Er schreckte hoch, setzte sich auf. »Der Hochstand«, murmelte er.

Er setzte Anton zurück in den Stall, rannte die Treppenstufen hinab, immer zwei auf einmal, riss die Haustür auf. Entsetzt ließ er einen Schrei los. Vor ihm stand eine alte Frau mit weit aufgerissenen Augen. Sie schnappte nach Luft und trat einen Schritt zurück. »Ich …«, stammelte sie. »Das …« Sie schüttelte den Kopf. Sie machte auf dem Absatz kehrt, tippelte vorsichtig zurück zu ihrem Wagen, den sie neben Giselas Gehege abgestellt hatte.

»Wer sind Sie?«, rief Igor. »Bleiben Sie stehen!«

Die Frau stieg hektisch in das Auto, startete den Motor.

»Stehen bleiben!«, wiederholte Igor. Er rannte los, die Reifen drehten durch, gruben sich in den tiefen Schnee. Mit einem Ruck kam die alte Frau vorwärts, raste unkontrolliert vom Hof. Igor rannte vergeblich hinterher, stützte sich ab, japste nach Luft. »Bleiben Sie stehen«, keuchte er. »Stehen bleiben.«

Dann fiel ihm der Hochstand wieder ein.

Er stürmte zurück ins Haus, stellte sich vor Anni ins Wohnzimmer. »Der Hochstand«, sagte er außer Atem. »Was, wenn sich Marga da versteckt hat?«

Anni starrte auf ihren Tee.

»Wir müssen es versuchen. Ich laufe hin und sehe nach. Vielleicht ist Marga dort und wartet …« Er schluckte Tränen herunter. »Und wartet auf frische Brötchen.«

»Ich hasse dich«, flüsterte Anni.

Igor blinzelte. »Immerhin habe ich die Hoffnung nicht aufgegeben, dass Marga zurückkommt.« Er zeigte auf sie. »Du! Was machst du denn? Außer herumsitzen und heulen? Gar nichts. Gar nichts, Anni.« Er stemmte seine Hände in die Seiten. »Hast du mal hier auf dem Hof gesucht? Im Unimog? In der Scheune? Irgendwo? Vielleicht ist Marga längst hier. Vielleicht hat er sie zurückgebracht. Vielleicht, vielleicht, vielleicht.« Er strich sich verzweifelt über den Bart. »Vielleicht«, sagte er heiser. »Aber du sitzt nur da und weinst.«

Igor stapfte in die Diele, suchte nach seiner Winterjacke, bis ihm einfiel, dass Jenke Lies sie mitgenommen hatte.

Er hörte Schritte.

Es klingelte an der Haustür.

57

»Sie haben gewusst, dass wir dort unten nicht Marga finden, sondern ein Skelett. Das Skelett eines Kindes.« Die Frau sah Inna feindselig an. »Sie haben uns bewusst in die Irre geführt und damit wertvolle Zeit verschwendet.«

»Ich …«

»Ich habe einen Zeitungsartikel gefunden«, unterbrach sie die Frau. Sie beugte sich zu Inna herunter. »Nein, einen ganzen Karton voll damit. Die Artikel handeln alle von einem verschwundenen Mädchen.« Sie beobachtete Inna. »Es wurde vergeblich gesucht und nie gefunden. Weder lebend noch tot. Es wird bis heute vermisst.«

Inna schloss ihre Augen.

»Es liegt dort unten, nicht wahr? Sie wussten es all die Jahre.« Die Frau sah Inna eindringlich an. »Sie wussten, dass das Mädchen aus der Zeitung tot ist, und haben es 30 Jahre lang für sich behalten.«

Inna schluckte, Tränen tropften auf ihre Knie.

»Woher?«

»Woher was?«, hauchte Inna.

»Waren Sie dabei?«

Inna schaute sie fragend an. »Wollen Sie denn gar nicht wissen, wer das Mädchen ist?«

Die Frau nickte. »Ihr Vater hat den Mord begangen, oder? Sie haben gesehen, wie Ihr Vater das Mädchen getötet und hierhergebracht hat. Um ihn zu schützen, haben Sie dieses ungeheuerliche Geheimnis für sich behalten. 30 Jahre lang. Jetzt sind Sie zurückgekehrt, weil Sie es nicht mehr ausgehalten haben.«

Inna schüttelte den Kopf.

»Nein?«

»Nicht mein Vater hat sie getötet.«

»Wer dann?«

Inna holte tief Luft. »Wir waren es.«

Die Frau öffnete ihren Mund, starrte Inna entgeistert an. »Wir?«

»Jenke und ich. Jenke und ich haben das Mädchen getötet.« Inna blinzelte. »Dort unten liegt Beeke.« Sie lächelte traurig. »Beeke war unsere kleine Schwester.«

»Du musst so tun, als würdest du telefonieren«, forderte Beeke. »Und dich wegdrehen.«

Jenke spreizte seine Finger. »So?« Er murmelte unverständliche Worte.

»Nein, richtig.«

»Wie richtig?«

»Du musst richtig was sagen.«

»Ich brauche das Drehbuch«, verlangte Jenke. »Ich muss doch meinen Text wissen?«

»Nein, einfach so. Denk dir etwas aus.« Sie wandte sich Inna zu. »Und jetzt kommst du«, verkündete sie. »Du musst dich heranschleichen.«

Inna gehorchte.

»Nein.« Beeke winkte ab. »Du brauchst eine Waffe.«

»Warum muss ich schon wieder sterben?«, stöhnte Jenke. »Können wir nicht mal einen anderen Film drehen?«

»Und welche Waffe soll ich nehmen?« Inna bückte sich und hob einen Stock auf. »Die Pistole hier?«

»Nimm einen Stein«, schlug Beeke vor. »Wie Papa.«

Jenke wirbelte herum. Er starrte Beeke an, sein Mund stand offen.

»Das darfst du nicht sagen«, flüsterte Inna.

Beeke knallte das Drehbuch vor Innas Füße, setzte sich enttäuscht auf eine der Schienen. »Nie kann man mit euch etwas Richtiges machen. Immer ist alles falsch«, schnaubte sie.

Inna hob das kleine Heftchen auf, blätterte darin herum. »Wir spielen eine andere Szene. Wie wäre es mit dieser hier? Rudi tötet Willi.« Sie runzelte ihre Stirn. »Wer ist Willi?«

Beeke zuckte trotzig mit den Schultern.

»Oder wie wäre es damit? Heidi tötet Gitte.« Inna kicherte. »Was hast du denn für Namen?« Sie blätterte weiter, überflog die Seiten. »Manfred tötet Franz.«

Und dann entgleisten Innas Gesichtszüge.

Sie öffnete ihren Mund. »Was …«, flüsterte sie. »Was hast du getan?« Sie schaute auf, zeigte auf das Heftchen. »Du hast …«

Jenke entriss ihr das Drehbuch. »Was? Was hat sie getan?« Er las die Überschrift. »Papa tötet Mama.« Jenke blinzelte.

»Das ist doch gar nicht unser Papa«, wehrte Beeke sich. »Sondern irgendein Papa.«

»Irgendein Papa? Hier steht, dass Papa Mama mit einem Stein tötet.«

»Ja, und? In Filmen machen Mörder so etwas.«

Jenke schaute sich nervös um.

»Gib das wieder her«, forderte Beeke ihn auf. Sie fischte eine Plastiktüte aus ihrer Tasche. »Es gehört mir. Ihr versteht wirklich gar nichts von der Filmbranche«, bemerkte sie schnippisch. »Also könnt ihr auch nicht meine Schauspieler sein. Ihr seid gefeuert.« Sie streckte ihre Hand aus.

Jenke tapste nervös von einem Fuß auf den anderen. »Du musst das wegtun«, sagte er heiser. »Ganz weg. Für immer.«

Beeke schüttelte entrüstet den Kopf. »Bist du verrückt geworden? Weißt du, wie lange ich daran gesessen habe? Außerdem gab es schon ein Casting.« Sie verstaute ihr kleines Büchlein sorgfältig in der Tüte. »Wir können ja Weihnachtsmarkt spielen. Oder Bäckerei.«

Jenkes Beine zitterten. Er wandte sich Inna zu. »Irgendwann wird sie es sagen. Irgendwann, auch wenn sie es nicht will«, flüsterte er.

»Ich will nicht in die Höhle.« Mit weit aufgerissenen Augen starrte sie Jenke an und schüttelte den Kopf.

»Was flüstert ihr?«, fragte Beeke, trat näher. Der Sturm ließ ihre Haare hin und her flattern.

Jenke holte tief Luft, schaute sich um. »Sie muss weg«, sagte er. »Sie muss weg, bevor Henri kommt.« Er ballte seine Hände zu Fäusten.

»Und was ist jetzt?« Beeke stampfte mit dem Fuß. »Können wir endlich spielen?«

Jenke stürzte sich auf sie. »Weg!«, schrie er. »Verschwinde!«

Beeke riss ihre Augen auf, taumelte, fiel rückwärts über die Schienen. Entsetzt versuchte sie, sich aufzusetzen, aber Jenke hielt sie davon ab, stellte sich breitbeinig über sie, ließ sich auf seine Knie fallen. Mit beiden Händen umklammerte er ihren schmalen Hals. »Ich will nicht in das Loch!«, zischte er durch zusammengebissene Zähne.

Beeke gab komische Geräusche von sich, ein Gurgeln und Röcheln, schlug um sich, strampelte mit den Beinen.

»Hilf mir, Inna!«, schrie Jenke.

Inna riss die Tüte hoch, schleuderte sie hin und her, Beekes kleines Drehbuch fiel in den Schnee.

»Beeil dich!«, kreischte Jenke.

Inna drückte die Tüte mit beiden Händen auf Beekes Gesicht.

»Über den Kopf«, schluchzte er.

Inna gehorchte, Jenke zog Beekes Kopf in die Höhe, raffte das Ende der Tüte zusammen. Mit beiden Händen umschloss er ihren Hals, drückte zu. Beeke holte panisch Luft, sog damit die Tüte press an ihre Haut. Es stellte ihre hervorstehenden Augäpfel entsetzlich zur Schau.

Inna schloss ihre Augen. Sie hörte Jenke schluchzen und Beeke unter der Tüte stumpfe Schreie von sich geben. Und dann Stille. Nur noch der Sturm, der an ihren Nerven zerrte, an der Tüte, die hin und her flatterte.

Inna öffnete ihre Augen.

Jenke saß da mit schlaffen Armen, starrte auf das groteske Bild.

»Beeke«, flüsterte Inna.

Jenke sprang auf, knetete unkontrolliert seine Hände. Er blickte verschreckt auf Beeke herab. Die Tüte raschelte unentwegt.

»Sie muss weg«, sagte Jenke heiser. »Weg.«

Inna wurde schwindelig. Sie hörte Jenke aus der Ferne sprechen, versuchte zu verstehen, was er sagte, schaute auf seine Lippen, die sich bewegten und Worte formten. Um sie herum wurde es schwarz. Sie spürte den Schnee auf ihrer Wange, er brannte sich in ihre Haut. Inna hörte sich keuchen, ihr Herz klopfte viel zu schnell, sie japste nach Luft. Weiter, immer weiter. Sie setzte einen Fuß vor den anderen, um sie herum Sturm, der sie in die

Tiefe riss, und Schnee, der ihr die Sicht nahm. Sie sah Jenke durch einen grauen Schleier. Er kletterte, zog etwas hinter sich her. In schwammiger Trance waberte das Felsenmeer um sie herum. Jenke lief vor ihr, viel zu schnell, sie hatte Schwierigkeiten, ihm zu folgen. Sie schleppte sich vorwärts. Ihre Füße brannten vor Kälte, vor Erschöpfung. Inna ließ sich fallen, ergab sich dem heillosen Durcheinander aus Bildern, Erinnerungen, Stimmen. Sie sah Mama, wie sie lachend in einen Lippenstift biss, die Farbe quoll heraus wie warmes Blut. »Ich war auch mal jung«, sagte sie. Ihre Zähne färbten sich rot, ihr Speichel zog lange Fäden. Henri stopfte ihr Schnee in den Mund. Inna blinzelte. Sie sah Jenke, er hatte es eilig, schaute sich nach ihr um, rannte, rannte, rannte, bis er plötzlich stoppte. Er bedeutete Inna zurückzubleiben.

»Was ist da?«, fragte sie nervös.

Jenke hockte sich nieder und gab den Blick frei. Den Blick auf Beeke. Beeke lag da, die Beine komisch verdreht, regungslos. Sie trug einen Mantel, darunter einen Strickpulli. Rote und rosafarbene Maschen. Einen Cordrock. Braun. Eine weiße Strumpfhose. Die Strumpfhose war an den Füßen zerrissen und reichte nur noch bis zu den Knien. Der feuchte Strickpulli war über und über mit Erde bestreut. Das Mädchen hatte eine weiße Tüte über dem Kopf.

Inna riss ihre Hand vor den Mund. Der Boden wankte.

Jenke streckte seinen Arm aus. Sie wollte Jenkes Hand nehmen, ihn auffordern, von dort zu verschwinden, aber er beugte sich zu dem Mädchen herunter und berührte die Tüte.

»Nicht«, schrie Inna.

Beekes Augen standen offen. Der Blick stumpf, ausdruckslos, starr.

Jenke sprang hoch, packte ihren Arm. »Nimm ihre Beine«, forderte er sie auf. »Wir müssen sie noch ein Stück ziehen. Noch ein kleines Stück, dann haben wir es geschafft.«

Inna gehorchte, empfand Erleichterung darüber, dass Jenke mutig war und stark. Sie liefen los, zogen die Leiche hinter sich her. Über den Schnee. Ließen Beeke in die tiefe Schlucht hinabrollen.

Inna hörte den Sturm, er zerrte an ihrer Seele.

»Bei drei«, sagte Jenke.

Bei drei.

Eins, zwei, drei.

Und dann verschwand Beeke in der Höhle. Mit den Füßen voran, verschluckt von der Kälte und von der Dunkelheit.

Verschluckt von der Hölle.

Ein tiefes Grab.

Als hätte es Beeke nie gegeben.

Beeke würde schon wieder wach werden.

Irgendwann.

58

Igor starrte die Haustür an, atmete nicht. Er stützte sich an der Wand ab, schloss seine Augen.

Marga stand vor ihm. Mit Anton auf dem Arm, den sie fest an ihren Hals drückte.

»Was machst du denn hier?«, fragte Igor überrascht. Er

schaute auf die Uhr. »Es ist 1 Uhr in der Nacht. Um Himmels willen, ist etwas mit Opa?«

»Eingeschlafen.«

»Eingeschlafen?«

Marga nickte. »Er schnarcht so laut, dass sich die Rehe ganz schlimm erschrocken haben. Aber wir haben zwei Sternschnuppen gesehen!«

»Und du bist den ganzen Weg vom Hochstand alleine zurückgelaufen?«

»Nicht alleine.« Marga schüttelte den Kopf. »Mit Anton.«

»Den du mitgenommen hast, obwohl du nicht durftest.«

Marga wandte sich trotzig von ihm ab. »Es hat getropft.«

»Was hat getropft?«

»Und gewittert.«

»Es hat nicht gewittert.«

»Bei uns schon. Ziemlich stark sogar. Anton hat bei Gewitter Angst.«

»Hast du Opa Bescheid gegeben?«

»Wie denn?«, stöhnte Marga. »Er hat doch geschlafen?« Sie huschte an Igor vorbei ins Haus. »Wir haben den Gaskocher angemacht und Nudeln aufgeweicht. Mit Kräutern. Opa hat alte Wurst reingeschnitten. Und noch andere Sachen.«

»Es ist mitten in der Nacht. Opa macht sich bestimmt entsetzliche Sorgen.«

»Opa schläft.«

»Allein durch den Wald. Marga, das geht doch so nicht?«

»Aber es ist doch gegangen. Ich bin ja jetzt hier.«

»Geh hoch zu Mama, ich muss zum Hochstand laufen und Opa Bescheid geben.« Er schüttelte den Kopf. »So war das nicht abgemacht, Marga. Du wolltest unbedingt die Nacht dort verbringen. Da verschwindet man nicht einfach.«

»Aber Opa hat geschnarcht. Anton war ganz nervös.«

»Anton hätte gar nicht mitgedurft.« Igor schnaubte. »Weißt du, was dir hätte passieren können? Im Wald? Ich kann gar nicht glauben, dass du den Weg allein zurückgefunden hast.«

»Ich hatte doch eine Taschenlampe.« Marga zuckte mit den Schultern. »Anton muss jetzt schlafen.«

Igor rieb fassungslos seine Stirn. »Hattest du denn gar keine Angst?«

»Wieso denn Angst?«

»Allein im Dunkeln?«

»Ich habe nie Angst.« Marga leckte Antons Ohrläppchen.

»Und wenn du dich verlaufen hättest?«

»Dann hättest du mich gefunden«, erwiderte Marga zufrieden. »Ich hätte einfach gewartet, bis du kommst.«

Igor öffnete seine Augen.

Ich hätte einfach gewartet, bis du kommst.

Er streckte seinen Arm aus wie ferngesteuert. Langsam drückte er die Türklinke herunter. Seine weißen Knöchel stachen hervor.

Igor riss die Tür auf.

Vor ihm stand die alte Frau. Igor schätzte sie auf mindestens 80, vielleicht älter. Sie trug eine schlechtsitzende Jacke, die ihren großen Busen ungeschickt betonte, ihr kurzes Haar war licht und zerzaust. Sie sah übermüdet und erschöpft aus.

Die Frau schaute ihn erschrocken an.

»Wer sind Sie?«, hauchte Igor. Er erkannte in ihr die Frau von vorhin. Igor stützte sich an der Tür ab. »Was … oh Gott, was wollen Sie von mir?« Die Fliesen unter Igors Füßen schwankten. Er ließ sich auf den Boden sinken.

»Sie müssen mitkommen.«

Igors Magen zog sich zusammen. Seine Lippen kräuselten sich, er würgte. Brennende Säure stieg seine Speiseröhre hinauf. Er kniff in seine Wange. »Bleib hier«, ermahnte er sich.

Die alte Frau zeigte zu ihrem Wagen. »Ich …« Sie fuhr sich nervös mit der Hand durch das lichte Haar. »Ich glaube, Sie müssen sich beeilen.«

Igor schluchzte verzweifelt. »Ich habe keine Zeit für so was.« Vor seinen Augen verschwammen die Fugen, die Fliesen, seine Hände. »Ich muss los. Ich muss Marga finden. Vielleicht ist sie im Hochstand.« Er erhob sich.

»Ist sie nicht«, erwiderte die Frau.

»Woher wollen Sie das wissen?«, brüllte Igor verzweifelt.

»Ich weiß es, weil sie in meinem Auto sitzt.« Sie nickte unglücklich. »Ich bringe Ihnen Marga zurück.«

59

Inna saß auf der Rückbank, ihre Hände gefaltet im Schoß. Sie dachte an Jenke. Sie dachte an Beeke. Sie dachte an Marga. Marga, die ihr Leben noch vor sich hatte. Beeke nicht. Beekes Leben hatte früh geendet. Qualvoll. Sie war verschwunden, ohne Abschied zu nehmen. Mit sechs Jahren. Eins, zwei, drei. Als hätte es Beeke nie gegeben.

Was wäre aus ihr geworden? Welchen Charakter hätte sie entwickelt? Welchen Beruf gewählt? Vielleicht wäre sie eine große Drehbuchautorin oder Regisseurin geworden. Vielleicht Schauspielerin, wie Mama. Vielleicht hätte Beeke geheiratet, hätte Kinder bekommen. Viele Kinder. Kinder, die niemals Angst gehabt hätten.

Nichts von all dem hatte Beeke wahrmachen können.

Weil Beeke in der Hölle lag.

Seit über 30 Jahren.

Das Tor öffnete sich, bewegte sich geräuschvoll zur Seite. Weniger majestätisch, dafür bedrohlich. Es gab den Blick frei. Den Blick auf Henri, der dastand, mit geballten Fäusten und schmalen Lippen.

Jenke nahm Innas Hand. »Komm«, flüsterte er.

»Ich habe mir Sorgen gemacht«, bellte Henri. »Wo wart ihr? Ich war drauf und dran, euch suchen zu lassen.«

Ede watschelte hektisch auf sie zu. »Was ist passiert? Ihr wart lange weg, es ist dunkel. Ganz verfroren seid ihr.« Sie drückte beide Kinder an ihren Busen. »Ich bin so erleichtert, dass ihr zurück seid.« Sie stutzte. »Wo ist Beeke?« Ede schaute sich panisch um. »Wo ist eure Schwester?«

Henri bohrte seine Finger in Innas Schulter und beugte sich zu ihr herab. »Wo ist sie?«

Inna schluckte. Tränen sammelten sich. »Wir«, fiepste Inna. »Wir haben ...«

»Wissen wir nicht«, unterbrach Jenke. »Wir wissen nicht, wo sie ist.«

»Jesus, Maria!«, wimmerte Ede. Sie schlug ihre Hände über dem Kopf zusammen. »Das halte ich nicht aus.«

Henri schob Inna und Jenke vor sich her, über den breiten Weg die Stufen hoch in die Eingangshalle. »Kakao!«, befahl er streng.

Ede verschwand über den langen Korridor in die Küche.

»Kommt mit!« Er ließ Inna und Jenke im Speisesaal Platz nehmen. »Was ist passiert?«

Inna zitterte. Sie starrte auf die Tischplatte.

»Beantwortet meine Frage.«

»Wir haben gespielt. Am Rostbahnhof. Den ganzen Tag. Wir haben Weihnachtsmarkt gespielt. Beeke durfte auf den Pferden reiten und rote Zuckerwatte essen.« Jenke presste seine Lippen aufeinander. »Plötzlich war sie weg.«

»So?«

»Rote Zuckerwatte mit Kirschgeschmack«, bestätigte Inna. »Wie immer, und dann wollte sie nach Hause.«

Jenke zuckte mit den Schultern. »Jetzt sind wir hier.«

»Jetzt seid ihr hier«, wiederholte Henri. »So spät.« Er schaute auf die Uhr. »Und seit wann ist Beeke weg?«

Inna blickte hilfesuchend zu Jenke. »Seit vorhin?«

»Wart ihr im Felsenmeer?«

Sie schüttelten heftig den Kopf.

»Ihr habt dort gespielt«, stellte er fest. »Und ihr verheimlicht mir etwas.«

»Nein«, flüsterte Jenke.

»Dann ist Beeke einfach so weg?«

Inna nickte.

»Ich gehe sie suchen.« Er schaute aus dem Fenster. »Es stürmt und schneit entsetzlich. Hoffen wir, dass ich sie schnell finde.«

Die Tür ging auf. Ede trat ein, in der Hand zwei Tassen Kakao. »Trinkt, Kinder«, befahl sie weinerlich. »Ihr seid ganz durchgefroren. Ich lasse euch gleich ein Bad ein.« Sie setzte sich, strich ihre Schürze glatt. »Sie müssen die Polizei rufen.« Sie schaute ängstlich zu Henri. »Das machen Sie doch?«

»Gehen Sie, Ede«, bat Henri. »Lassen Sie uns allein.«

Ede schüttelte den Kopf. »Ich mache mir solche Sorgen«, fiepste sie. »Ich ...«

»Raus!«

Ede zuckte erschrocken zusammen. »Beim letzten Mal …« Sie wischte mit der Hand über die Tischplatte. »Beim letzten Mal haben Sie …«

Henri sprang auf und packte Edes Arm. »Gehen Sie raus«, zischte er. Er zog sie vom Stuhl und schubste sie aus dem Saal. Er lehnte sich an die Tür, wartete, beobachtete Jenke und Inna mit prüfendem Blick. »Ich werde Beeke suchen gehen«, sagte er scharf. »Hoffen wir, dass ich sie finde und sie sich tatsächlich nur verlaufen hat.« Er schritt geräuschvoll zum Tisch, stützte sich auf und beugte sich zu Inna und Jenke herunter. »Denn wenn nicht, wird die Polizei kommen und sehr viele Fragen stellen.« Er sprach langsam, betonte jede Silbe. »Diese Fragen werdet ihr beantworten müssen.«

Inna versuchte, sich zu räuspern, aber der Kloß im Hals schnürte ihr die Luft ab.

»Ich muss mich auf euch verlassen können. Ich muss mich darauf verlassen können, dass ihr der Polizei keine falschen Antworten gebt. Nichts, was Fragen aufwirft. Nichts, was sie stutzig werden lässt. Mamas Tod ist erst zwei Jahre her. Das ist nicht gut. Das ist gar nicht gut.« Er verschränkte seine Arme. »Ich bringe euch zurück in die Höhle. Das habt ihr doch nicht vergessen?«

»Nein«, flüsterte Jenke. »Und Beeke wird auch nie wieder etwas sagen. Nie wieder. Sie … Sie schweigt jetzt für immer.«

»Was heißt das?« Henri setzte sich. Er sah blass aus und fahl, hatte seine Lippen zu einem schmalen Strich geformt.

»Über Mama«, nickte Jenke. »Und den Stein.«

Henri ließ seine flache Hand auf den Tisch sausen. »Was hast du getan?«, brüllte er.

»Wir haben nichts getan!«, schrie Jenke. »Wir haben nur gespielt!«

Inna hielt sich die Ohren zu, schaukelte vor und zurück.

»Nur gespielt«, schluchzte Jenke. »Sie wird schon wiederauftauchen.«

»Das wird sie nicht.« Henri starrte Jenke entsetzt an. »Das wird sie nicht, weil sie tot ist«, flüsterte er. »Habe ich recht?«

Jenke schüttelte den Kopf.

»Warum hast du das getan?« Henri verengte seine Augen. »Warum, Jenke?« Er riss Inna die Hände vom Kopf. »Antwortet mir!«, brüllte er.

»Weil du uns sonst in die Höhle gebracht hättest!« Jenke sprang auf. »Sie musste weg!«, schrie er. Seine Augenlider flatterten. »Sie wird …« Er suchte nach den richtigen Worten. »Jetzt wird sie nie wieder etwas Falsches sagen«, weinte er.

»Wir haben uns immer an alles gehalten, was du verlangt hast«, beteuerte Inna. »Aber Beeke nicht. Beeke hat was in ihr Drehbuch geschrieben. Über dich und über Mama.«

»Was für ein Drehbuch?«, fragte Henri scharf.

»Von Beeke. Darin stehen schlimme Geschichten. Zum Beispiel, dass du Mama mit …«

»Wo ist das Buch?«, unterbrach Henri.

»Am Rostbahnhof.« Inna und Jenke schauten sich erschrocken an. »Am Rostbahnhof. Wir … wir haben es vergessen. Es liegt noch da«, stammelte Jenke.

»Wir wissen, wie Mama gestorben ist.« Sie zeigte auf Jenke. »Er hat Mama umgebracht. Mit dem Stein.«

Jenke nickte heftig. »Wir machen keine Fehler. Ich habe Mama getötet. Du brauchst uns nicht in die Höhle zu bringen.« Er legte seinen Finger auf die Lippen. »Ich habe Mama erschlagen«, flüsterte er. »Ich habe Mama erschlagen.«

»Wie?«, fragte Henri tonlos. »Wie habt ihr sie getötet?«

»Erstickt«, hauchte Jenke. »Mit einer Tüte.«

Henris Augenlid zuckte. »Wo ist sie?«

Jenke tapste von einem Fuß auf den anderen. »Wir haben sie in den Schacht geworfen.«

Henri stand auf. Mit steifen Bewegungen schob er den Stuhl

an den Tisch. »Ede wird euch ein Bad einlassen«, sagte er heiser. Er wandte sich ab, setzte einen Fuß vor den anderen. Er hatte Schwierigkeiten, geradeaus zu gehen, torkelte wie Mama, wenn sie getrunken hatte. Er verließ den Saal, schloss leise die Tür hinter sich.

»Und jetzt?«, fragte Inna. Ihre Zähne klapperten, so sehr zitterte sie. »Was passiert jetzt?«

»Ich weiß es nicht«, hauchte Jenke.

»Bringt er uns in die Höhle?«

Jenke blickte sie an. »Wir müssen bereit sein.«

»Für die Höhle?« Inna riss ihre Augen auf. »Das geht nicht. Ich …«

»Schschscht«, machte Jenke. Er schaute sie eindringlich an. »Wir dürfen keine Fehler machen.«

»Wir haben Beeke …«

»Nicht!«, flehte Jenke. »Nicht sagen.«

Inna nickte schwach.

Es klopfte zaghaft an der Tür. Ede schob ihren Kopf herein. »Das Badewasser«, sagte sie. »Es ist eingelassen.«

Inna ertränkte ihre Angst. Ertränkte ihre Angst in heißem Wasser.

Wie immer.

In der Nacht träumte sie, dass Henri die Tür aufriss und ins Zimmer gestürzt kam.

»Aufstehen«, befahl er, riss die Bettdecken herunter. »Zieht euch an. Wir haben keine Zeit zu verlieren.« Er zeigte nach draußen. »Es stürmt. Es schneit. Es ist dunkel. Ihr wollt doch, dass wir Beeke unversehrt finden?«

Jenke zitterte wie Espenlaub. »Nicht«, stammelte er. »Nicht in die Höhle.«

Ede stand im Türrahmen, sie band sich ihren Morgenmantel zu. »Ich komme mit!«, sagte sie.

»Sie bleiben hier. Vielleicht findet Beeke in der Zwischenzeit selbst zurück.«

»Und die Polizei?«, fragte Ede. Sie wischte sich Tränen von der Wange. »Ich habe solche Angst.«

»Was ist mit der Polizei?« Henri baute sich vor ihr auf. »Um Gottes willen, wovor haben Sie denn wieder Angst? Wir werden Beeke schon finden.«

Er warf Inna und Jenke einen strengen Blick zu. »Macht, dass ihr euch anzieht«, zischte er. »Wir müssen los!«

Jenkes Beine schlotterten unübersehbar. »Wohin gehen wir?«, fragte er.

»Beeke suchen. Oder hast du eine andere Idee?«

Sie zogen sich an, rannten los. Henri in großen Schritten vorweg, mit einer Taschenlampe und einer Decke. Inna hatte nicht einmal mehr Angst. Inna hatte gar nichts mehr. In ihrem Kopf herrschte Finsternis, die sich wie klebriges Pech in ihr Bewusstsein presste.

»Wir haben alles richtig gemacht«, weinte Jenke. »Du darfst uns nicht in die Höhle bringen. Wir haben alles ...«

»Halt deinen Mund«, schnauzte Henri. »Bis an euer Lebensende. Etwas anderes habt ihr nicht verdient.«

Inna schüttelte den Kopf. Sie wollte Luft holen, einen Atemzug nehmen. Vergeblich pumpte ihr Herz, sie ließ sich auf den Boden fallen. Henri riss sie hoch, an den Beinen, stellte sie auf den Kopf. Der Sturm drückte sich in ihre Kehle, in ihre Lunge. Inna japste. »Nicht!«, schrie sie. »Nicht in die Höhle.«

Henri klemmte sie unter seinen Arm, trug sie wie einen Sack. Wo war Jenke? Plötzlich tauchte in der Ferne ein Licht auf. Es schimmerte golden, winkte ihr zu. »Ich komme zu dir«, sagte es. »Ich beschütze dich.« Inna streckte ihren Arm aus, das Licht kam näher, setzte sich vorsichtig auf ihre Hand. Es lächelte, legte den Kopf schief. Wohlige Wärme umhüllte ihren Körper wie ein

Kokon. Inna ertränkte ihre Angst. Ertränkte ihre Angst in schimmerndem Gold. Für eine Weile.

»Ab hier musst du selber laufen«, hörte sie Henri aus der Ferne. Sie spürte Boden unter ihren Füßen, suchte Halt, sackte zusammen. »Aufstehen!«, befahl er.

Der Sturm riss an ihr, schleuderte sie gegen einen Felsen. Sie stieß sich den Kopf. Sie verlor sich in ewigem Schwarz, in tosendem Sturm, der ihre goldene Kugel immer weiter forttrug, bis sie schließlich vollständig verschwand. »Komm zurück!«, flehte Inna. Die goldene Kugel poppte auf wie eine Boje, lächelte sie an, aus der Ferne.

»Inna!«, hörte sie. Henri schlug ihr ins Gesicht. »Reiß dich zusammen«, zischte er.

Sie öffnete ihre Augen. Jenke stand neben ihr, er zitterte.

»Kletter da rein!« Henri zeigte auf den Eingang der Höhle. »Ab nach unten mit dir.«

Jenke bewegte sich nicht, starrte geradeaus auf den Boden. Wie eine Statue.

»Ich zuerst«, sagte Inna. Sie hatte Angst, dass Jenke sterben würde. Dass er einfach in sich zusammenfallen und nicht wieder aufstehen würde. Weil er keine goldene Kugel bei sich hatte.

Inna rutschte mit den Füßen voran in die Tiefe. Fiel, fiel unendlich, bis harter Boden sie empfing und stechende Schmerzen wie Pfeile durch ihren gesamten Körper schickte. Wo war die Kugel? Inna suchte den Boden ab, schaute hinauf zum Eingang. Es roch nach Fäulnis und Urin, nach Kot. Sie trat einen Schritt zurück, stolperte über Beekes Beine. Sie wartete sehnsüchtig auf ihre kleine Freundin, die sich so liebevoll um sie kümmern wollte.

»Jetzt du!«, bellte Henri von oben.

Und endlich war sie da, ihre kleine goldene Freundin, und

leuchtete den Schacht aus, tränkte ihn in sattem Gold, in Wärme, in Geborgenheit. Ob Beeke sie auch spüren konnte?

Sie berührte die Wand, sie war rau, fest, kalt. Sie hockte sich auf den Boden, wartete. Hier war sie sicher, sie spürte keine Kälte, keinen Sturm. Stille. Wie ein Vakuum. Nur Jenke fehlte. Sie stand auf, es wurde finster, kalt, hart. Inna schaute sich hektisch um. Ihre goldene Kugel hatte sich aufgelöst. »Wo bist du?«, fragte sie ängstlich. Um sie herum nur schwarze Wände, der Boden unter ihr nass. Eisiger Frost umklammerte ihren Brustkorb. Sie hörte Jenke oben schluchzen. »Jenke!«, schrie sie. Niemand antwortete. Niemand. Nicht einmal der Sturm.

Sie schnappte nach Luft, riss ihre Decke vom Körper. Nassgeschwitzt, ihr Nachthemd klebte. Sie suchte das Zimmer ab, orientierte sich.

Jenke saß auf der Bettkante und schaute sie an. »Du hast geträumt«, sagte er.

Inna nickte.

»Du hast geschrien.«

»Wir waren in der Höhle.«

»Ich habe nachgedacht.« Er sprang vom Bett. »Henri hat viel mehr Angst als wir.« Er verschränkte seine Arme. »Was, wenn sie Beeke finden?«

Inna schüttelte den Kopf. »Nicht. Du darfst nicht über Beeke sprechen.«

»Dann ...«

»Dann bist du der Mörder«, sagte Henri.

Inna ließ einen Schrei los.

Henri stand im Türrahmen, er hatte ein Glas in der Hand, nahm einen großen Schluck. »Dann, mein Junge, bist du schon wieder der Mörder.« Er zeigte auf Jenke. »Erst Mama, dann Beeke.«

»Ich ...«

»Ich, ich, ich«, äffte Henri ihn nach. »Sie bringen dich weg. In ein Heim. In eine Anstalt. Sie geben dir Medikamente. So lange, bis keine Gefahr mehr von dir ausgeht. So lange, bis dein Gehirn nur noch aus Brei besteht.« Henri lächelte. »Und dieses Mal warst du es wirklich.« Er setzte sich auf Jenkes Bett. »Überleg es dir gut, Jenke. Überleg dir gut, mit wem du dich anlegst. Einmal Mörder, immer Mörder. Ich habe ein Alibi. Ich war den ganzen Tag zu Hause. Ich, Jenke, habe Beeke nicht mit einer Tüte erstickt. Aber du!« Er zeigte auf ihn. »Du warst es. Du warst es wirklich.« Er lachte schallend.

»Ich war es auch«, flüsterte Inna.

»Mir egal.« Er seufzte. »Es war Jenke. Basta.« Er nahm einen weiteren Schluck. »Ich werde morgen bei der Polizei anrufen und Beeke als vermisst melden. Ihr drei wart zusammen bei Tante Pim. Einfach so.« Henri nickte. »Pim wird eure Aussage bekräftigen. Einzelheiten besprechen wir morgen.« In großen Schritten verließ er das Zimmer. Er schaute sich noch einmal um. »Schlaft!«, befahl er.

60

Igor hielt den Atem an.

»Ihre Tochter. Ich bringe Ihnen Ihre Tochter zurück.« Die alte Frau zeigte auf ihren Wagen. »Sie schläft.«

»Sie schläft«, wiederholte Igor. Er versuchte, sich in Bewegung zu setzen, verlor das Gleichgewicht. Er stolperte an der Frau vorbei die Stufen hinab in den Schnee. Vor ihm tauchten Margas kleine Füße auf. Schaum hatte sich zwischen die Zehen gedrückt. Er schaute auf. Marga trug ein gelbes Kapuzenhandtuch. Nasse Strähnen hatten sich glänzend auf ihre Wangen gelegt. Sie tropften. »Anton ist dünn wie eine Wurst«, sagte sie besorgt. »Vielleicht war das Wasser zu kalt?« Sie streckte ihm das Meerschweinchen entgegen. »Ich werde Anton föhnen«, verkündete sie. Geschäftig bückte sie sich, zog den Fön aus der Schublade. »Ich muss ihn wiegen«, fiel ihr ein. Sie setzte Anton auf die Waage, nickte zufrieden.

Igor schaute zu, wie Marga den Fön einschaltete und die warme Luft Antons Fell aufstellte. Der Schnee unter ihren Füßen schmolz, der Schaum zwischen ihren Zehen sickerte in den weißen Boden. Igor blinzelte.

»Wollen Sie denn nicht zu ihr?«, hörte er.

»Wo?«, schrie Anni. »Wo ist sie?«

Igor sah Anni an sich vorbeistürmen, sie fiel der Länge nach in den Schnee, raffte sich wieder auf. Sie erreichte den Wagen, riss die Tür auf. Anni beugte sich herab, Igor hörte sie schluchzen. Nicht schlafen, dachte Igor. Bitte nicht schlafen. Er hatte plötzlich Angst, dass die Frau sich vertan hatte. Dass Marga gar nicht schlief. Er hievte sich in den Stand, bedacht setzte er einen Fuß vor den anderen. Er versuchte krampfhaft zu verstehen, warum Anni zu Boden ging, aber die Bilder verschwammen vor seinen Augen. Er blinzelte. Jemand packte seinen Arm, legte ihn über die Schulter. »Komm«, sagte Grunewald und stützte ihn. Igors Beine versagten, er ließ sich über den Schnee ziehen. Igor wurde schwarz vor Augen. »Igor!«, hörte er seinen alten Freund rufen. Igor öffnete seine Augen. Seine Frau hatte sich an das Auto gelehnt, hielt Marga eng umschlungen auf ihrem Schoß. Margas zerzaustes Haar war nass, die Mütze hing herab, fiel in den Schnee. Marga war in Decken gehüllt, ihre kleinen Füße schauten heraus. »Die werden doch ganz kalt«, flüsterte Igor besorgt. »Ich hole einen Fön.«

Er hockte sich vor die beiden in den Schnee. Anni hatte ihre Augen geschlossen und wimmerte.

Igor schluckte Magensäure herunter. In seinen Ohren rauschte es. Grunewald klopfte ihm auf die Schulter.

Wo waren Inna und Jenke? Hatte Henri sie wieder in den Schacht gesteckt? Igor musste ihnen etwas zu essen bringen. Eine warme Brühe vielleicht. Und Decken.

Er streckte seinen Arm aus, berührte eine der vielen Decken, die Marga unter sich versteckten. Er starrte auf Margas kleinen Hinterkopf. Auf die weichen Haare.

»Sie kann jetzt sicher ein heißes Bad gebrauchen«, hörte er die Frau sagen. »Und einen Kakao.«

61

Inna schloss ihre Haustür auf. Zu Hause, dachte sie. Es kam ihr vor, als wäre sie jahrelang nicht mehr hier gewesen. Sie schaltete das Licht ein, sog den vertrauten Geruch auf. Es war später Nachmittag. Sie setzte sich auf den Hocker, schnürte ihre Schuhe auf, stellte sie ordentlich in das Regal. Sie ging ins Badezimmer, drehte den Wasserhahn auf, entkleidete sich. In der Badewanne ließ sie das heiße Wasser über ihre Stirn laufen. Sie war erschöpft, hungrig. Sie wäre gern zu Jenke ins Krankenhaus gefahren, aber das hatte man ihr verwehrt.

Ob er bei Bewusstsein war?

Ob er seinen Frieden finden konnte, jetzt, wo Henri tot war?

Sie mussten Beeke zu Grabe tragen, das hatte sie der verhärmten Frau schon gesagt. Komme, was wolle.

»Kannst du schlafen?«, fragte Jenke.

Inna nickte.

»Hast du keine Albträume?«

Sie strich mit ihren Fingern über den Rand der Kaffeetasse. »Manchmal.«

»Ich träume, dass Beeke unter mir liegt und mit weit aufgerissenen Augen um Erbarmung fleht. Ich träume es fast jede Nacht, Inna. Und jede Nacht schenke ich ihr das Leben.« Er drehte seine Gabel in der Hand. »Es hat vor ein paar Jahren angefangen.«

»Was?«, hauchte Inna. »Was hat angefangen?«

»Dass ich es nicht mehr aushalte.«

»Dass du was nicht mehr aushältst?«

»Wir haben unsere Schwester getötet. Wir haben ihr das Leben genommen, um es Henri zu schenken.«

»Wir haben ihr das Leben genommen, um der Hölle zu entkommen.«

»Wieso haben wir das getan, Inna?«

»Was hätten wir denn sonst tun sollen?«

»Zur Polizei gehen.«

Inna lachte.

»Wir hätten uns an Ede wenden können.«

»Damit sie uns ein Bad einlässt?«, fragte Inna bitter. »Es war niemand da für uns. Niemand. Wir waren allein. Wir waren allein mit Henri.«

Jenke schaute sie feindselig an. »Du erträgst es einfach, oder?«

Inna nickte schwach.

»Ich nicht. In jeder Sekunde meines Lebens wünsche ich mich zurück.«

»Zurück wohin denn?«, fragte sie traurig. »Zurück in den Schacht? Oder zurück zu jenem Tag und noch einmal zusehen, wie unser Vater ...«

»Zurück zu Beeke«, unterbrach Jenke. »Ich wünsche mich zurück zum Rostbahnhof. In jeder freien Minute stelle ich mir vor, dass ich von ihr ablasse. Dass ich ihr aufhelfe, sie in den Arm nehme.«

»Und dann?«

»Sie ist nur sechs Jahre alt geworden, Inna.«

»Sie hätte irgendwann geredet. Unbedarft.« Sie streckte ihre Finger in die Luft. »Vier!«, sagte sie laut. »Weil sie vier war, als Henri unsere Mutter erschlagen hat. Was ist man denn mit vier Jahren? Ein kleines Kind. Sie hat doch nichts von all dem verstanden, was anschließend gelaufen ist. Wie hätte sie denn auch?«

»Das macht es noch viel schlimmer. Sie hatte nie eine Chance zu verstehen, was Henri von uns verlangt hat.«

»Schweigen, Widerstand, Täuschung.«

»Beeke hatte nie eine Chance.« Er nahm einen Schluck Kaffee. »Und wir haben sie dafür getötet. Getötet, Inna.«

»Wir hatten keine Wahl. Hatten wir nicht. Es ist vorbei.«

Jenke holte tief Luft. »Wir haben uns etwas geschworen.«

»Ich weiß«, erwiderte Inna schnell. »Das macht Beeke trotzdem nicht wieder lebendig.«

»Sie hat ein würdevolles Begräbnis verdient.«

»Wenn Henri tot ist.«

»Wir sind erwachsen.«

»Und?«

»Wir müssen nicht warten, bis Henri tot ist.«

»Sondern?«

»Wir holen sie raus. Und erzählen die Wahrheit.«

»Wir holen sie raus?« Inna verengte ihre Augen. »Wir holen sie raus?«

Jenke nickte.

»Weißt du, was du da sagst?«

»Was spricht dagegen?«

»Ich habe Angst, Jenke. Ich kann das nicht. Ich kann nicht ins Felsenmeer zurückkehren. Ich kann nicht zu der Schlucht zurück. Meine Angst ... sie brodelt in mir wie die Lava eines Vulkans. Ich darf nicht einmal daran denken.«

»Es wird Zeit, Inna. Verstehst du denn nicht? Ich habe nie eine Chance gehabt. Nie. Was ist denn aus meinem Leben geworden? Was bin ich?« Er beugte sich vor und vergrub seine Hände. »Alle sehen in mir nur einen Mörder. Den jüngsten Mörder der Geschichte.«

»Was ändert unser Schwur daran?«

»Ich möchte Beeke aus der Hölle holen. Ich möchte, dass sie ihren Frieden findet. Sie soll nicht mehr frieren und hungern. Ich möchte meine Schwester beerdigen, Inna. Ich möchte sie um

Verzeihung bitten.« Er wischte Tränen weg. »Ich möchte kein Mörder mehr sein. Wir waren Kinder. Wir waren acht Jahre alt. Niemand hat es verdient, mit acht Jahren seine Schwester zu ersticken. Aus Verzweiflung.«

Inna schluckte.

»Ich denke an den Tod. Tag und Nacht. An meinen eigenen.« Er richtete sich auf. »Ich möchte sterben. Ich möchte sterben, weil ich das Schweigen nicht mehr aushalte. Es zerfrisst mich.«

Inna tauchte auf, holte Luft, ließ ihre Finger durch den Schaum gleiten. Wie oft hatte Ede ihnen ein Bad eingelassen, Kakao zubereitet. Wie oft hatte sie einfach auf dem Badewannenrand gesessen und Inna und Jenke mit sorgenvoller Miene beobachtet.

»Es ist gut, dass ihr zu eurem Vater haltet«, hatte sie stets betont. »Gott ist da. Er wird sich kümmern. Er wird alles andere richten.«

Gott hatte nie irgendetwas gerichtet. Gott hatte Mama und Beeke sterben lassen.

Inna ließ das Wasser ablaufen. Der Abfluss verschlang den Schaum mitsamt ihrer Angst.

Henri war tot.

Tot.

Er würde nicht auferstehen.

Genauso wenig wie Mama.

Oder Beeke.

Eine Zeit lang hatte sie Angst gehabt, dass Beeke wieder zurückkehren würde. Sie hatte jeden Zeitungsartikel sorgfältig ausgeschnitten. Jeden einzelnen. Jedes einzelne Wort über Beekes spurloses Verschwinden hatte Inna Beruhigung verschafft. Gewissheit darüber, dass Beeke tot war und tot bleiben würde, dass Beeke niemals mehr irgendein Wort über die Lippen käme, weswegen sie alle drei in die Hölle verbannt würden. Inna und Jenke wurden befragt, vernommen, verhört. Schon wieder, aber das kannten sie bereits. Beeke war und blieb verschwunden. Spurlos.

Inna hatte Beeke vergessen. Beeke und Mama. Inna hatte ihre Kindheit vergessen.

Sie stieg aus der Wanne, wickelte sich das Handtuch um.

Es klingelte an der Tür.

62

Jenke hatte jedes Zeitgefühl verloren. Jedes Ortsgefühl. Jede Form von Orientierung. Er befand sich in einem schwerelosen Raum, weitab von der Realität, weitab von Farben, von Frohsinn, von Glückseligkeit.

Weitab vom Leben.

Manchmal hatten sich die vielen Stunden, Tage in der Höhle auch so angefühlt. Wenn der Hunger, die Schmerzen, die Angst zu stark gewesen waren. Dann war er in jene Sphäre geflüchtet, hatte sich durch Tagträume und sein Unterbewusstsein in diesen Zustand gekämpft, war dortgeblieben, für eine Weile, bis er wieder genug Kraft gehabt hatte für die Einsamkeit, die Angst, die Finsternis, die Ausweglosigkeit. Genug Kraft für die Realität.

Er öffnete seine Augen einen Spalt. Er saß mit aufgerichtetem Oberkörper im Bett, bedeckt mit einem weißen Laken. Sein verletztes Bein war hochgelagert. Jenke wackelte mit den Zehen. Er stöhnte. Die Wunde klopfte heiß. Er strengte sich an, gleichmäßig ein- und auszuatmen, entspannte seine Muskulatur. Alles an seinem Körper fühlte sich wund an, erhitzt, ausgeliefert. Es raschelte, er nahm eine Bewegung aus dem Augenwinkel wahr. Jenke drehte seinen Kopf. Neben ihm saß ein Polizist, er las eine Zeitschrift, ließ sie herabsinken.

»Guten Tag«, sagte er freundlich. »Ich soll Bescheid geben, wenn Sie wach sind.« Er stand auf, legte die Zeitung auf den Stuhl. Er drückte auf einen roten Knopf, wartete geduldig.

Jenkes rechtes Handgelenk war mit einer Handschelle ans Bett gefesselt.

»Zur Sicherheit«, erklärte der Polizist. »Draußen sitzen noch zwei Beamte«, verkündete er stolz. Er zeigte in den Raum. »Sie liegen im Krankenhaus.«

»Wo ist meine Schwester?«, krächzte Jenke.

Der Beamte zuckte hilflos mit den Schultern. »Ich bin vorhin erst gekommen.«

Es klopfte, die schwere Tür öffnete sich. Eine hochgewachsene Frau mit Kittel trat ein, stellte sich ans Fußende des Bettes. Sie schob ihre Hände in die Kitteltasche. »Ich bin die behandelnde Ärztin«, begrüßte sie ihn. »Wie geht es Ihnen?«

Jenke lächelte vorsichtig.

»Haben Sie Schmerzen?«

Er nickte.

»Sie haben eine Stichverletzung am Oberschenkel. Eine ziemlich tiefe Wunde, die stark nässt und deren Wundränder sich entzündet haben. Ihr Fieber zeigt uns, dass die Infektion systemisch geworden ist. Die Keime haben Ihren gesamten Körper überschwemmt, Organ für Organ.« Sie holte die Akte hervor, blätterte. »Wann haben Sie sich diese Verletzung zugezogen?«

Jenke blinzelte. »Weiß ich nicht«, antwortete er heiser. »Vor ein paar Tagen?«

»Wir behandeln Sie mit einem Antibiotikum.« Sie zeigte auf den Zugang in seinem Arm. »Wir haben nekrotisches Gewebe abgetragen. Die Entzündung ist sehr weit fortgeschritten.«

Jenke schloss seine Augen. Die Wunde klopfte. Er fühlte sich schwach. »Werden Sie mein Bein amputieren?«, fragte er leise.

»Die Wunde ist direkt über dem Kniegelenk.«

»Also ja?«

»Wir werden alles unternehmen, um es zu verhindern.«

Jenke holte tief Luft, atmete gleichmäßig in den Schmerz.

»Kann er ein paar Fragen beantworten?«, wollte der Beamte wissen. »Ich soll jemanden holen, wenn Sie …«

Jenke hörte sich grunzen, er sank immer tiefer in die Matratze. Die Stimmen drangen dumpf an sein Ohr, wie durch eine Glocke, die sich schwer und hohl über ihn gestülpt hatte. Er gab auf, etwas zu verstehen, gab sich der Ohnmacht hin, dem Schlaf, döste weg, beamte sich wieder zurück in den schwerelosen Raum. Hier war er sicher, hier blieb alles stehen, die Zeit, die Trauer, der Kummer.

Wo war Inna?

Und Ede?

Er sah sie vor sich. Sie kauerte auf dem Boden, in der Hand den Autoschlüssel.

»Was machst du hier?«, fragte Jenke entgeistert. »Ede, du musst nach Hause.«

Ede schluchzte laut. »Alle sind weg«, weinte sie. »Das einzig Wichtige im Leben sind die Spuren der Liebe, die wir hinterlassen, wenn wir gehen.« Sie schaute ihn unglücklich an. »Henri hatte keine Liebe. Was hat er euch angetan? All die Jahre.«

»Steh auf, Ede. So darf es nicht enden.«

»Ich habe in dir nie einen Mörder gesehen, mein Junge. Ich habe dich geliebt. Euch alle drei. Über alles.« Sie schluchzte laut gegen den Sturm. »Ich habe euch geliebt. Euch arme Kinder.«

»Wir haben dich auch geliebt«, bestätigte Jenke. »Und deswegen musst du hier weg. Du wirst erfrieren, Ede.« Er versuchte, sich herunterzubeugen, ließ einen gellenden Schrei los.

Ede blickte erschrocken auf. »Was hast du?«, fragte sie. »Du bist verletzt.« Sie richtete sich umständlich auf. »Mein Junge. Du musst ins Krankenhaus. Die Wunde muss versorgt werden.«

Jenke lächelte schwach. »Du musst mir einen Gefallen tun, Ede.« Jenke humpelte einen Schritt zur Seite, gab den Blick auf Marga frei.

»Jesus, Maria!«, wisperte Ede. »Um Gottes willen!« Ihre Gesichtszüge entgleisten. »Was hast du getan?«

Jenke setzte sich. »Du musst sie zurück zu ihren Eltern bringen. Sie darf nicht hier sein. Ich habe ... Ich hätte sie niemals mitnehmen dürfen.« Jenke schaute zu Marga. Sie lag dort zusammengekauert, ihre Füße in die Tüte gewickelt, sie rührte sich nicht. Er hatte plötzlich Angst, dass sie sterben könnte. »Bring sie zurück. Bitte.«

»Wohin?«, fragte Ede heiser.

»Zum Hermannshof außerhalb der Stadt. Ich habe mich in dessen Scheune versteckt.« Jenke zögerte. »Ich muss ein Versprechen einlösen, das hast du doch nicht vergessen?«

Ede schüttelte den Kopf. »Ich habe hier auf dich gewartet. Ich wollte mich verabschieden.«

»Verabschieden?«

»Von Beeke.« Ede tupfte sich mit einem Tuch die Tränen weg. »Ihr wart schon dort, du und Inna, oder? Ich bin zu spät.«

Jenke schüttelte den Kopf.

»Wir haben Henri einfach in dem Sessel sitzenlassen, kannst du dir das vorstellen?« Sie verzog das Gesicht. »Einfach so. Wir haben ihn einfach sitzenlassen.«

»Nach mir wird gefahndet, Ede. Es stand in der Zeitung.« Er presste seine Hände um das schmerzende Bein. »Ich komme ins Gefängnis, aber vorher muss ich Beeke um Verzeihung bitten. Ich muss Beeke aus der Höhle holen. Ich habe es ihr versprochen.«

»Warum denn ins Gefängnis?«, fragte Ede überrascht. »Weil du das kleine Mädchen mitgenommen hast?«

»Weißt du es denn nicht mehr? Ich habe Henri erstochen.« Er schaute sie eindringlich an. »Ich habe meinen Vater erstochen. Sie suchen nach mir.«

Ede drückte Jenkes Hand. »Was redest du da? Nicht du hast Henri erstochen.« Sie lächelte glücklich. »Ich war es, mein Junge. Ich habe den alten Teufel getötet.«

63

»Bewegen Sie Ihre Tochter so wenig wie möglich«, sagte der Mann am anderen Ende der Leitung. »Ziehen Sie auch keine nasse Kleidung aus. Keine lokale Wärme, zum Beispiel in Form einer Wärmflasche. Legen Sie nur eine Decke über sie. Achten Sie auf ihre Atmung. Wenn Sie keine Atmung mehr feststellen, führen Sie eine Mund-zu-Nase-Beatmung durch.«

Igor nickte hektisch.

»Der Rettungsdienst ist unterwegs. Bleiben Sie ruhig, reden Sie mit Ihrer Tochter, auch wenn sie nicht reagiert.«

Igor legte auf, stapfte von einem Fuß auf den anderen. Marga ist zäh, redete er sich ein. »Sie ist unterkühlt und vollkommen erschöpft, aber wenn sie unter ärztlicher Aufsicht aufgewärmt wird, ist sie ganz schnell wieder auf den Beinen«, beruhigte er Anni.

Anni hielt Marga im Arm und schaukelte sie.

Grunewald reichte Igor eine heiße Tasse Kaffee. »Trink«, forderte er ihn auf. Er ließ sich auf das Sofa sinken. »Ein Krankenhausaufenthalt bedeutet Stress. Marga braucht euch jetzt rund um die Uhr. Kann ich irgendetwas tun?«

Igor schüttelte den Kopf. Er wandte sich der alten Frau zu. »Danke, dass Sie sie zurückgebracht haben.«

Die Frau umklammerte ihre Tasse mit beiden Händen.

»Wo haben Sie Marga gefunden? Und woher wussten Sie, dass sie hierhergehört?«

Die alte Frau lächelte schief. »Am besten, Sie bereiten ihr ein heißes Bad zu. Und einen Kakao.«

Gänsehaut kroch Igors Nacken hinauf. »Sie sind Ede«, flüsterte er entgeistert.

Ede nickte unglücklich. »Jenke ist ein guter Junge.«

»Er ist ein Mörder.«

Ede faltete ihre Hände. »Nicht er hat es getan. Ich! Ich habe Henri mit einem Messer erstochen«, verkündete sie zufrieden. »Und ich würde es wieder tun.«

Igor tastete nach der Zeitung, die immer noch verstreut auf dem Boden lag. »In der Zeitung steht, dass Jenke ...« Er ließ davon ab. »Ich verstehe das alles nicht mehr.« Er presste seine Handballen auf die Augen. »Das ist zu viel für mich.«

»Macht ja nichts«, erwiderte Ede. »Sie können jetzt die Polizei rufen.« Sie wandte sich Grunewald zu. »Wie geht es Ihrem Vater? Lebt er noch? Er muss steinalt sein.«

»Mein Vater?«, fragte Grunewald irritiert. »Sie kannten meinen Vater?«

»Natürlich. Ich bin ihm auf ewig zu Dank verpflichtet. Sucht er immer noch im Felsenmeer nach alten Schätzen?«

»Mein Vater ist vor zwei Jahren verstorben.« Grunewald verengte seine Augen. »Woher ...«

»Oh!« Ede spitzte ihren Mund. »Das tut mir leid.«

Grunewald nickte. »Woher kannten Sie meinen Vater?«

»Er hat mir meine Kinder zurückgebracht. Er hat Inna und Jenke das Leben gerettet.«

»Das Leben gerettet«, wiederholte Grunewald. »Wie ...«

»Und Sie waren dabei.«

Grunewald öffnete seinen Mund, schloss ihn wieder.

64

Inna zog sich hektisch ihr Hemd über, schlüpfte in eine Trainingshose. Sie strich ihre nassen Haare hinter die Ohren.

Es läutete erneut.

»Wer ist da?« Sie lehnte sich an ihre Haustür, horchte angespannt.

Stille.

»Hallo?«

Jemand räusperte sich. »Ich muss mit Ihnen sprechen«, hörte sie Igor.

Inna öffnete die Tür einen Spalt. »Was machen Sie denn hier?«, fragte sie irritiert.

»Sie haben mich benutzt«, sagte er wütend.

»Wie bitte?«

»Sie wussten die ganze Zeit, wer ich bin.«

»Sie sind Igor.«

»Nein. So meine ich es nicht. Sie wussten, dass ich Margas Vater bin. Von Anfang an. Sie haben mich hingehalten und getäuscht.« Igor stapfte an ihr vorbei, setzte sich auf das Sofa. »Sie haben absichtlich so getan, als wüssten Sie von nichts. Schweigen, Widerstand, Täuschung«, äffte er sie nach. »Ihren Zettel habe ich gelesen.«

»Ich wusste nicht, wer Sie sind. Jedenfalls nicht direkt.«

Igor fuchtelte mit dem Finger durch die Luft. »Sie waren sehr überzeugend.«

»Tut mir leid.«

»Sie haben mich glauben lassen, dass Marga nicht mehr lebt.«

»Mir ist nichts anderes mehr eingefallen.«

»Nichts anderes mehr eingefallen?«, fragte Igor empört. »Wissen Sie eigentlich, was Sie damit angerichtet haben? Was ich durchgemacht habe?«

Inna zuckte mit den Schultern. »Es blieb mir nichts anderes übrig, als eine Eskalation zu provozieren. Sie hätten mich doch niemals einfach gehen lassen.«

»Ich hasse Sie.« Igors Augen blitzten feindselig.

»Jenke hat mich am Vormittag von einer Telefonzelle aus angerufen und um Hilfe gebeten.«

»Inna?«, fragte Jenke. »Ich bin es. Ich habe nicht viel Zeit. Hast du die Zeitung gelesen? Nach mir wird gefahndet, Inna. Ich habe ein Mädchen bei mir.«

»Ein Mädchen?«, fragte Inna irritiert.

»Was soll ich denn jetzt machen?«

»Warum denn ein Mädchen?«

»Ich habe mich in einer Scheune versteckt. In der Scheune vom Hermannshof.«

»Du bist ganz durcheinander.« Inna schaute auf die Uhr. »Und wo ist dieser Hermannshof? Ich hole dich ab, bleib einfach, wo du bist.«

»Nein, jetzt stehe ich in der Telefonzelle auf dem kleinen Marktplatz.«

»Und das Mädchen?«

»Es steht draußen und wartet. Ich wollte es nicht mitnehmen, aber ich wusste nicht, was ich sonst machen sollte.«

»Du musst das Mädchen sofort zurückbringen. Jenke, das ist Kindesentführung.«

»Die Eltern haben einen Aufruf in der Zeitung gelesen. Sie hätten die Polizei gerufen, wenn ich sie nicht mitgenommen hätte. Sie bekommen ihre Tochter ja zurück, aber erst

muss ich zu Beeke. Ich muss unser Versprechen einlösen. Ich muss!«

»Du …«

»Ich habe den Eltern gesagt, wer ich bin.«

»Was hast du?«

»Und dass ich mit dir zu der Höhle muss. Und ich habe versprochen, dass ich ihre Tochter zurückbringe, sobald ich mein Versprechen eingelöst habe. Wenn der Sturm sich gelegt hat, treffen wir uns an der Höhle und holen Beeke raus. Bitte, Inna, bevor sie mich festnehmen. Wenn jemand nach mir fragt, musst du mir Zeit verschaffen. Zeit bis morgen früh.«

»Zeit bis morgen früh«, wiederholte sie.

Es knackte, die Verbindung brach ab.

Inna atmete tief ein. Sie schaute aus dem Fenster, der Sturm war gewaltig.

Zur Höhle, dachte sie. Jenke brauchte Zeit, um zur Höhle zu kommen.

Sie starrte auf ihren Bildschirm.

Zur Höhle.

Nach so vielen Jahren. Wie oft hatte sie Jenke hingehalten, beruhigt, seinen Wunsch ignoriert. Wie oft hatten sie sich darüber unterhalten.

Jetzt war es so weit. Ihr Bruder bettelte um Vergebung. Jetzt, wo Henri tot war, würde ihn niemand mehr aufhalten. Auch Inna nicht.

Sie arbeitete bis zum späten Nachmittag. Bis sie beschloss aufzubrechen. Bis Igor vor ihr stand. Im Schnee. Im Schnee mit weit aufgerissenen Augen.

»Sie hatten Angst vor mir«, stellte Igor fest.

Inna nickte. »Zunächst schon. Ich dachte, Jenke würde durchdrehen. Wahnsinnig werden. Die Nerven verlieren.

Ich habe gedacht, dass er mich holen lässt, damit er sein Versprechen einlösen kann, koste es, was es wolle.« Inna wickelte sich eine Decke um und setzte sich Igor gegenüber auf die Couch. »Jetzt sitzen wir schon wieder zusammen und reden«, stellte sie fest. »Im Übrigen haben Sie mich auch benutzt.«

»Um meine Tochter zu finden.«

»Jenke wollte nichts sehnlicher, als unsere Schwester um Verzeihung bitten. Er wollte sie zu Grabe tragen und endlich die Wahrheit sagen. Nur das wollte er.« Sie funkelte ihn an. »Zeit, Igor. Ich habe meinem Bruder Zeit verschafft, mehr nicht.«

»Sie haben meine Tochter in Lebensgefahr gebracht.«

»Wenn an dem Abend mit Henri nicht alles schiefgegangen wäre, hätte Jenke Ihre Tochter niemals entführt.«

Jenke holte das Messer hervor, wandte sich Ede zu. »Niemand bringt mit sechs Jahren seine Mutter um«, sagte Jenke. »Es sei denn, Gott hat es so entschieden.«

»Nicht Gott«, hauchte Ede entgeistert. »Der Teufel. Euer Vater ist der Teufel.«

»Und der Teufel weiß alles. Er weiß auch, wo Beeke ist.«

Ede versteinerte.

»Nicht wahr, Henri?«

»Das reicht jetzt«, schnauzte er. »Schluss damit.«

»Schluss damit?«, lachte Jenke. »Ich fange gerade erst an.« Jenke zeigte mit dem Messer auf die Bar. »Ich brauche mehr zu trinken. Mehr Whisky.«

»Du hattest genug«, mischte sich Inna ein. »Leg das Messer weg. Verwandle dich nicht in den Mörder, den alle in dir sehen wollen.«

Henri wackelte mit den Zehen.

»Beeke ist nicht einfach verschwunden. Beeke ist tot«, lallte Jenke.

Ede begann zu zittern. Ihre Lippen formten einen schmalen Strich.

»Erzähl Ede die Wahrheit, Vater.«

»Die Wahrheit, ja?«, spottete Henri. »Die Wahrheit ist, dass Jenke und Inna ihre kleine Schwester erstickt haben. Mit einer Tüte.«

»Hört auf!«, kreischte Ede. Sie krallte sich an der Lehne fest. »Hört auf damit!«

»Und dann haben sie die arme Beeke in die Höhle geworfen. Eins, zwei, drei. Wer ist hier der Mörder?«

»Ede hat uns geliebt wie ihre eigenen Kinder.« Inna zupfte ihre Decke zurecht. »Nichts über den Verbleib seines Kindes zu wissen, ist viel schlimmer, als von dessen Tod zu erfahren.« Sie blickte auf. »Oder?«

Igor nickte schwach.

»All die Jahre hat Ede an nichts anderes mehr gedacht. Sie hat gebetet. Jeden Abend. Hat Gott angefleht, er möge ihr Beeke zurückbringen, tot oder lebendig.«

»Es ist …«

»Henri hat sie jahrzehntelang in dem Glauben gelassen, dass Jenke unsere Mutter erschlagen hat. Hat sie glauben lassen, dass er nicht weiß, wo Beeke ist. Er hat ihre geliebten Kinder gequält, sie dazu getrieben, ihre eigene Schwester zu ersticken, damit alle schweigen. Aus diesem Grund hat Ede es einfach getan.«

Ede stürmte los. Jenke schrie.

Inna nicht. Inna schrie nicht. Inna schloss ihre Augen und stand plötzlich am Rostbahnhof, sah Henri, wie er seinen Arm hoch in die Luft hob und ausholte. Das dumpfe Geräusch des Steins auf Mamas Schädel verlor sich im Nebel. Beeke, die schrie und schrie und schrie, Jenke, der versteinert dastand, sein Körper auf unnatürliche Art und Weise verbogen. Sie rannte zu Mama, kletterte in den Güterwagen. Ihre Augäpfel pulsierten, in Mamas Ohr hatte sich Blut gesammelt, das in einem langen Faden aus der Nase heruntergeronnen war.

Tot.

Mama war tot.

Und Henri?

Henri nicht.

Henri war verschwunden.

Inna wischte mit ihren bloßen Händen Mamas Gesicht sauber, strich ihre Haare zur Seite. »Mama«, flüsterte sie. »Mama, sag doch was?« Sie beugte sich über sie, drückte sich an ihren Körper.

Jenke hob den Stein auf, legte ihn sorgfältig zur Seite. Er stand dort eine Weile, strich mit seiner flachen Hand über Mamas Haare. »Komm mit, Inna«, hauchte er. »Wir müssen hier weg.«

Sie rannten, orientierungslos. Nebel drückte sich in ihre Lungen. Kalter, schwerer Nebel. Nebel, der alles verschluckte. Nur Mamas Gesichtsausdruck nicht. Den hatte nicht einmal der Sturm davongetragen.

Inna hörte Jenke plötzlich schreien.

Sie öffnete ihre Augen.

Ede stand regungslos vor Henris Sessel, das Messer in der Hand. Sie sah zu, wie Henri langsam nach vorn kippte und mit der Stirn an ihre Knie stieß. Blut hatte sich über seine Beine verteilt, lief die Knöchel herunter zwischen seine Zehen.

Blut.

Große Mengen Blut.

Henris Blut. Es tropfte vom Sessel, verteilte sich, sickerte in den weißen Teppich. Inna fragte sich, woher das viele Blut rührte. Henri hatte nicht ausgesehen, als hätte er es je in seinem Körper gehabt.

Jenke sprang auf, humpelte zur Bar. Er setzte die Flasche Whisky an, trank ihn in großen Schlucken. »Beeke«, flüsterte er. Er stolperte los, fiel der Länge nach auf den Boden. Sein Kostüm hatte sich verdreht.

»Geht«, sagte Ede. »Ich bleibe hier.«

Jenke sammelte die Geldscheine ein, die sich über den Boden verteilt hatten. Er stopfte sie umständlich in seine Taschen, kroch aus dem Wohnzimmer in den Korridor.

»Tot.« Ede bewegte sich steif, setzte sich Henri gegenüber auf das Sofa. »Jetzt ist er tot«, flüsterte sie.

»Was hast du getan?«, fragte Inna entgeistert. »Du hast …«

»Ich habe getan, was Gott hätte tun müssen.«

»Du hast Henri erstochen.«

Ede nickte glücklich. »Die größte List des Teufels war, uns glauben zu lassen, es gäbe ihn nicht. Aber wir haben ihn enttarnt.« Ede drehte das Messer in ihrer Hand. »Mein ganzes Leben lang habe ich ihm geglaubt. Ich habe ihm alles geglaubt.«

»Was machen wir denn jetzt?«, hauchte Inna. »Mit Henri?«

Ede zuckte mit den Schultern. »Gar nichts. Wir lassen ihn einfach hier.«

»Und du? Was machst du?«

»Ich finde meinen Frieden, weil Beeke im Himmel ist.«

»Beeke ist nicht im Himmel. Beeke ist in der Hölle«, sagte Inna heiser. »Auch wenn man tot ist, bleibt man dort. Aus Henris Höhle gibt es kein Entkommen.« Sie nahm Edes Hand. »Ich lasse dir ein heißes Bad ein.«

Sie tapsten von Vorhang zu Vorhang, huschten über die breite

Treppe ins obere Geschoss. Inna ließ Wasser ein, half Ede beim Ausziehen. »Ich bringe dir einen heißen Kakao«, nickte Inna.

Sie lief in die Küche, suchte nach Milch und Pulver. Neben dem Zucker entdeckte sie die alte Keksdose. Erinnerungen gerieten durcheinander, brauten sich zusammen.

Inna schüttelte sich, rührte schneller.

Jenke wird sich schon melden, dachte sie zuversichtlich. Und dann würden sie Beeke aus der Hölle holen.

»Ich komme mit«, sagte Ede.

Sie packten Edes Koffer, schliefen ein paar Stunden, den halben Mittag verbrachten sie in der Küche und warteten auf Jenke, aber Jenke meldete sich nicht.

»Ob es ihm gut geht?«, fragte Ede.

»Er wird zurückkommen«, versicherte Inna. »Er wird sich melden.«

Sie saßen Stunden nebeneinander, schwiegen, lauschten der Wanduhr, dem Kühlschrank, dem Wasserkocher. Sie zuckten zusammen, als Henris Telefon die Stille durchbrach.

»Pim!«, rief Ede entgeistert. »Sie sind zum Kartenspielen verabredet. Sie ruft an, um Henri zu sagen, dass sie losfährt.«

Inna nickte knapp. »Gehen wir«, sagte sie bestimmt.

Sie wickelten das Messer in die Tüte, Inna warf einen letzten Blick auf ihren toten Vater. Irgendwann würde der Schnee schmelzen. Und mit ihm auch das Blut.

Sie schlichen sich über den Hinterausgang über die schmale Allee. Inna führte Ede die steilen Pfade in den Ort. Es schneite unaufhörlich, niemand war unterwegs. Sie riefen Edes Schwester an. »Du musst kommen und Ede abholen«, erklärte Inna.

Am Abend klingelte es an ihrer Haustür, da war Ede längst bei ihrer Schwester.

»Ich war die letzten beiden Tage hier«, versicherte Inna. »Ich habe Geschenke eingepackt.« Sie zeigte auf die vielen Karten,

Stifte, Bänder und das Papier, das im Wohnzimmer auf dem Boden lag. »Ich habe Jenke seit Tagen nicht gesehen oder gesprochen.«

Sie gab sich erschüttert und fassungslos, als man ihr erklärte, dass Henri erstochen worden sei.

»Es gibt Aufnahmen, auf denen ein Mann zu sehen ist, der ein Weihnachtskostüm trägt. Der Mann hatte ein Messer bei sich und wirkt betrunken. Wir vermuten, dass es sich dabei um Ihren Bruder handelt. Um Jenke. Er ist dringend tatverdächtig.«

Inna zeigte auf eine der Schubladen unter ihrem Wohnzimmertisch. »Da liegt es. Da liegt das Messer.« Sie zog die Schublade auf und holte die Tüte heraus. »Am Abend habe ich das Messer mit der Tüte auf das Sofa gelegt. Ich weiß nicht, warum, vielleicht, weil ich sicher sein wollte, dass Henri wirklich tot ist. Ich bin sehr früh aufgestanden, habe es rascheln hören. Etwas lag in der Luft, etwas Unheilvolles. Ich konnte nicht mehr schlafen, war unruhig, also bin ich zur Firma gefahren und habe gearbeitet. Am frühen Morgen hat erst Grunewald angerufen, dann Jenke. Und dann kamen Sie. Sie und Ihre Fragen.«

»Jenke ist zu Unrecht verdächtigt worden. Er hätte sich einfach stellen können. Die Gerechtigkeit hätte ihren Lauf genommen.«

»Einmal Mörder, immer Mörder.« Sie schüttelte den Kopf. »Jenke hatte keine Erinnerungen mehr an diesen Abend. Henri ist von jemandem erstochen worden, und Jenke hat nicht eine Sekunde daran gezweifelt, dass er derjenige gewesen ist.«

»Sie auch nicht. Sie haben mich absichtlich glauben lassen, dass Jenke seinen Vater ermordet hat. Und seine Mutter. Mit sechs Jahren.«

Inna schaute zu Boden, verscheuchte das dunkle Blut, das sich unter ihre Erinnerungen gemischt hatte. »Ich weiß manchmal selber nicht mehr, was der Wahrheit entspricht und was nicht.«

»Marga wäre beinahe ums Leben gekommen. Sie liegt im Krankenhaus, meine Frau ist bei ihr. Wissen Sie eigentlich, was sie mitgemacht hat? Sie ist ein Kind! Sie ist sechs Jahre alt.«

»Und wir?«, fragte Inna müde. »Wir waren auch sechs Jahre alt. Wer war für uns da? Ihre Tochter lebt. Sie hat ihr ganzes Leben noch vor sich. Sie wird geliebt. Marga hat einen Vater, der mutig genug war, sich allein auf den Weg zu machen.« Sie lächelte. »Sie haben sich auf den Weg gemacht, um Ihrer Tochter das Leben zu retten. Dafür haben Sie alles in die Waagschale gelegt. Aus Liebe. Aus reiner, ehrlicher, väterlicher Liebe.« Inna rannen Tränen die Wangen herab. »Marga ist das glücklichste Mädchen der Welt. Weil Sie da sind. Weil Sie immer da sein werden. Weil Sie immer da sein werden und auf Ihre kleine Marga aufpassen. Marga wird niemals allein in einer Höhle kauern und um ihr Leben bangen.«

»Sie hat um ihr Leben gebangt«, sagte Igor kraftlos.

»Nein.« Inna legte ihre Hand auf Igors Arm. »Das hat sie nicht. Marga hat gewusst, dass ihr Vater kommen wird. Koste es, was es wolle.«

65

Zwei Wochen später

Igor kniete sich auf den Boden und breitete seine Arme aus. »Und du wirst sehr gut auf dich aufpassen?«, fragte er.

Marga nickte.

Er nahm sie in den Arm und drückte sie, sog ihren feinen Duft auf. »Und auf Anton auch?«

»Ja«, flüsterte sie.

»Opa wird mit dir schnitzen.«

»Opa ist müde. Er schläft.«

»Er schläft viel, weil er nicht mehr so jung ist«, bestätigte Igor.

»Wird Opa sterben?«

»Irgendwann. Aber noch nicht. Noch ist er nicht alt genug.«

»Und warum war dann das kleine Mädchen alt genug?«

Igor schluckte. Er hob Marga hoch und setzte sich mit ihr auf die Stufen. »Das kleine Mädchen …« Er zögerte. »Das kleine Mädchen war gar nicht alt genug. Es war so alt wie du«, sagte er traurig.

»Warum ist es dann gestorben?«

Igor holte tief Luft. »Ich habe keine Antwort darauf, Marga. Manchmal geschehen Dinge, zu denen es niemals hätte kommen dürfen.«

Marga knabberte an ihrer Lippe.

»Ich bin nicht lange weg«, verabschiedete er sich. »Ich bin sehr bald wieder da.«

»Ich weiß, dass du zurückkommst«, nickte Marga. »Das brauchst du mir nicht jedes Mal sagen.«

Igor lächelte.

Er fuhr die Landstraße entlang. Schnee glitzerte von allen Seiten. Er dachte an Anni. Ob sie je wieder zusammenfinden würden?

»Ich kann nicht anders«, hatte Annegret betont. »Ich kann nicht so tun, als wäre nie etwas gewesen.«

»Das verlange ich auch nicht.« Igor hatte müde seine Augen gerieben. »Niemand verlangt das.«

»Ich weiß nicht, wie ich damit umgehen soll.«

»Womit denn?«, hatte Igor ungehalten gefragt. »Was habe ich denn getan?«

»Du hast deinen Frieden längst gefunden, oder?«, hatte sie gespottet. »Ein stundenlanges Gespräch mit der Schwester eines Geisteskranken hat dich bekehrt, und plötzlich haben der Entführer unserer Tochter und seine verrückte Schwester eine Absolution erhalten. Du hast den Verstand verloren, Igor!«

»Du willst ja nicht einmal hören, was …«

»Nein, in der Tat, das will ich nicht!« Sie hatte ihm einen Brief vor die Füße geworfen. »Der ist heute gekommen. Aus dem Gefängnis. Sollen dein neuer Freund und Marga jetzt eine Brieffreundschaft halten?« Sie hatte künstlich gelacht. »Ist das nicht eine zauberhafte Idee? Und sie lebten alle glücklich und zufrieden bis an ihr Lebensende.«

»Spar dir deinen Sarkasmus.« Er hatte sich gebückt und den Brief aufgehoben. »Du hast ihn geöffnet«, hatte er festgestellt.

»Und gelesen!«

»Was steht da drin?«

»Scheiß steht da drin, Igor. Lauter Scheiß, und mit diesem

Scheiß wirst du Marga in Ruhe lassen.« Sie hatte ihm den Brief entrissen. »Das muss aufhören. Marga braucht Ruhe. Dein Irrsinn muss ein Ende haben!« Sie hatte den Brief in der Luft zerfetzt.

Igor parkte, blieb noch eine Weile im Auto sitzen. Er sah zu, wie sich zwei Eichhörnchen um einen Stamm schlängelten und durch die Baumkrone jagten. Hatte Beeke jemals irgendwo gesessen und den Tieren zugeschaut? Einen Igel gesehen, Dominosteine gegessen, schwimmen gelernt? Hatte sie jemals an den Weihnachtsmann geglaubt oder war Fahrrad gefahren?

Igor richtete seine Krawatte, rückte seinen Anzug zurecht. Er schloss seine Augen.

Marga hatte ihr ganzes Leben noch vor sich. In ein paar Monaten würde der Sommer kommen und mit ihm die Einschulung. Igor seufzte. Vor Aufregung hatte er Bauchschmerzen gehabt. Im August, die Hitze hatte alles erdrückt. Seine Mutter hatte ihm eine dunkelblaue Shorts angezogen, ein weißes kurzärmliges Hemd. Er hatte auf seine Hosenträger bestanden. Ohne die war er nirgendwohin gegangen.

»Den Ranzen musst du allein aufsetzen.« Sie hatte ihm gezeigt, wie er die Träger verstellen konnte, war ihm stolz mit ihrer Hand durch sein Haar gefahren. »Jetzt bist du ein Schulkind, Igor. Ein Schulkind.«

Während der Zeremonie hatte seine Mutter geweint und gelächelt. Mit einem großen Blumenstrauß hatte sie ihn nach den ersten beiden Stunden vor dem Klassenraum in die Arme geschlossen.

»Warum weinst du schon wieder?«, hatte Igor sie gefragt. »Weil du glücklich bist?«

»Weil du so groß bist und so wunderbar«, hatte sie geantwortet.

Sie waren zusammen essen gegangen. Igor hatte seine Mama noch nie so glücklich gesehen. Sie war fröhlich und frei. Wenn sie gelacht hatte, hatte sie den Mund weit aufgerissen und Igor konnte ihre weißen Zähne sehen. Während des Essens hatte sein Vater Witze erzählt und mit Bierdeckeln jongliert. Beim Spazierengehen hatte Igor mit seinen Brüdern gewettet. David hatte zwei leere Schneckenhäuser hintereinander gegessen, Victor eine lebende Ameise. Was er für eine schöne Kindheit gehabt hatte, dachte Igor. Frei und ohne Angst. Er war geliebt worden, hatte Geborgenheit erlebt, Fürsorge. An Inna und Jenkes Kindheit zu denken, versetzte ihm einen schmerzhaften Stich.

Er öffnete die Autotür, stieg aus.

»Hallo, Igor«, sagte jemand.

Igor drehte sich um.

Sie stand vor ihm, schwarz gekleidet. Mit langem Mantel und Handschuhen, einem Hut mit Maschen und einer Feder.

»Sie sind gekommen«, lächelte Inna traurig.

Igor hob den Trauerkranz aus dem Kofferraum.

Gemeinsam schritten sie zur Kapelle. Schweigend legte Igor das Gesteck auf den winzigen Sarg.

Eine Weile standen sie da. Igor verlor sich in seiner Trauer. In seiner Trauer um Beeke, um Inna, um Jenke. Um deren gebrochene Kinderseelen. Tränen rollten seine Wangen hinab, er weinte lautlos. Fast hätte Igor vergessen, dass Inna neben ihm stand, bis sie seine Hand nahm.

Igor schluchzte.

»Danke«, flüsterte Inna.

Sie waren die einzigen Trauergäste.

66

Jenke gähnte. Die Maschine befand sich im Sinkflug, auf seinen Ohren spürte er unangenehmen Druck. Seine rechte Schulter hatte sich während des Fluges schmerzhaft verspannt, sein linkes Bein war eingeschlafen. Er tastete nach seiner Narbe, massierte seine Kniekehle. Seine Sitznachbarin begann, umständlich ihre Strickjacke anzuziehen, hinter ihm drückte jemand heftig gegen seine Lehne. Er wartete geduldig, ungemütlich zusammengequetscht zwischen Sitzfläche und Rückenlehne. Als er an der Reihe war, schlängelte er sich humpelnd durch den Mittelgang.

Nach einer Flugdauer von mehr als elf Stunden und 15 Minuten betrat Jenke endlich Japans Boden. Tokio-Haneda, der fünftgrößte Flughafen der Welt, empfing ihn warm und freundlich. Er sog die frische Luft tief in seine Lungen.

»Hier entlang«, sagte seine junge Begleiterin. Sie stützte ihn. Das lange Sitzen bereitete ihm Schwierigkeiten beim Laufen.

»Bist du aufgeregt?«, fragte sie.

Jenke nickte.

Sie drückte seine Hand. »Komm«, forderte sie ihn auf.

Eine Stunde später standen sie auf der Aussichtsplattform des Terminal 1, auch »Big Bird« genannt, und sogen nicht nur die Luft Tokios ein, sondern auch eine Nuance des Pazifiks.

»Beeindruckend, nicht?«, fragte ein Mann neben ihnen. Sein offener Mantel flatterte wie der Umhang eines Vampirs. »Was führt Sie hierher?«

»Wir sind auf dem Weg nach Yokohama!«, rief Jenke gegen

den Wind. »Die Kurvenrolltreppe im Minato-Mirai-21-Gebäude fahren.«

Der Mann lachte laut. Jenke lachte mit. Lachte, bis ihm salzige Tränen die Kehle versüßten. Er breitete seine Arme aus, schloss seine Augen. »Kannst du eigentlich schwimmen?«, fragte er die junge Frau neben sich.

»Das hast du mich schon einmal gefragt.«

»Und? Was hast du geantwortet?«

»Ja«, erwiderte sie. »Ich habe ja gesagt.«

»Weiter nichts?«

»Weiter nichts.«

Jenke lächelte.

»Und du?«

»Mh«, machte er. »Vielleicht irgendwann mal.«

»Irgendwann mal? Du wirst dieses Jahr 60. Ist das nicht ein bisschen zu alt für ›irgendwann mal‹?«

Jenke zuckte mit den Schultern.

»Ich kann es dir beibringen«, schlug sie vor.

»Das tust du doch schon, Marga. Das tust du doch schon.«

»Die aber am Ziel sind, haben den Frieden.«
In stiller Trauer um Beeke.

Dein Bruder Jenke & deine Schwester Inna.